新　潮　文　庫

放浪大名　水野勝成

信長、秀吉、家康に仕えた男

早　見　　俊　著

新　潮　社　版

11580

目次

放浪大名　水野勝成

信長、秀吉、家康に仕えた男

序——島原の乱

「かかれ！　退《ひ》くな！」

小輿《こごし》に乗った水野日向守勝成《ひゅうがのかみかつなり》は鞭《むち》を振り上げ味方を叱咤《しった》した。

小輿は通常の輿と違い、台の四辺に高欄を巡らしただけで屋形がない。このため、敵味方の矢玉が飛び交う戦場にあっては、無防備極まりない乗り物だ。実際、甲冑《かっちゅう》に身を固めている勝成目がけて矢が飛来する。

飛び来る矢に動ずることなく、勝成は脇《わき》に置いた長柄《ながえ》の鑓《やり》で掃《はら》い落とす。兜《かぶと》から伸びる髪は真っ白、首筋は干からび、甲冑はだぶついている。戦場に不似合いな齢《よわい》七十五の老将ながら、面頬《めんぼお》から覗《のぞ》く眼光は鷹《たか》のように鋭かった。

「父上、お爺《じい》さまは大丈夫でございましょうか」

勝成を案じるのは孫の勝貞《かつさだ》、父は息子の勝俊《かつとし》である。

時は寛永十五年（１６３８）二月二十八日、勝成たち幕府の軍勢は、肥前国島原の原城に籠《こも》る一揆《いっき》勢《ぜい》を攻め立てていた。前年、この地を治める松倉勝家の過酷な年貢《ねんぐ》取り立てとキリシタン弾圧に不満が爆発し、キリシタンたちは廃城となっていた原城に籠城《ろうじょう》し、一揆を起こした。島原、天草の地は戦国時代、有馬《ありま》晴信《はるのぶ》、小西行長《ゆきなが》といったキリシタン大名が統治していた影響で、慶長の禁教令以後も数多《あまた》のキリシタンが今尚《なお》暮らしている。

　徳川幕府はキリスト教に禁令を出し、松倉家も取締りを厳格に行ったため、棄教する者が後を絶たなかった。しかし、松倉家の圧政により、苦しい暮らしを強いられ、再びキリスト教に救いを求める者が現れ始め、彼らを後押しするように救世主が出現したのだ。

　十六歳の若者、天草四郎時貞《ときさだ》である。

四郎は小西行長の遺臣、益田《ますだ》好次《よしつぐ》の息子であるが、豊臣秀頼《とよとみひでより》の御落胤《ごらくいん》という噂《うわさ》も流れていた。幼少の頃から聡明《そうめい》で知られ、十六歳になった時に救世主と見なされた。慶長八年（１６１４）天草を追放された宣教師ママコス神父の「二十五年後、この地に救世主が現れる」という予言がその拠《よ》り所《どころ》となった。

　四郎が天草のキリシタンたちから救世主として迎えられた寛永十四年はママコス神父の予言の二十五年には二年足りなかったが、有馬や小西の牢人《ろうにん》たちが四郎を神格化し、救世主に仕立て上げたのだ。

いわく、

「海の上を歩いた」

「手を翳《かざ》しただけで盲目の少女の眼が見えるようになった」

などと、四郎が奇跡を起こしたと吹聴《ふいちょう》して回ったのだ。有馬や小西の牢人たちは聖書に書かれたイエス・キリストの奇跡を利用したに過ぎないのだが、キリシタンたちは四郎を救世主と仰ぎ、原城に籠城したのである。

その数、三万八千、とても松倉家だけでは応戦できない勢力である。このため、幕府は九州の諸大名を動員、三河深溝《ふこうず》藩主の板倉重昌《しげまさ》を上使として派遣した。しかし、一揆勢の士気は高く幕府軍は攻めあぐねた。見かねた将軍徳川家光《いえみつ》は知恵伊豆《いず》の通称で知られる幕府きっての切れ者、老中の忍《おし》藩主松平信綱《のぶつな》に全軍の指揮を執らせる。

寛永十五年の正月、解任を恥じた重昌は信綱が到着する前に一揆勢を討伐しようと焦《あせ》り、力攻めをした。奮戦虚《むな》しく、重昌は討死を遂げてしまう。

信綱は着陣すると今までの力攻めから兵糧《ひょうろう》攻めに転じ、城内に調略の手を伸ばした。内応者を募り、一揆勢を内部から崩そうとしたのである。しかし、一揆勢は予想以上に結束していた。彼らはキリスト教国のポルトガルが艦隊を派遣し、幕府軍を砲撃してくれるだろう、と期待していたのだ。

戦線が膠着《こうちゃく》し、家光は備後《びんご》福山十万石の城主水野勝成に出陣を命じた。今回の一揆討伐軍は九州の大名ばかりで、九州以外では勝成ただ一人、しかも勝成は齢七十五という高齢である。

　家光に命じられ、老骨に鞭を打った勝成は、六千の軍勢を率いて二月二十七日に着陣した。家光からは信綱の相談相手になって欲しいと依頼されている。信綱も家光から、勝成の意見に耳を傾けよと伝えられていた。

　信綱本陣の陣小屋で催された軍議に勝成は息子勝俊、孫勝貞を連れて出席した。

　勝成に敬意を表し、信綱は自分と並ぶ席に勝成の床几《しょうぎ》を据えさせていた。兜は被《かぶ》っていないが、甲冑に身を包んだ勝成は歴戦の勇者の風格を漂わせている。

居並ぶ諸将の間から、

「鬼日向殿じゃ」

「七十五とは東照大権現《とうしょうだいごんげん》さまが薨去《こうきょ》なされたお歳《とし》ではないか」

などというひそひそ話が交わされた。

　一同に信綱は口を開く。

「本日より、水野日向守殿に参陣頂いた。方々も御存じの通り、日向守殿は神君家康《いえやす》公の従兄弟《いとこ》にして、三河刈谷《かりや》城主水野家にお生まれになった。初陣《ういじん》は天正七年（1579）の高天神《たかてんじん》城合戦、以来、家康公の甲州征伐、家康公が太閤《たいこう》殿下に勝利した小牧長久《ながく》手《て》の合戦……もちろん関ヶ原、大坂の陣においても目を見張るお働きをなさった」

信綱が自分の履歴を紹介する間、勝成は虚空《こくう》を見つめていた。信綱に語られた合戦が絵巻のように脳裏に拡《ひろ》がる。

参集した大名たちは戦場を知らない者ばかり、一揆勢相手に苦戦を強いられる中、天下に並ぶ者なき勇者に期待の眼差《まなざ》しを向けている。

齢十四の孫勝貞は前髪を残し、これが初陣である。少年の面影を残しながら、祖父を誇らしそうに仰ぎ見ている。

軍議に入り、兵糧攻めを続けるべきか、信綱は諸将に諮《はか》った。兵糧攻めの効果が表れ始め、幕府軍に降《くだ》る者が続いている、遠からず、城は明け渡されるだろう、という観測が軍議の場を覆《おお》い、兵糧攻め継続に決しようとした。

軍議の場には安堵《あんど》の空気が流れ、みなの顔が柔らかになった。

「ならば、しばし、原城を囲む……ということでよろしいな。異論ある方は……」

信綱は部屋の中を見回した。

その時、

「異議あり！」

戦場かと思われるような大音声《だいおんじょう》が轟《とどろ》いた。

鎧の草摺《くさず》りを鳴らし、勝成が床几を立った。信綱を始め、諸将の視線が集まる。

勝成は白髪を振り乱し語った。

「兵糧攻めじゃと……何を血迷うておられる。力攻めじゃ。お味方は十二万五千、敵は飢えて足腰もおぼつかぬ三万八千じゃ。一息に攻め入れば一日で落ちる」

信綱はうなずきながらも、

「お言葉ですが、労せずして敵は降るのです。何も無理に攻めずともよいと存ずるが」

と、幕政を担《にな》う者の威厳を示すように堂々とした口調で反論した。

勝成は床几に腰を落ち着け、信綱に向いた。

一同、はらはらとしながら二人のやり取りを見守っている。

「これは知恵伊豆殿とも思えぬ申されようじゃ。伊豆殿、キリシタンどもを許すおつもりか。奴《やつ》らを許せば野に放たれる。信心とは恐ろしいもの、野に潜み命ある限りキリシタンの教えを伝えゆくぞ。キリシタンどもの背後にはポルトガルがおるのじゃ」

今度は落ち着き、諭すような口調で勝成が語りかけた。信綱は勝成の言葉を噛《か》み締めるように聞き、じっと思案に入った。

勝成は諸将に向かって語りかけた。

「方々、身を固めるご立派な具足は飾りか。それとも能衣装か。島原の地に戦遊びをしに参ったのではあるまい」

顔を伏せる者、首を縦に振る者、無表情の者様々だ。ただ、勝俊と勝貞は拳《こぶし》を握り、今にも出陣せんばかりに武者震いをしている。

不意に、信綱が立ち上がった。

「力攻めじゃ。明朝、原城を攻め落とし、城兵は一人残らず首を刎《は》ねる。方々、出陣の支度をされよ！」

甲走った声で命じると信綱は勝成に一礼した。勝成も挨拶《あいさつ》を返す。

大坂の陣から二十三年、齢七十五となって合戦ができるとは……。

福山藩主として民政に尽くしてきたことに天が与えた褒美《ほうび》であろうか。さすがに、馬で戦場を疾駆することはできない。小輿に乗って軍勢を指揮してやる。

いや、指揮は息子勝俊に任せよう。

わしは一人の武者に戻って鑓を取る。矢玉、刃《やいば》に倒れれば本望、時代遅れの戦国武者には何よりの手向《たむ》け、死に花を咲かせられるのだ。

水野勝成は久しぶりの戦場に思いを馳《は》せた。

第一章　猪武者《いのししむしゃ》――高天神城合戦　本能寺の変　天正壬午《じんご》の乱

一

「湯じゃ、湯に入るぞ」

長旅の果て、空腹を覚えているが、まずは戦陣の垢《あか》を流したいところだ。

島原の戦から帰参し福山城の郭内に入った水野勝成は、本丸御殿に至ったところで馬から下りた。その眼下には、瀬戸の海が初夏の陽光を浴びキラキラと輝いている。

勝成が大和郡山《やまとこおりやま》六万石から備後国福山十万石の領主に封じられたのは、元和《げんな》五年（1619）、五十六歳の時で、前領主福島正則《まさのり》改易に伴っての入封《にゅうほう》であった。

高天神城の戦い以来四十年、戦場を疾駆した果てに摑《つか》んだ十万石の領地だった。以来、歴戦の戦国武将水野勝成は、鑓《やり》を筆に持ち替え、領地の整備、発展に邁進《まいしん》してきた。

福山湾を埋め立て、西国鎮護の砦《とりで》として福山城を普請《ふしん》した。福山城は五重の天守閣、七つの三重櫓《やぐら》が偉容を誇る。備後にはすでに神辺《かんなべ》城があり、元和一国一城令により新城造営は禁止されていたのだが、二代将軍徳川秀忠《ひでただ》は勝成の功績と武勇を愛し、特別に築城を許した。

　勝成は、常興寺山（通称蝙蝠《こうもり》山）に城を築城、「蝠」の字が「福」に通じることからその地を福山と名付けた。壮麗な姿を瀬戸の海に映し出している本丸御殿は、城の普請に当たり、二代将軍秀忠が破却を進めていた太閤秀吉《たいこうひでよし》建造の豪華絢爛《けんらん》たる伏見城から、松の丸と本丸の建物の一部を福山城に移築させたものだ。

　治政は城造りばかりではない。

　勝成は新田や鉱山の開発、治水工事、産業振興を積極的に行った。備後表と呼ばれる高級畳表は名産品となった。

　これらの領国振興を勝成は極力領民に負担をかけず、全国に先駆けた藩札（銀札）の発行で賄《まかな》い、土地は無償で提供し、地代である地子《じし》を免じた。

　備後移封から二十年、その勇猛果敢さから「鬼日向」の異名で恐れられた水野勝成は、戦陣を離れ、名君と成っていた。

　湯殿に入った勝成は、下帯一つとなって侍女に身体《からだ》を洗わせた。

身体中に古傷が走り、見慣れない者は息を呑《の》む。戦場の傷は武者の誇りだと胸を張るのも昔話になるだろう。歳《とし》のせいではない。この島原の乱を最後に、日本国から戦はなくなる。一揆《いっき》討伐などの小競《こぜ》り合いはあっても、鑓、弓、鉄砲を使い、数万の軍勢がぶつかり合う戦はもうあるまい。

　子の勝俊と孫の勝貞は気の毒だ。

生まれたのが遅過ぎた。

とはいえ、時代に適《かな》った生き方というものがある。乱世から泰平に向かう世の移り変わりにふさわしい領主となるのが、この時代を生きる二人の務めだ。

　背中を流され、湯殿に入る。

「ううん……」

　深い息が漏れ、半眼となった。

　勝成好みの熱い湯だ。

　大坂の陣の頃は湯を弾《はじ》くような肌だったが、今はひたすら真っ赤になってしまう。

これが老いというものだろう。七十五といえば、徳川家康公が亡《な》くなった歳である。

神として日光東照宮に祀《まつ》られた家康公と年齢では並んだ。

　果たして、ここまで生きてきた自分の幸運を喜び、それを誇っていいものか。

目が霞《かす》む。

湯煙のせいかと両手で湯を掬《すく》い、顔にかけごしごしとこすった。それとも、空腹のまま入浴したためだろうか。

「さて……」

湯上りの一杯を楽しみに湯殿から立ち上がる。

湯殿を出たところで立ち眩《くら》みがした。と、次の瞬間には目の前が真っ暗になっていた。

意識が戻り、両目を開いた。が、すぐに眩《まぶ》しくて瞼《まぶた》を閉じる。耳元で人の声がする。勝貞と奥医師のようだ。床に寝かされ、白絹の寝間着に身を包んでいた。湯殿で倒れ、寝間に運ばれたのだろう。

勝成はかっと両目を開き、半身を起こした。

「お爺《じい》さま……」

孫の勝貞は驚きの声を上げたものの、すぐに表情が和らぎ笑みを浮かべた。

「湯にのぼせてしまった」

勝成は自嘲《じちょう》気味の笑みを放った。

立ち上がろうとしたが、勝貞に制せられ、

「ご無理なさらず、ゆるりと養生なさってください」

と、寝ているよう促される。

「年寄り扱い致すな。一晩寝れば、十分じゃ」

勝成が強がると、

「お爺さま、今、何時だと思われますか」

勝貞は笑みを投げてきた。

「朝であろう」

寝間に差し込む朝日を勝成は手庇《てびさし》を作って見上げた。勝貞は奥医師と顔を見合わせてから、

「朝は朝でも、お爺さまは、三日三晩、眠っておられたのです」

「な、なんじゃと」

嘘《うそ》を吐《つ》くなと返そうとした勝成に、勝貞は手鏡を差し出した。勝成は受け取り、自分の顔を映し出す。

「むむ……」

薄っすらと無精髭《ぶしょうひげ》が伸びていた。

白い毛が粉のように口や顎《あご》を覆《おお》っている。なるほど、三日過ぎたというのは本当の

ようだ。

「お疲れなのでござります」

という勝貞の言葉に、勝成は反発した。

「島原なんぞ、戦とはいえない。あれしきの働きで疲れなどないわ」

「島原の戦だけではありませぬ。お爺さまが鑓働きをなさった数多《あまた》の戦、そう、高天神城合戦から六十年の合戦の疲れなのです」

　勝貞の言う通りだろう。

　しかし、勝成は抗《あらが》って立ち上がった。

「訳知り顔で申すな」

　気持ちに身体がついてこない。足腰が定まらず尻餅《しりもち》をついてしまった。孫と奥医師に醜態を晒《さら》してばつが悪くなり、そっぽを向いた。何事もなかったかのように奥医師が煎《せん》じ薬を差し出す。勝成は憮然《ぶぜん》として薬を受け取ると一息に飲みこんだ。

　薬の苦さに顔をしかめたところへ、息子の勝俊が入って来た。

　奥医師は平伏し、若殿と呼びかけてから勝成の様子を報告し始めた。若殿と呼ばれるには不似合いな四十一歳、壮年の勝俊を見て勝成は苦笑したが、それはとりもなおさず、自分が家督を譲り、隠居しないからなのだと、藩主の座にしがみつく自分を責めた。

「父上、顔色がよくなられましたな」

勝俊は言った。

「長年のお疲れが出たようですね」

勝貞が言い添える。

「さもあろう。父上程、数多の戦陣を駆け、無数の矢玉を潜《くぐ》り抜けてきた勇者はおらぬ」

勝俊が返すと、

「まさしく。わたしは初陣《ういじん》では、何の手柄を挙げることもできませんでしたが、お爺さまは、初陣で数多の首級《しるし》を挙げ、織田《おだ》信長《のぶなが》公から感状を与えられたのでござりましょう」

勝貞は誇らしそうだ。

「初陣ではなく、明くる年の高天神城合戦でのことだがな」

「お話しくだされ。勝貞は聞きとうございます」

勝貞は声を大きくした。

「聞いて何とする。最《も》早《はや》、戦の世ではないぞ」

「ですが、武士たる者、平時でも常に戦陣にあると覚悟していなければなりませぬ。泰平の世であればこそ、戦の心得をお爺さまから学びたいのです」

　真摯《しんし》な顔で訴えかける勝貞に、

「昔話なんぞ、糞《くそ》の役にも立たぬが……」

　言いながらも、瞼を閉じた勝成の脳裡《のうり》には、高天神城合戦の戦場がまざまざと蘇《よみがえ》ってきた。

　老いを認めないまま今日を迎えたが、最後となるであろう出陣を終え、己《おの》が生涯を振り返るのもいいのかもしれない。自戒の念を込め、息子と孫に昔物語を語り聞かせるか。功ばかりではなく、しくじりも飾ることなく打ち明け、勝俊と勝貞に水野勝成の生き様を伝えることにしよう。

二

　天正九年（１５８１）三月、若き水野勝成、通称藤十郎は父惣兵衛《そうべえ》忠重《ただしげ》と共に、遠《とおと》江《うみ》の高天神城を囲む軍勢にあった。山桜は散り、春が過ぎようとする麗《うら》らかな昼下がりである。

城主、岡部元信《もとのぶ》は武田《たけだ》勝頼《かつより》に従う武将である。永禄《えいろく》十一年（１５６８）今川家が武田信玄《しんげん》に滅ぼされるまでは、今川に属していた。元信は、今川家のみならず、東海一帯に名将としてその名が轟《とどろ》いていた。

桶狭間《おけはざま》の戦いで、今川方の最前線であった鳴海《なるみ》砦に拠《よ》って織田勢と合戦に及んだ元信は、織田勢に主人今川義元《よしもと》が討ち取られ、今川勢が総崩れとなった最中《さなか》、鳴海砦に攻め寄せる織田勢を撃退する。その後、義元の首級を返すことを条件に鳴海砦開城を信長に申し入れた。信長は元信の申し出を受け入れ、義元の首級を返す。更に元信は駿河《するが》に帰る途次、刈谷城を攻め立て、落城させている。

敗残の今川勢にあって一人、気を吐いた岡部元信の武勇は東海一帯に轟いたのである。

「岡部元信、敵ながらあっぱれなる武将じゃ。殺すに惜しいのう」

水野勢の本陣で惣兵衛は言った。

「お言葉ですが、岡部はわが水野家にとっては仇《かたき》ではございませぬか」

即座に藤十郎は反発した。

桶狭間合戦で元信が落城させた刈谷城の城主水野信近《のぶちか》は惣兵衛の兄だった。

藤十郎が反発するのにも一理あるが、惣兵衛は渋い顔をする。何かと反発ばかりする倅《せがれ》で、どうにも藤十郎とはそりが合わない。

「おれは、岡部の首級を挙げますぞ」

藤十郎は勇んでいる。

「たわけが。敵将の首を挙げるは、配下の者に任せよ」

「藤十郎は、初陣では満足な鑓働きができませんでした。今回は心に期するものがござります」

「徳川殿は和議を進めておられる。岡部と主だった将が腹を切れば、城兵は助けるというものじゃ。あいにくだが、大将首はいかに奮戦しようにも奪えそうにはないぞ」

惣兵衛は、益々《ますます》いきり立つ藤十郎を宥《なだ》めるように言った。

「和睦《わぼく》でござりますか」

天を見上げ、藤十郎は絶句した。

「もう間もなく戦は終わる」

惣兵衛が言った時、伝令がやって来た。

「殿さまよりの書状でござります」

伝令から書状を受け取り、惣兵衛は目を通した。殿さまとは織田家当主にして信長の嫡男《ちゃくなん》、織田信忠《のぶただ》のことである。水野家は信忠の配下に加わっている。

惣兵衛の目が険しくなった。

「殿さまは何と申してこられたのですか」

それを敏感に察知した藤十郎の問いかけに、惣兵衛は床几《しょうぎ》を立ち上がった。

「上さまが和議を承知なさらぬそうじゃ。徳川殿に、力攻めをし、城兵を皆殺しにせよと命じられたとか」

厳しい顔のまま惣兵衛は高天神城を見上げた。

上さまが信長を指すのは言うまでもない。

「上さまは、苛烈《かれつ》なお方よな」

惣兵衛は呟《つぶや》いた。

苛烈ということが、信長の性格、合戦ぶりを言っているのは間違いないのだが、それはかつて下された水野家に対する無慈悲な処罰をも意味していた。

水野家は三河刈谷を中心とした国人《こくじん》領主であった。今川と織田に挟まれた小領主ゆえ、どちらかの勢力に属さないと生き残ることができない。

惣兵衛の先代、信元《のぶもと》は惣兵衛の兄であり、徳川家康の生母、お大の方の兄にも当たった。お大は松平広忠《ひろただ》に嫁いだが、信元が織田信秀《のぶひで》についたがために離縁された。

その後、織田家の当主が信秀から信長に代替わりしても、信元は信長に属し続け、桶狭間の戦いでは織田勢に加わった。

桶狭間の合戦後、信元は信長と家康の仲介の労を取り、織田家と徳川家は盟約を結ぶに至った。信長は背後の安全を確保し、美濃《みの》攻略に専念して美濃を併呑《へいどん》、上洛《じょうらく》への道筋をつける。一方、家康は強大な武田家の圧迫を信長の後ろ盾によって耐えることができた。織田、徳川両家にとって、水野信元は大いなる功績を残したことになる。

ところが、事態は急変した。

天正三年（１５７６）三河長篠《ながしの》において、織田、徳川連合軍が武田勢を完膚なきまでに打ち破った後、水野信元は武田への内通を疑われた。織田の宿老、佐久間信盛《さくまのぶもり》の讒言《ざんげん》とされている。

信長は佐久間の讒言を受け入れ、家康に信元の切腹を命じた。信元死後、刈谷城と水野家の所領は佐久間信盛に与えられ、惣兵衛と藤十郎は家康に従うことになった。

その佐久間信盛は昨年の八月、信長から所領没収の上、追放された。大坂本願寺攻めの総大将を任されていたが、働きが悪いと信長に評価された挙句の処罰であった。信盛追放は水野家には僥倖《ぎょうこう》をもたらした。

「佐久間め、讒言を弄《ろう》しおって。ために自らを滅ぼしおった」

信盛が領していた刈谷城と所領を信長は惣兵衛に与えたのだ。こうして、惣兵衛は三河刈谷城主、三万石の領主となり、藤十郎も父に従って刈谷城に入ったのである。

「徳川殿は和議を求められたが、これで力攻めに転じますぞ」

藤十郎が言うと、

「喜びおって」

惣兵衛は鼻白んでから、

「上さまは何故《なにゆえ》、力攻めを命じられたと思う」

と、問いかけた。

「上さまの苛烈なお人柄ゆえでしょう。果敢に攻め立てよ、安易に和睦などするな、と……」

藤十郎は顔を輝かせた。

「おまえは、戦場の戦にしか頭は向かないであろう。まあ、それは若さゆえ、仕方あるまい。じゃが、大将たる者の心得として覚えておくがよい。戦は戦場でのみ行われておるわけではないのじゃ」

戒めるように惣兵衛は言った。

「それが上さまの力攻めと何か関係があるのですか」

藤十郎の問いかけに惣兵衛は深くうなずき、

「上さまは高天神城ばかりを見ておられるわけではない。高天神城の先、甲斐《かい》の武田四郎勝頼を見据えておられる」

大仰な物言いの末に当たり前のことを言うなという不満を胸に、藤十郎は言い返した。

「それは、そうでしょう。岡部元信は武田勝頼の配下ですからな」

「ならば、問う。こたび、勝頼は高天神城に援軍を送ってこない。何故じゃと思う」

「武田の力が衰えておるのでは」

「それもあろう。が、そればかりではない。勝頼は焦《あせ》っておるのだ」

惣兵衛はここ数年の武田勝頼の外交について語り出した。

勝頼は上杉謙信《けんしん》の後継者となった上杉景勝《かげかつ》と盟約を結んだ。これにより、景勝と敵対していた北条氏政《ほうじょううじまさ》との盟約が破《は》綻《たん》した。そのため、氏政は信長に接近して、北条と織田・徳川との間で盟約が締結された。これにより、武田領となっていた駿河は北条と徳川に脅《おびや》かされるようになったのである。

こうした状況を打開しようと勝頼は信長に和睦を働きかけるようになった。武田は、人質となっていた信長の五男、勝長《かつなが》を返し、信長から盟約に応じてもよいという返事を貰《もら》ったのだ。

「勝頼の足元を見て、上さまは盟約申し出に応じる素振りを見せたのじゃ。上さまの策に乗ぜられ、勝頼は盟約の妨げとなる高天神城への援軍を送らなかった。このまま、力攻めをされ、高天神城が落城すれば、勝頼の信用は地に墜《お》ちる。武田に属しておる領主たちの間から離反する者が現れよう。さすれば、武田は内側から崩れる」

惣兵衛は言った。

「ということは、今回の高天神城攻めは、武田滅亡への布石でござりますか」

惣兵衛の言わんとしていることが藤十郎にもわかった。

「そういうことじゃ」

惣兵衛はうなずいた。

「ならば、親父《おやじ》殿、わが水野家、大いなる鑓働きをせねばなりませぬぞ」

「何度申せばわかる。目先の鑓働きに気を取られてはならぬ」

「しかし、大将たる者、身を以《も》って範を示さねばなりませぬ」

燃え盛る血潮に抗すべくもなく、藤十郎は自信満々に言い立てた。

「己の身じゃ、無駄死にはするな」

惣兵衛はあきれたように念押しをした。

「お任せあれ」

藤十郎は胸を張った。

三月二十六日、徳川家康は総攻めを命じた。

覚悟を決めた城兵の強い抵抗を受け、敵味方入り乱れての白兵戦が展開された。

藤十郎は脇目《わきめ》も振らず、本丸を目指す。馬上、左手に持った竹束で矢玉を防ぎつつ、右手の鑓を振るい敵の真っただ中に躍り込む。家臣たちの制止など何処《どこ》吹く風、藤十郎は躍動し、いつしか馬を下りて奮戦していた。

群がる敵を叩《たた》き伏せ、突き殺し、ひたすらに前進する。恐怖心など微塵《みじん》も湧《わ》かない。無上の高揚感に包まれ、地獄絵図と化した戦場が極楽にすら思えた。

気がつけば岡部元信以下、城兵は切腹、討死を遂げ、高天神城は落城していた。屍々《しし》累々《るいるい》とした本丸に社があった。天神を祀っている。心惹《ひ》かれた藤十郎は天神を参拝することにした。

両手を合わせ、社を見る。

藤十郎は肩に鑓を担《かつ》ぎ、階《きざはし》を上ると扉を開いた。

木像が安置してある。唐冠《からかんむり》を被《かぶ》り、道服を着た菅原道真《すがわらのみちざね》が両手に梅花を持っている。天神伝説の一つ、菅原道真が唐に渡った姿、渡《と》唐《とう》天神の木像だ。

信心の浅い藤十郎ではあるが、敵味方双方の骸《むくろ》で酸鼻極まる本丸にあって、その姿は神々《こうごう》しく見え、無念の生涯を閉じた者たちへの鎮魂を祈っているように感じた。

藤十郎は面頬《めんぼお》を外し、鑓を置き、改めて木像を拝んだ。床に視線を落とすと、一寸三分程の小さな渡唐天神像が転がっている。紐《ひも》が通されていることからして、誰かがお守りとして持ち歩いていたのだろう。手に取り、藤十郎は首に掛け、懐中にしまった。

と、木像の背後から鑓が突き出された。

鈍い輝きを放つ穂先が藤十郎に迫る。

「しまった」

敵が潜んでいるのではないかと疑念を持たなかった、己が油断を悔いたがもう遅い。

穂先は具足の草摺《くさずり》の隙間《すきま》を襲う。咄嗟《とっさ》に藤十郎は太刀を抜いて鑓の柄を両断した。

穂先は刺さったままだが、構わず藤十郎は敵に斬《き》り込んだ。鑓を失った敵は慌《あわ》てて太刀で応戦しようとしたが、それより早く、藤十郎は太刀で敵の首を刎《は》ねていた。

血飛沫《ちしぶき》が藤十郎の顔面を真っ赤に染めた。

穂先が刺さったままなのに痛みを感じない。不思議に思った藤十郎は太刀を鞘《さや》に納め、穂先を引き抜いた。次いで、首の紐を引っ張り、木像を出す。

木像に鑓傷が残っている。

「天神さま、ありがとうございます」

藤十郎はこの僥倖に感謝し、掌《てのひら》の中の小さな渡唐天神を生涯の守り本尊としようと決めた。この渡唐天神の御加護ある限り、いかなる戦場も疾駆できる気がした。

福山城、本丸御殿の寝間、勝成は高天神城合戦での逸話を語り終えた。勝貞の気持ちは高揚し、頰は紅潮している。

「信長公から感状を頂いた。感状の他、永楽銭の旗印も許されたのじゃ」

若き日の奮戦を語り、勝成も若返った気分となり、その手柄を自慢した。

「信長公はな、気に入った働きをした武者に永楽銭の旗印をお許しになった。信長公程、銭の重要さをわかっている武将はおらなかった。戦は銭がものを言う。銭を集めるため、信長公は関所を撤廃、楽市楽座を大がかりにやった。銭が流通すれば、人、物、そして雑説も献金も入ってくるのじゃ……もっとも、わしがその理屈がわかったのはずっと後年になってからじゃ。当時のわしは戦場での鑓働きを褒められたのがひたすらにうれしかった」

勝成は再び遠くを見るような目をした。

三

高天神城攻めの論功行賞において、藤十郎は信長から感状を与えられた。

いくら父でも、こうなれば褒めてくれると藤十郎は得意げに感状を惣兵衛に見せた。

惣兵衛は一瞥《いちべつ》し、

「ようやった」

と、賛辞の言葉をかけてくれたものの、その顔つきは冷ややかである。それが藤十郎には不満であるのと同時に、父の自分への嫉妬《しっと》と思えて仕方がない。武者たる者、鑓働きを賞賛される以上の喜びがあるまい。働きに応じた褒美《ほうび》を期待するからこそ、命を賭《か》けられるのである。

藤十郎は父の反応に一抹の寂しさを覚えたが、それでも、己が道を貫こうと固く胸に誓った。

「親父殿には頼らぬ」

惣兵衛への不満が頭をもたげてくる。

惣兵衛とて、勇猛を謳《うた》われた武将である。しかし、城主となってから、どうも守りに回っているような気がしてならない。

「攻めを忘れてはならん」

刈谷の小領主で終わっていいはずはない。今は戦乱の世だ。己が働き次第でより多くの領地、そう……一国の主《あるじ》にもなれるかもしれない。織田信長による天下一統が進む中、まだまだ合戦は続く。

機会はあるのだ。

藤十郎は、あいにくと武田征伐には参陣を許されなかった。つくづく残念であった。

それにしても天下最強を謳われた武田家が、一月もせずに滅び去るとは……。刈谷城で武田家滅亡の報《しら》せを聞いた藤十郎は戦国の無常を思うと共に、力を失った者の坂道を転げ落ちるような滅びの様を戒めとしようと、固く心に誓った。

「親父殿は何処《いずこ》ぞ」

家臣に惣兵衛の所在を確かめると、茶室にいるとのことだ。惣兵衛は本丸の片隅に茶室を新たに作り、堺《さかい》から数寄者《すきもの》を呼んで連日茶道を学んでいた。

「茶か……」

苦笑を禁じ得ない。

三河の田舎武士が茶など学んでどうしようというのだ。そんな反発を抱きながら藤十郎は茶室に向かった。数寄屋造りの茶室は急ごしらえのせいか安っぽく見える。にじり口から身を入れると、茶釜《ちやがま》が茹《ゆだ》っていた。茶道の師匠はおらず、惣兵衛が一人、端座している。焦《こ》げ茶色の小袖《こそで》に同色の袖なし羽織を重ね着し、茶の湯を楽しんでいる様子だ。普段の厳しい表情はなりを潜め、薄気味悪い程に穏やかな笑みをたたえている。

姿を見せた藤十郎に、

「そこへ、座れ」

惣兵衛は、顔つき同様の柔らかな口調で語りかけた。言われるまま藤十郎は腰を下ろす。茶器を操るのには不似合いに武骨な手で、惣兵衛は白天目茶碗《てんもくぢやわん》に茶入れから茶《ちや》杓《しやく》で茶粉を入れる。次いで、やや緊張した手つきで茶釜から柄杓《ひしやく》で湯を注ぐと茶筅《ちやせん》でかき混ぜた。

その姿に内心で失笑しながら、藤十郎は横目で惣兵衛の点前《てまえ》を見ていた。

無理をしているな、と藤十郎は思った。

惣兵衛は大真面目《おおまじめ》な顔で茶碗を藤十郎の前に置いた。藤十郎は無造作に右手で持ち上げ、ごくりと一息に飲み干した。

「まったく……」

惣兵衛は顔をしかめた。

「茶の湯の作法なんぞ、知りませぬゆえ、ご容赦くだされ」

惣兵衛の機先を制して藤十郎は言った。

「今日はよいが、作法ぐらいは学べ」

惣兵衛は命じた。

「おれに茶道は向きませぬ」

大金を払い茶道具を買うくらいなら、鑓の一本、鉄砲の一丁も買い入れるべきだと、藤十郎は内心、不満に思っているのだ。

「茶道なんぞ、戦には役立たぬと小馬鹿《こばか》にしておるのであろう」

藤十郎の想《おも》いが顔に出たのか、惣兵衛のその言葉に、

「正直、そう思います」

と藤十郎は率直に答えた。

「おまえらしいな。わしとてな、何も物好きでやっておるのではない。茶道はな、合戦に役立つのだ。上さまの天下一統が間近に迫る中、わが水野家もひときわ大きな手

柄を立て、所領を得たい。それにはじゃ、堺や博多《はかた》の商人どもとの繋《つな》がりが必要じゃ。商人どもは、全国の大名の雑説に通じておる上に、鉄砲や弾薬の調達にも不可欠じゃからな」

もっともらしい顔で惣兵衛は言った。

「商人どもとの付き合いは親父殿にお任せ致します。おれは、戦場を駆け回るのが性に合っております」

藤十郎は慇懃《いんぎん》に返した。

失笑がこぼれたものの、惣兵衛は、藤十郎に茶道を学べと無理強いはしなかった。ほっとしたところで、

「近々、都に参ることになった。そなたも一緒ぞ」

惣兵衛は言った。

「上さまは、毛利と長宗我部《ちょうそかべ》攻めを同時に進められ、総指揮をお執りになるとか。我らは殿さまに従い、中国へ出陣するのですな」

藤十郎は勇み立った。

「中国出陣の前、京の都、本能寺で上さまは茶会を催される。当日には五摂家をはじめとする公家衆《くげしゅう》、博多の商人神谷《かみや》宗湛《そうたん》が招かれておる。わしもな、その大事な茶会に

呼ばれたのじゃ。よって、そなたの他に二十人程の家来を連れてまいる。戦支度は無用ぞ」

誇らしげに惣兵衛は胸を張った。

そのため、恥をかかないよう惣兵衛は茶道を学んでいるのだろう。

「おれは、茶会には用はありませぬな。刈谷で出陣の準備をしておりますよ。中国へ行くことになるのか、ひょっとして上杉征伐にも加わることになるかもしれませぬゆえ」

武田が滅び、信長の天下一統は視界の内に入っている。北条をはじめ関東の諸将は信長に帰服した。信長から上野国《こうずけのくに》と信州の一部を与えられ、厩橋《うまやばし》に居を構えた「関東御取次役」の滝川一益《かずます》へ答礼にやって来る関東の国人領主は後を絶たない。一益は関東探題と称され、織田家の関東経営の窓口となっていた。

関東ばかりではない。伊達《だて》、最上《もがみ》、安東などの奥羽《おうう》の諸将も信長に鷹《たか》や馬などを贈り、誼《よしみ》を通じている。

九州においても、島津と大友の合戦を仲裁し、信長はその威を示した。

最早、表立って敵対しているのは、中国の毛利、四国の長宗我部、越後の上杉くらいだろう。

はやいところ、それらとの合戦に参陣しないと、活躍の場がないということだ。できれば、刈谷から最も近い中国地方一帯に領土を拡《ひろ》げている毛利攻めに加わりたいところだ。

「いかん。藤十郎、そなたも上洛《じょうらく》するのじゃ」

表情を引き締め、惣兵衛は命じた。

「ですが、おれが茶会に出たら、親父殿は恥をかくだけですよ」

「茶会には出ずともよい。上さまに御目見えできるのじゃ。そなた、昨年の高天神城攻めで感状を頂戴《ちょうだい》したであろう。以来、上さまはそなたに目をかけておられるようなのじゃ」

「上さまに御目見えができるのなら、おれは行くよ」

そうだ、信長に直訴しよう。

中国攻めに出陣させてもらうのだ。

藤十郎が上洛に承知したのを見て、惣兵衛はうなずき、声を潜めた。茶室には二人の他、誰もいないのに大仰だな、と藤十郎は訝《いぶか》しむ。

「実はな、此《こ》度《たび》の上洛で、上さまには朝廷より、将軍宣下がなされるようじゃ」

ひそひそ声で惣兵衛はそう告げた。

「ほう、将軍に……ですが、以前、親父殿は、上さまは将軍にはならないとおっしゃりましたぞ。源氏でないと将軍にはなれない、ともおおせであった」

当初、信長は藤原氏を名乗り、現在は平氏を称している。

「ところがじゃ」

こほんと空咳《からぜき》をし、惣兵衛は自慢げに事情を説明し始めた。

「先頃の武田征伐により、関東を討ち果たされた上さまの功に対して、朝廷は将軍宣下をなさるつもりなのじゃ」

征夷《せいい》大将軍は東国制覇を役目としている。朝廷からその点を評価されての将軍宣下だそうだ。

「しかし、足利義昭《あしかがよしあき》公がまだ将軍職にあられるのではないのですか」

藤十郎は疑問を投げかけた。

「そこじゃ。上さまは義昭公の引き渡しを毛利に申し入れるそうじゃ。武田の滅び様を知れば、毛利は武田勝頼の轍《てつ》は踏みたくなかろう。領国の割譲と義昭公の引き渡しに応じ、生き残りを図るであろうて」

「毛利が応じなかったら、上さまは義昭公もろとも毛利を滅ぼされましょうな」

惣兵衛の見通しに対する藤十郎の考えに、

「そうならないように、羽柴筑前《はしばちくぜん》殿が毛利に調略をなさっておられるようじゃ」

惣兵衛は言った。

羽柴筑前守秀吉《ひでよし》、一介の小者から数万の軍勢を預かる大将にまで立身した男だ。戦国乱世を象徴するかのような出世談は、藤十郎の血潮を掻《か》き立てる。

「羽柴殿をみよ、あのお方は体軀《たいく》には恵まれておられぬ。戦場で目だった鎧働きをして出世をなさったのではないぞ」

惣兵衛の説教が始まった。

「羽柴殿は才覚でのし上がった。調略に長《た》け、城攻めに際しても、極力力攻めを避け兵糧《ひょうろう》攻めでお味方の損害を少なくして敵城を落としてこられた。まこと、大将たる者のお手本じゃ」

秀吉が猪武者ではないが故《ゆえ》に出世をしたのだと、惣兵衛は強調した。藤十郎も見習えと強く言い添える。

その上で更に続けた。

「羽柴殿と並ぶ出頭人、惟任《これとう》日向守殿も戦働きで累進されたのではないぞ」

惟任日向守こと明智《あけち》光秀《みつひで》は、足利義昭を信長に引き合わせ、上洛のきっかけを作った。当初は義昭と信長に仕え、信長の畿《き》内《ない》統治に多大な貢献をした。

さらに光秀は、比叡山延暦寺《ひえいざんえんりやくじ》焼き討ち後、信長から延暦寺の所領摘発を命じられると、徹底した摘発ぶりで延暦寺の膨大な荘園《しようえん》を織田家のものとしたのだ。以来、丹波攻略、畿内の統治に大きな実績を示し、丹波一国、近江《おうみ》志賀郡を領する大名となった。手勢一万五千の他、細川藤孝《ふじたか》、筒井順慶《つついじゆんけい》などの与力大名を加えると三万もの大軍を指揮下に納めている。

「惟任殿も戦場を駆け巡って立身されたのではないぞ」

惣兵衛は言葉を重ねた。

「父上、おっしゃりたいことはよくわかりますが、おれは調略や面倒な訴え事の裁きは苦手、鑓を手に戦場を駆けることで立身をする、水野家の所領を大きくする。そのつもりですぞ」

藤十郎はそう主張した。

「おまえには、何を言っても無駄のようじゃな。ともかくじゃ、共に上洛をするぞ」

と、惣兵衛は肩をそびやかし、それだけは命ずると言い足した。

「承知しました」

藤十郎は頭を下げた。

茶道はまっぴらだが、信長に会うのは楽しみだ。信長は秀吉、光秀といった才覚に長けた者ばかりか、柴田《しばた》勝家《かついえ》のような剛の者も好む。必ずしも、調略や統治に優れた者ばかりを重用するわけではないのだ。

自分はあくまで鑓働きで認められたい。

茶道を学び、信長に媚《こ》びようとは惣兵衛に老いを感じた。内心、親父殿、しっかりしてくれよ、と藤十郎は危惧《きぐ》してしまう。

そんな藤十郎の心の内など慮《おもんぱか》ることなく、惣兵衛はしげしげと天目茶碗を眺め、一人、悦に入っていた。

「親父殿、茶では家名は保てぬぞ」

内心の不満が思わず漏れる。

「本能寺では、上さまご自慢の名物の茶碗が披露されるそうじゃ。いずれも、名器、中には一国と引換にしてもよいという茶器もあるそうじゃぞ。一国は大袈裟《おおげさ》にしても、一万貫を積んでも欲せられるものがあるとか」

おまえにわかるかと惣兵衛は言いたいようだ。茶の奥深さを語っているのだろうが、藤十郎には理解できるものではない。

「おれなら、銭を選ぶな」

迷わず藤十郎は答えた。

「おまえらしいな」

惣兵衛は笑った。

六月一日、藤十郎は惣兵衛と共に京都にやって来た。惣兵衛と共に、本能寺へと向かったものの、藤十郎は本能寺に入ることはできず、宿舎である東山の東福寺の宿坊で待機することにした。

その日の夕刻、惣兵衛は帰るや興奮気味に茶会について語り始めた。

「それはもう、名物の数々でな。公家衆も垂涎《すいぜん》の眼差《まなざ》しであったぞ」

藤十郎には全く興味がない話である。惣兵衛が並べたてる名器の名前は、右から左へ耳を素通りしていく。

「親父殿、出陣は何時《いつ》になったのですか」

藤十郎はさえぎるように問いかけた。

話の腰を折られた惣兵衛はむっとして返す。

「我々は、こたびは刈谷を固めよということじゃ」

「話にならんぞ。京の都に茶を飲みに来たのか」

つい憎まれ口を利《き》いてしまう。

「何を！」

惣兵衛は怒りの形相となった。

「おれは、がっかりだ」

「戦好きの猪武者《いのししむしゃ》めが」

惣兵衛は激高した。

「もう、よい」

藤十郎は立ち上がった。

「何処《どこ》へ行く」

惣兵衛が危ぶんだ。

「妙覚寺だ」

妙覚寺には信長の長子の織田信忠が滞在している。水野家は信忠配下である。信忠に中国出陣を頼もうと藤十郎は思い立った。

「勝手な真似《まね》は致すな」

惣兵衛は引き留めようとしたが藤十郎は無視して宿坊を飛び出した。

「まったく、親父殿はひよってしまっておるわ」

惣兵衛が戦国武者の気概を忘れてしまっていると、藤十郎は嘆いた。

一人残された惣兵衛は、あわてて誰か藤十郎についてゆけと命じた。その言葉を受け、勘定頭を務める富永半兵衛《はんべえ》が藤十郎を追いかけ、妙覚寺に向かった。

藤十郎が妙覚寺へ着くと、信忠の軍勢が妙覚寺を警護している。表門を入ろうとした藤十郎は、鑓《やり》を手にした雑兵《ぞうひょう》たちに阻《はば》まれてしまった。たじろがない藤十郎に対して、ようやく追いついた半兵衛が、おっかなびっくりの顔で帰りましょうと袖を引く。

「中将《ちゅうじょう》さまに会いに来た。刈谷の水野惣兵衛の倅、藤十郎だ」

藤十郎は半兵衛の手を掃《はら》い、雑兵たちを威嚇《いかく》するように声を張り上げた。

信忠は従三位《じゅさんみ》左《さ》近《こん》中将の官位を持っている。

雑兵たちは顔を見合わせ戸惑っていたが、そこへ、素襖《すおう》姿ではあるが、頭を丸めた男が通りかかった。

「おお、水野の……」

「これは、玄以《げんい》殿。刈谷の水野藤十郎でござる」

すかさず、藤十郎も応じる。

前田玄以、尾張小牧の真言宗の寺院小松原寺の僧侶《そうりょ》であったが、信長に召し出され、いまは信忠の近臣として仕えている。

「玄以殿、殿さまに会いたいのだ」

藤十郎が願うと、

「あいにくとな、殿さまは本能寺じゃ。が、ま、よい。入られよ」

玄以は藤十郎を中に入れてくれた。半兵衛は藤十郎の帰りを表門の側《そば》で待つようにいわれた。

玄以に案内され境内を歩きながら、

「殿さまの軍勢はどれくらいですか」

藤十郎は問いかけた。

「五百といったところじゃな」

玄以は答えた。

「五百……それは少ないですな」

藤十郎は境内を見回す。

「なに、間もなく軍勢は集まる」

二人は玄以が宿舎としている庫裏《くり》に入った。

書院で玄以と対面する。

「本日、こちらに参ったのは毛利攻めに加えて頂きたいとお願いするためです。玄以殿、殿さまにお取り継ぎくだされ」

単刀直入に藤十郎は願い出た。

「話してみるのは構わんが、惣兵衛殿は承知しておるのか」

「親父はふぬけでいけませぬ」

「なんじゃ、そなたの独断か」

玄以は声を上げて笑った。

「お願いします」

藤十郎は重ねて願った。

「それは、殿さまと惣兵衛殿がお決めになることじゃ」

玄以は慎重な言い回しをした。

「殿さまのご出陣は何時になりましょう」

「ここ四、五日中であるな。そう急ぐことはないだろう。毛利の前線、備中《びっちゅう》高松城は羽柴殿が水攻めで囲んでおる。その羽柴殿の後詰に惟任殿が軍勢を率いて丹波を出陣された」

「惟任殿、羽柴殿の後詰では、さぞや、ご不満なのではござらぬか」

「そうでもなかろう。上さまと殿さまの軍勢が高松城に着陣すれば、毛利との間で決戦が行われる。勝ちに決まっておるが、その後、毛利領に攻め込み、領国の仕置が行われよう。羽柴殿は毛利と交渉し、毛利十ヶ国の内、五ヶ国を割譲する条件を引き出しておられる。上さまがそれで納得されるか、武田のように滅ぼしてしまわれるか……ただ、惟任殿は毛利との合戦後、伯耆《ほうき》、石見《いわみ》に転戦される予定だ」

調略に長けた惟任こと明智光秀は、既に伯耆の国人領主らを帰服させているのだとか。

その話を聞いた藤十郎に、急がなければ戦は終わってしまうではないかという危機感が押し寄せた。

「玄以殿、是非にも参陣できるよう殿さまにお願いしてくだされ。お願い致す。必ずですぞ！」

焦りから強い口調で玄以に懇願する。

「はやることはない。戦はまだまだ続く。そなたの活躍の場が失われることはないのじゃぞ」

宥めるように玄以は頭をつるりと撫《な》でた。

玄以も惣兵衛と同じ類《たぐい》の人間だ。やはり、信忠に直《じか》に訴えないと話にはならない、と藤十郎は感じた。

「殿さまは、何時頃お帰りになりましょうか」

「さて、今宵《こよい》は、上さまと親子の語らいとなりましょうから、夜も遅くなろう」

食い下がる藤十郎に、次第に玄以は迷惑顔になっていく。

「これにて、失礼致します」

これではらちが明かない、明朝に出直した方がよいだろう、と思った藤十郎は書院を出た。

妙覚寺を出ると、すでに夜の帳《とばり》が下りていた。このまま宿舎に帰って惣兵衛の小言を聞かねばならないかと思うと気が塞《ふさ》ぐ。今夜は月のない闇夜《やみよ》。それゆえ、益々気持ちが暗くなった。

こういう時は、

「女だ」

藤十郎は呟いた。

門前で律儀《りちぎ》にも富永半兵衛が待っていた。

思わせぶりな笑みを半兵衛に投げかけると、

「お遊びくだされ」

藤十郎の気持ちを汲《く》んだ半兵衛は金を一枚くれた。勘定頭を務める半兵衛は金勘定に長けており、今回の上洛に際して、路銀の管理や宿の手配を行っていた。藤十郎には遊興費を融通してくれる便利な男である。これで、色里へ行ける。

都まで来て、女の一人も抱かぬでは来た甲斐《かい》がない。

「いつもすまん」

「気になさらないでください。手前は藤十郎さまのお役に立ちたいのでございます」

真顔で半兵衛は言い立てた。

「ならば、行ってくる」

藤十郎は半兵衛と別れて東山に向かった。

都の女を抱けると思うと、これまでの憂《う》さが晴れてゆく。我ながらいい加減なものだが、男が女を求めるのは当たり前だ。

東山の遊郭で一刻《いっとき》を過ごした藤十郎だったが、遊郭の女にはがっかりした。期待が大きすぎたのだ。都の遊び女《め》というだけで、雅《みやび》さを願ってしまったのは間違いだった。

藤十郎の相方は、生まれは若狭《わかさ》だという、貧しいゆえに都に売られてきた娘で、その身の上話を聞いて侘《わび》しい気分になってしまった。

都の女だからといって、公家の姫を想像した自分が間違っていた。

横でいびきをかきながら眠っている遊び女の寝顔を見ながら、藤十郎はもやもやとした気分に身を委《ゆだ》ねた。やはり、戦に出たい。父からは猪武者だと蔑《さげす》まれたが、戦場で死を覚悟せずに命を惜しめば、かえって生き残ることはできないだろう。

弱気の虫が鳴いてはおしまいだ。戦に出る以上は脇目も振らず、しゃにむに敵を求めて突進するのだ。

「毛利攻めに加わるぞ」

いっそのこと、信長のいる本能寺に駆け込むか。

信長の軍勢に加わり、毛利攻めについて行こう。信長は自分に目をかけてくれているそうだ。藤十郎の顔を見れば邪険に追い払ったりはしないだろう。惣兵衛が激怒しようが、かまうものか。

毛利攻めで大いに功を挙げれば父とても許してくれよう。

藤十郎は気負いたち、遊郭を出た。

考えてみれば、甲冑《かっちゅう》はおろか、鎧も持っていない。腰に太刀があるだけだ。

「ま、いいか」

構わぬ。

まずは、本能寺へ行って信長に目通りを願おう。軍勢に加えてもらえば、甲冑や武器などはいくらでも手に入るのだ。

「よし、決めた」

藤十郎は遊郭を出ると東山の坂を駆け下りた。

紫紺の空が乳白色に染まりつつある。振り返ると、屛風《びょうぶ》のように連なる東山の山並が薄っすらと陰影を刻んでいた。本能寺まで弾むような気持ちでひた走りに走る。平穏な都大路にあっても、心の中は戦場を疾駆する気分であった。

上さま、おれを連れて行け。

必ず、役立ってみせる。

「行くぞ！」

雄《お》叫《たけ》びを上げた。

毛利攻めのことを考えると、早くも武者震いがする。

跳ねるような足取りで、藤十郎は本能寺を目指してまっしぐらに突き進み、静寂の都、安眠を貪《むさぼ》る都を駆ける。

「なんだ」

上京と下京を南北に繋ぐ室町通に至ったところで、　藤十郎ははたと足を止めた。

地鳴りのような音がする。

——地震か。

地の底から這《は》いあがるような不気味な揺れと共に恐怖心が湧《わ》き上がる。まるで、戦場のような緊張感に包まれた。

軍勢だ。

しかも、相当な大軍が押し寄せてくるのだ。都の払暁《ふつぎょう》、一体、何処の軍勢が何のために行軍して来るのだろう。

藤十郎はともかく本能寺へ向かった。

「なんと」

藤十郎は仰天した。

松明《たいまつ》を掲げた大軍が陸続と本能寺を囲んでいる。信長を守る軍勢であろうか。それにしてはどこか物々しい。

松明に照らされた旗指物には桔梗《ききょう》の紋が染め抜かれてあった。

「惟任日向守……」

明智光秀の軍勢だ。

明智勢は信長よりも一足早く毛利攻めに向かうと聞いている。それが、なんで本能寺を囲んでいるのか？

信長の閲兵を受けるのか。

いや、それなら本能寺を囲むことはあるまい。加えて軍勢は戦場のような殺気を放っている。

まさか、謀反《むほん》なのか。

藤十郎の脳裏に謀反の二文字が浮かび上がったその時、明智勢から鉄砲が放たれた。それを合図に、夜明け前の空に攻め太鼓、法螺貝《ほらがい》の音、軍勢の雄叫びが吸い込まれてゆく。

都の平穏は一瞬にして破られた。

藤十郎は、とりあえず東福寺の宿坊へと戻ることにした。

どこをどう通ったのかはわからない。負け戦の戦場から逃れるのはこんな気分であろうかと思った。恐怖心と生への執着心が入り混じる。

東福寺の宿坊に飛び込んだ藤十郎の全身は汗まみれだ。小袖が汗でべったりと背中に貼《は》りついている。

家臣たちは何事かと、寝ぼけ眼で起きてきた。

「若、何処へ行っておられた」

家臣の問いかけに答える暇《いとま》も惜しくなって惣兵衛のもとに向かった。惣兵衛は騒ぎを聞きつけ、既に寝巻を着替え、身支度を整えていた。

「騒がしいの。おまえ、野伏《のぶせり》どもと喧嘩沙汰《けんかざた》でも起こしたのか」

藤十郎を剣呑《けんのん》な目で見る。

「ほ、本能寺……が、軍勢に……囲まれておりました」

光秀謀反の驚愕《きょうがく》と駆け通したために息が上がり、うまく話せない。

「なんじゃと」

惣兵衛の顔が歪《ゆが》んだ。

「惟任日向……明智光秀が……む、謀反……」

息が整わず、言葉が切れ切れになってしまう。

「惟任殿が……。信じられぬ」

一瞬にして惣兵衛の顔面は蒼白《そうはく》となった。

ようやく藤十郎は息を整え、手巾《しゅきん》で額と首筋の汗を拭《ぬぐ》った。

こんな父は見たことがない。激しく動揺している。それを見て喜んでいる場合ではないのだが、落ち着きを取り戻した自分が誇らしくなった。

「して、殿さまはいかがされておられるのじゃ」

惣兵衛に問いかけられ、

「殿さま……、中将信忠さまですか」

「妙覚寺に逗留《とうりゅう》しておられるではないか。殿さまは、いかがしておられるのだ」

「いや、それは……」

泡を食っていて、妙覚寺の様子を確かめるどころではなかった。信忠のことなど、頭の隅にもなかった。

「馬鹿めが。我ら水野家は上さまの命で、信忠さまの与力を仰《おお》せつけられておるのじゃぞ」

惣兵衛は怒り出した。

「はい、それが……」

口ごもると、

「この役立たずが」

惣兵衛は立ち上がるや藤十郎を突き飛ばし部屋を出ると、足音高らかに宿坊を出て行った。藤十郎も表に出る。

次々と本能寺の状況が伝わってくる。

耳に入ってくる雑説では、本能寺は明智勢によって十重《とえ》二十重《はたえ》に囲まれ、蟻《あり》の這い出る隙間もないとか。信忠は妙覚寺を出て隣の二条御所に移り、明智勢と交戦しているそうだ。二条御所は信長が東宮誠仁《さねひと》親王のために建てたもので、正親町《おおぎまち》天皇が住まいする御所が上の御所と呼ばれるのに対し、下の御所と通称され、大勢の公家が参内して、事実上の朝廷を主宰している。

信忠は誠仁親王が二条御所を退去するまでの休戦を申し入れ、光秀も承知したという。

「おお！」

周囲から大きな声が聞こえた。

西の空に大きな火柱が上がった。

本能寺が焼けているに違いない。藤十郎は信長がまさしくこの世から去ろうとしている現実を思った。

「明智め」

惣兵衛は唇を嚙《か》んでいる。

「父上、二条御所に馳《は》せ参じ、信忠さまの軍勢に加わりましょうぞ」

「我ら小勢が加わったとて、焼石に水じゃ」

藤十郎の言上を惣兵衛は言下に否定する。

「では、いかがするのですか」

「今、考えておる」

「考えておる間に明智勢が押し寄せますぞ」

藤十郎の言葉にみな息を呑《の》んだ。

「黙れ！」

藤十郎を睨《にら》み、惣兵衛は舌打ちをした。

京都から一番近い味方は……。

「安土《あづち》にまいりましょう」

藤十郎の申し出に、惣兵衛は首を左右に振る。

「安土へはすぐに明智勢が押し寄せよう。蒲生《がもう》氏郷《うじさと》殿が安土城を守っておられるが、本能寺のことを知れば、上さまのお身内を守り、安土から落ち延びられるであろう」

「ならば、堺はいかがですか。堺には、丹羽《にわ》長秀《ながひで》殿と信孝《のぶたか》さまの四国攻めの軍勢が集結しております。信孝さまの軍勢に我ら身を投じ、惟任勢と合戦に及びましょうぞ」

この藤十郎の案も案の定、惣兵衛が拒絶した。とても堺までは辿《たど》り着けないだろうということだ。

「堺といえば、徳川殿が堺見物をなさっておられるが、徳川殿も小勢、果たしてご無事であるかどうか。いや、徳川殿の身を心配しておる場合ではないな」

惣兵衛はどうにも判断に迷うようだった。藤十郎は焦《じ》れて言った。

「父上、あれも駄目これも駄目では答えが出ませぬぞ」

藤十郎は声を励ました。

「猪武者めが。きゃあきゃあと声ばかりを上げるでない。こういう時にこそ、落ち着いた判断が求められるのじゃ」

惣兵衛は藤十郎をそう叱責《しっせき》するが妙案は浮かばないようだ。

藤十郎もしばらくは口を閉ざし思案に暮れた。

「このまま、ここで身を潜めておる訳にも参りますまい。刈谷に戻るのがよろしいのではないでしょうか。安土も程なく明智勢に攻められましょう。そうすると、明智の軍では手勢がたりなくなり、京の明智勢は手薄となりましょう。われらは、ともかく刈谷に向かい、仮に明智勢に攻められても持ちこたえてみせればよろしいかと」

この提案は惣兵衛の心を動かしたようだ。表情を和らげ、藤十郎の考えを咀嚼《そしゃく》するように口の中でぶつぶつと呟《つぶや》いた。

「親父《おやじ》殿、覚悟を決めますぞ。惟任勢が攻めて来たなら、堂々と鎧を合わせるまでござる」

藤十郎が決意を促すと、惣兵衛も戦国武者の気概が蘇《よみがえ》ったのか、

「おお、惟任日向守、何するものぞ。水野の意気込み、見せてやるぞ」

と、応じた。

福山城、本丸御殿の寝間、勝成は全身をぶるっと震わせた。本能寺の変を思い出し、全身にさぶ疣《いぼ》が立つ。

「して、惟任勢は……明智勢は東福寺に攻め込んでまいったのですか」

目を輝かせ、勝貞が問いかけてきた。

「来なかった……」

答えてから、

「わが水野勢に恐れを成した、と言いたいがそうではない。明智光秀は、柄にもなく思いつきで信長公を討った。つまり、周到さを誇る明智にしては、ずさんな叛旗《はんき》であ

った。よって、信長公、信忠公を討ってから後の企てまで段取りをしておらなんだ。味方を募り、朝廷を味方につけ、弔い合戦に及ぶであろう織田、徳川の軍勢に備え、上さまの本拠、安土を押さえる等々、我らに手が回らなかったのが本当のところじゃ」

勝成は言い添えた。

勝貞は黙ってうなずく。

「我らは都大路に明智勢が少なくなったのを見定め、都を脱した。みな、ばらばらになって都を出たのじゃ。刈谷に戻ったのは十五日であった。わしは、直ちに堺から苦難の伊賀《いが》越えをして岡崎に戻った徳川家康殿に味方し、明智を討つべしと父上に言上した。父上も、信長公の弔い合戦とあって、戦支度にかかっていたのじゃ。じゃが、その時には既に明智光秀はこの世にいなかった。二日前の十三日に、山崎の合戦で太閤殿下に敗れ去っておったのだ」

感慨深そうに勝成は遠くを見る目をした。

「父上、お疲れでござりましょう。お休みくださりませ」

勝俊が勝成を気遣い、勝貞にはこのくらいにしておけと言った。勝貞は残念そうだったが、勝成の負担を思い、承知した。

しかし、勝成は勝俊の言葉を遮るように、

「気分がよい。今少し語りたくなった」

と、話の続きを語り始めた。

四

徳川家康が挙兵した。

本能寺の変から二月が過ぎた八月のことである。

信長の死を好機とした一揆《いっき》が起き、信長から甲斐を任された河尻秀隆《かわじりひでたか》が誅殺《ちゅうさつ》されてしまったのである。家康は、権力の空白地帯となった甲斐の鎮定を名目に、すかさず兵を向けたのだ。

惣兵衛は藤十郎に、

「こたびの徳川殿の挙兵に我らも加勢することとなった。ついては、徳川殿は藤十郎、そなたに兵を率いて参陣せよとのおおせじゃ」

「承知致しました」

つい、声が弾んでしまった。大いに望むところである。すると、惣兵衛は疑わしそうに目を凝らして問いかけてきた。

「そなた、わしに内緒で徳川殿に頼んだのであろう」

惣兵衛の目は誤魔化せないし、欺《あざむ》く気も起らない。間違ったことはしていないのだ。

そんな信念から、

「是非にも水野勢を加えてください、と頼みました」

と、胸を張った。

惣兵衛も家康からの援軍要請となれば、反対はできない。

「本来、我らは織田家に属するのじゃぞ」

惣兵衛は乾いた声で言った。

「ですが、指揮を受けるべき中将信忠さまは亡《な》くなられたではありませぬか。御嫡男《ごちゃくなん》、三法師さまが家督を継がれましたが、いかんせん、三歳の幼子であられますぞ」

藤十郎の言葉に惣兵衛は怒ると思いきや、

「上さまが亡くなり、織田家の……いや、天下の行方は混迷している。上さまが天下一統への道筋をつけられたとはいえ、数多《あまた》の大名ども、織田信長には従っても、三法師さまに頭を下げるであろうかのう。三法師さまは織田家を継いだが、天下人を継いだわけではない。我ら水野家が生き残る術《すべ》、よくよく考えねばならぬ。家康殿にお味方するのは今後を考え、理に適《かな》っておる。そこまで、おまえが考えた末であれば、それでよいのじゃがな」

惣兵衛の言葉の裏には、戦をしたいから徳川勢に加わるのでは許さぬぞという意思が感じられる。

「むろん、天下の動向を見据えての出陣でございます。親父殿、水野家ここにありと、家康殿にお目にかけますぞ」

藤十郎は声を張り上げた。

「敵を侮《あなど》るな」

「お言葉ですが、一揆勢なぞ、物の数ではございません」

「馬鹿者、敵は北条じゃ」

「北条……」

そうだ、甲斐を治める者がいなくなれば、北条が放っておくはずはない。

北条は早雲以来、氏綱《うじつな》、氏康《うじやす》と名君が続き氏政《うじまさ》を経て今の氏直《うじなお》まで、領地は拡大の一途を辿っている。氏政は隠居し家督を氏直に譲ったものの、依然として実権を握り続け、今やその版図は関八州全般に及んでいた。

石高にして二百五十万石、兵は五万も動員できようか。武田攻めの際には、信長に従った。それが、信長死すの報を受け、織田家の関東探題滝川一益と合戦に及んだ。反織田の旗幟《きし》を鮮明にしたのだ。

織田の勢力が東国から去るのを好機にしようとしているのは、北条だけではない。

武田家滅亡により、家康は信長から駿河を与えられた。三河、遠江、駿河、東海道三ヶ国の領土は、幼い家康が人質となっていた今川義元《よしもと》の全盛期に相当する。とはいえ、その石高にして、百万石に満たない。軍勢をかき集めたところで、二万五千が精一杯、北条と正面で戦えば不利な状況はいなめない。

「いかにも北条は強大でございますが、兵の全《すべ》てを甲斐に向けるわけにはいきませぬ。領国は関東一帯に広がっておるのですから、軍勢も分散しておりますぞ」

「その通りじゃ。じゃが、徳川勢より多くの兵を動かせることには変わりはない。厳しい戦と覚悟せよ」

「父上、御懸念《ごけねん》には及びませぬ」

惣兵衛はうなずくと、

「わしはな、おまえのように単純に、合戦への助勢とは思わぬ。甲斐攻めによって徳川殿の腹の内が読めた気がするのじゃ」

「腹の内……」

藤十郎は小首を傾《かし》げた。

「甲斐の一揆、徳川殿が陰で糸を引いておるやもしれぬ」

「では、徳川殿は甲斐を手に入れようと狙《ねら》っておられるのですか」

「甲斐だけではない。信濃《しなの》もじゃ。徳川殿は武田信玄を尊敬しておった。武田の軍法、武田の地侍たちが欲しいのじゃ。むろん、黒川金山もだがな」

実際、家康は武田家滅亡の後、数多くの武田の残党を徳川家で召し抱えた。

信長という怖くて主人同然の同盟者がいなくなった今、咽喉《のど》から手が出るくらいに欲しい武田領と残存勢力を全力で獲《と》りにいったとしても不思議ではない。

徳川家康という男、侮れない。今川家の人質だったが、桶狭間の合戦での義元の死を機に、三河に戻った。それから、信長と盟約を結び、武田の楯《たて》となる役割を果たし、武田家滅亡により、ついには東海道一の弓取りとなったのである。

これくらいのしたたかさがなければ戦国の世を渡ってはいけないということだろう。

「おまえが徳川勢に加わるに当たり、鳥居《とりい》元忠《もとただ》殿に書状をしたためた。おまえのことをよろしく頼むとな」

鳥居元忠は家康が今川の人質であった頃からの股《こ》肱《こう》の臣である。

「親父殿、それは余計なお気遣いでございます」

いつまでも子供扱いをされているようでいい気がしない。

「鳥居殿は歴戦の勇者、戦に長けたお方ぞ。そなたも、鳥居殿に学ぶ点は多いだろう」

惣兵衛は親心だと言いたいようだが、本音は藤十郎の暴走を危ぶんでの処置だろうと、藤十郎は勘ぐった。

ともかく、一礼して座敷を出る。

廊下を少し歩いたところで、半兵衛がにこやかに語りかけてきた。

「若さま、よろしゅうございましたな」

「おお、暴れ回ってやるさ」

「これで若さまの武名を徳川さまの軍勢にもとどろかすことができますな」

「むろんのことじゃ」

藤十郎は誇らしくてならなくなった。一軍の大将として、軍勢を率い甲斐へと乗り込むのである。

「さて、甲斐とはどのような国であろうな。四方を山に囲まれた山国だとか。戦うのは武田ではなく北条になったが、地下に眠る信玄におれの武者ぶりを見せてやるつもりじゃ」

「わたくしも、間近で若さまの働きぶりを拝見しとうございますが、いかんせん、戦のほうはとんと情けなきことでございます」

「おまえとて戦っておるのだ。戦は銭がなくてはできぬからな」

「何よりのお言葉です」

半兵衛は深々と頭を下げた。

八月の初め、北条氏直は武田の旧領を奪うべく五万の軍勢を率いて甲斐国巨摩《こま》郡若《わか》神子《みこ》に布陣した。先鋒《せんぽう》を北条氏勝《うじかつ》と氏忠《うじただ》が命じられ、各々《おのおの》郡内口と恵林寺《えりんじ》へ兵を進めた。

一方、徳川家康は北条との合戦に及ぶため、八月八日浅生原に布陣し、水野藤十郎と鳥居元忠に古府中《こふちゅう》を守らせた。

十二日、北条氏勝が一万の軍勢で三坂より黒駒《くろこま》に軍をすすめた。氏勝は姥口山に陣を敷き、古府中と甲斐善光寺の近辺を焼き払ったため、新府中の家康の本陣が危うくなった。

すわ、出陣だと藤十郎は身構えた。

が、惣兵衛から鳥居元忠の指示に従うよう、きつく釘を刺されていたため、元忠からの知らせを待つしかなかった。

待っている場合ではない、という思いに駆られる。功を挙げたいという焦《あせ》りではない。ここで動かねば、戦の勝敗にかかわる。勝機を逸すれば元も子もないのである。

「遅いのう」

苛々《いらいら》が募る。

「鳥居殿に伝令を立てよ。出陣を促すのだ」

と、藤十郎は陣内で怒声を発した。

すると、幔幕《まんまく》が上げられ、物見が駆け込んで来た。

「鳥居殿、出陣のよし」

「おのれ、鳥居元忠め！」

何の報《しら》せもなく、水野勢を無視し、さっさと出陣し抜け駆けをするとは、これが家康股肱の臣のやることか。

そっちがその気なら、こっちもやってやろうではないか。親父殿、鳥居元忠からひとつ学んだぞ。

先手必勝ということを。

「ようし、鳥居に抜け駆けはさせぬぞ。負けるな、追いつけ、いや、追い越せ」

藤十郎は怒鳴るや馬に跨《またが》った。

家臣も浮足立ちながらも出陣の準備を整えた。先陣を切り、藤十郎は鐙を手にひたすらに馬を駆った。

血潮が燃え盛り、武者震いする。

藤十郎の熱気が伝わったのか、家来たちも必死でついて来る。馬も応《こた》えてくれる。人馬一体となった時、鳥居勢が見えてきた。

善光寺の手前の一条町で鳥居勢に追いついた。

「水野藤十郎でござる！　鳥居殿に見参」

藤十郎は馬を進め、元忠のもとに向かう。馬に跨ったまま二人は対面した。

何食わぬ顔で会釈《えしやく》を返す鳥居を怒鳴りつけたくなるのを必死で我慢する。

「鳥居殿、抜け駆けなさるとは情けなや。貴殿はわが父から倅《せがれ》は若年のことゆえ何卒《なにとぞ》よろしくお願い致すと丁寧な書状を送られたはず。また、新府中においてお互い抜け駆けはせぬと約定も致した。それが約束を反故《ほご》になさるとは武将たる者のすることではござらん」

抑えていた激情が語る内に迸《ほとばし》り出て、最後には凄《すご》い剣幕となってしまった。そんな藤十郎に気圧《けお》されたように元忠は口をつぐんでいたが、

「お父上より藤十郎を頼むとの書状を頂き、抜け駆けせぬと約定はしたが、戦は時を逸してはならぬ。そなたの出陣を待っておっては、勝機を逸すると判断したゆえ、出陣致した。それを抜け駆けと申すのなら、申せばよい」

元忠は開き直り、若僧何するものぞ、との気概を示した。

藤十郎の顔には、怒りのあまり、逆に笑みがこぼれた。

「よう申された。それも道理。ならば、拙者も遠慮は致しませぬ。これからは思いのまま存分に働きますゆえ、お互い、文句はなしでござるぞ」

そう宣言するや藤十郎は馬の腹を蹴《け》った。馬は勢いよく走り出す。

すかさず水野勢が追走し、鳥居勢は思わず道を開けた。

藤十郎は一気呵成《いっきかせい》に、黒駒の北条氏勝の陣に迫っていく。

元忠が慌《あわ》てて馬に鞭《むち》をくれると、馬は驚きのあまり棹立《さおだ》ちとなった。振り落とされそうになった元忠は、必死に首にしがみついた。

「水野の小倅に遅れを取るな」

従者が馬を落ち着かせると、元忠は悔しさを滲《にじ》ませながら自軍を叱咤《しった》した。

鳥居勢も動き出し、両軍は怒濤《どとう》の勢いで氏勝勢を攻め立てる。

氏勝は油断していた。甲斐にこれほどの徳川勢がいるとは思っていなかったのである。実際には水野勢、鳥居勢合わせても千がやっとなのだが、戦意に満ち溢《あふ》れた新手の軍勢に氏勝勢はうろたえ、退却を始めた。

もちろん、藤十郎も元忠も追撃を命じる。

藤十郎は思いのままに暴れ、数多の首級《しるし》を得ることができた。

大勝利である。

「どうじゃ」

藤十郎は得意げに周囲を見回した。

鳥居元忠め、姑息《こそく》にも出し抜いたにもかかわらず、おれはこの通り存分な働きを見せたぞ。

これなら、惣兵衛も認めてくれる。北条の大軍を追い散らし、徳川家康股肱の臣、鳥居元忠に勝る働きをしたのだ。

新府中の家康本陣に藤十郎は参陣した。

家康は棚を設け、敵勢にみえるように、その上に水野勢と鳥居勢が討ち取った首級を晒《さら》している。

床机《しょうぎ》に腰を据える家康の前で片膝《かたひざ》をつく。

会うたびに家康は肥えて大柄になっている。しかし、それは暴飲暴食によるものではない。武将としての器が大きくなり、周囲に威厳を感じさせ、そのせいで大きく見えるのだろう。

「藤十郎、でかしたぞ」

家康も満面の笑みを拡《ひろ》げ、称賛の言葉を並べ立てた。藤十郎は胸を高ぶらせた。

「わしはな、これを機に信濃までも攻め獲るつもりじゃ」

最《も》早《はや》、家康は野心を隠そうとはしなかった。惣兵衛の考え通りである。家康は甲斐、信濃という武田の旧領が欲しいのだ。

「ならば、是非にも信濃に出陣致しとうございます」

藤十郎は勇み立った。とことん戦いたい。信濃だろうが越後《えちご》だろうが、戦が続く限り地の果てまでも駆け抜けたい。

「藤十郎は信濃に参るには及ばぬ」

ところがそんな藤十郎の思いをまるで逆撫でするかのように、家康はにこやかに拒絶した。

「いえ、お気遣いご無用でござります。この後は信濃へも兵を進めてまいりとうございます」

藤十郎は身を乗り出した。

「いやいかん。これ以上、水野家の軍勢を働かせては、惣兵衛殿に申し訳ない」

家康は首を左右に振った。

「そのようなことはございません。父とても望むところでございましょう。戦が終わらぬ内に刈谷に戻れば、何をおめおめと戻ったと、父より叱責を受けます」

藤十郎は強く言った。

「そなたの気持ちはありがたいが、そなたの兵どもは疲れておる。刈谷より遥《はる》か甲斐まで出兵してまいったのじゃ。そなたも大将ならば、兵の消耗を気遣わねばならぬ。それが大将と申すものじゃぞ。兵というものはな、勝ち戦に酔っておる時は、気丈なものじゃが、終わると思っておった戦が長引くとなったら、張り詰めておった気力が切れてしまう。気持ちが切れれば、自《おの》ずと身体《からだ》も言うことを聞かぬものじゃ」

もっともらしく家康は噛んで含めるように言い立てる。

家康から大将の心得を諭されては反論しようがない。

「承知しました」

ぐっと言葉を呑み込み、そう応じる他なかった。

「藤十郎、こたびの働き、わしから惣兵衛殿に書状にて書き送るぞ」

「かたじけのうござります」

藤十郎は一礼した。

家康は満足そうにうなずくと、

「ところで、藤十郎、そなた、馬と鑓《やり》は中々のものであるが、水練はいかがじゃ。達者か」

と、不意に意外なことを問いかけてきた。

「はあ……一応は」

藤十郎は家康の意図がわからず、思わず生返事をしてしまった。

「水練は欠かすな。負け戦となった時、陸の上ならば大将の身代りとなる者はおるが、川を渡らねばならぬ時、代わりに泳がせる者はおらぬからな」

「なるほど、その教え、生涯忘れませぬ」

大真面目《おおまじめ》に諭す家康に藤十郎は答え、しぶしぶと立ち上がった。

家康の陣から出ると家臣たちの視線を感じた。

御馳走《ごちそう》のお預けを食ったような気分になっているのは藤十郎もみなも同じようであった。

藤十郎の脳裏に家康の福々しい顔が浮かんだ。いかにも、藤十郎と水野の兵を労《いた》わるかのような親切面《づら》の下に潜むしたたかな思惑。

信濃で藤十郎と水野勢が大いなる働きをすれば、領地を分け与えねばならなくなる。甲斐には北条という大敵がいたがために、一兵でも多く欲しかった。それゆえ水野家に援軍を請《こ》うたのだが、北条勢が引いたとあれば、水野勢は用済みということだ。信濃は群雄割拠の状態に戻ってしまった。烏合《うごう》の衆《しゅう》の豪族たちであれば、徳川勢だけで簡単に制圧できるという腹積もりなのだろう。後々の領地分けのことを考えれば、徳川勢だけで制圧するに限る、と判断したに違いない。

「狸《たぬき》親父め」

まんまとやられた。

徳川家康、どこまでも食えぬ男だ。

福山城本丸御殿の寝間、勝成は鳥居元忠を出し抜いての鑓働きの一段を語り終えた。力が入り過ぎたせいか、どっと疲れが押し寄せる。

「今日はこれくらいに……」

勝成の疲労を見て取った勝俊が声をかけ、勝俊と勝貞は寝間を退出した。

気が付けば日輪は大きく西に傾いていた。

勝成は布団《ふとん》に身を横たえる。両目を閉じると同時に睡魔に襲われた。

心地よい眠りを味わえそうだ。

第二章　出奔――小牧長久手《ながくて》の合戦

一

明くる日、勝成は病床から脱した。

もう大丈夫だ。立ち眩《くら》みもない。単純なもので平癒すれば身体《からだ》を動かしたくなる。

小袖《こそで》に裁着《たっつ》け袴《ばかま》を穿《は》き、鑓《やり》を手に本丸御殿の庭に降り立った。陽光降り注ぐ瀬戸の海に、緑の塊となった島々が浮かんでいる。海鳥が飛び交い、白い花が咲き誇ったかのようだ。

勝成は胸一杯に潮風を吸い込むと両手で鑓の柄を持ち、腰を落とした。

「でえい！」

野太い声を発すると、鑓をしごく。

穂先が煌《きら》めき、全身に血潮が駆け巡った。三度、四度、鑓を突き出す内に調子がよくなり、頭上でぐるぐると回した。

更に血が猛《たけ》り、すり足で前進と後退を繰り返す。

額に汗が滲《にじ》んできて頬が紅潮し、海風が心地良い。いい気分になって鑓を振るっているところへ、

「お爺《じい》さま」

という勝貞の呼びかけが耳に飛び込んできて、思わず声の方に首を捻《ひね》る。すると、たちまちにして身体の均衡が崩れ、足がもつれた。小石にけつまずき、前のめりに転んでしまった。

「だ、大丈夫でござりますか」

泡を食って勝貞が駆け寄って来た。

「大袈裟《おおげさ》に騒ぎ立てるな」

顔をしかめ勝成は手を貸そうとする勝貞の手を払った。恥ずかしさと情けなさで一杯になりながら鑓を杖《つえ》代わりにして腰を上げると、袴に付いた泥を掃《はら》った。

心配そうに見つめる勝貞に鑓を渡して、

「鑓を振ってみせい」

と、命じる。

勝成の期待に応《こた》えようと勝貞は勇み立った。

目を爛々《らんらん》と輝かせ、鑓を受け取るや、戦場さながらの大音声《だいおんじょう》を発し、長柄を両手に

持つ。

「もっと、腰を落せ」

勝成の指導を勝貞は素直に受け止め、大股《おおまた》開きとなって腰を沈めた。

勝成はそんな孫に目を細めた。

四《し》半刻《はんとき》程、勝貞と鑓の稽古《けいこ》を行い、勝成は本丸御殿の小座敷に向かった。

「お爺さま、今日の語りはいかなるものでございましょう」

期待を込め、勝貞が問うてきた。

勝俊が加わり、祐筆《ゆうひつ》を控えさせている。勝成の話を勝俊と勝貞のみが聞くのは勿体《もったい》ないと、後世に伝えようというのだ。

勝成も悪い気がしない。記憶違いや曖昧《あいまい》な点もあろうが、できる限り正確に自分の事績を振り返ろう。時に自慢話、あるいは反省談になるだろうが、それも含めて赤裸々にわが生涯を話してやる。

逸《はや》る気持ちを押さえ、勝成は話の口火を切った。

「ならば、本日は父、惣兵衛忠重との決別、流浪《るろう》の有様について語ろうかのう。いわば、若気の至りの話じゃな」

勝俊はちらっと勝貞を見る。若いおまえこそがよく聞けと言いたいようだ。勝貞も意識し、いつにも増して真摯《しんし》な目となった。

「父に勘当されたのは、天正十二年（１５８４）の初夏、小牧長久手の合戦の最中《さなか》であった。我ら水野家は織田信雄《のぶかつ》公、家康公に従い、のちに天下人となった秀吉公の大軍と戦った……」

懐《なつ》かしむように勝成は目をしばたたいた。

山崎の合戦で逆臣明智光秀を討ち取った羽柴秀吉は、翌天正十一年、賤《しず》ヶ岳《たけ》の合戦で織田家宿老柴田勝家を破り、信長の後継者への道を進み出した。

秀吉が勝家と敵対した際、信長の次男の信雄は秀吉に、三男信孝は勝家についた。勝家が越前《えちぜん》北《きた》ノ庄《しょう》で自害して果てた後、秀吉の内意を受けた信雄は信孝の岐阜城を包囲、柴田勝家という後ろ盾を失った信孝は降伏した。投降した信孝は尾張《おわり》国知多郡野間の内海《うつみ》大御《おおみ》堂寺《どうじ》に移され、信雄の命令で切腹させられた。

信孝を滅ぼしたことで、自分が信長の後継者に成ったと思いこんだ信雄は、織田家の家督を継いだ信長の孫三法師の後見職として、再建された安土城仮屋敷に入る。とところが、程なくして秀吉によって安土城の退去を指示されることになる。これにより、信雄は秀吉に疑念を抱き、両者の間は険悪となった。

信雄は秀吉に対抗するため徳川家康と同盟した。信雄、秀吉の対立が深まった天正十二年の三月六日、信雄は秀吉に懐柔され内通したとして三人の家老を処刑した。秀吉は激怒し、信雄討伐の兵を挙げた。信雄は家康に助勢を要請、これに応じた家康は軍勢を率いて浜松城を発し、尾張に入った。清洲《きよす》城で家康と信雄が会見したのは三月十三日のことだった。

水野家は信雄の要請を受け、信雄、家康連合軍に加わる。

十六日の早朝、藤十郎は父の惣兵衛と共に尾張星崎《ほしざき》城攻撃に当たっていた。信雄が殺した三人の家老の一人岡田重孝《しげたか》の弟将監《しょうげん》が拠《よ》り、秀吉方について抵抗の意思を示したのである。信雄から攻撃せよとの命令が水野家に下り、出陣の運びとなったのだ。

水野勢はまず、星崎城の城郭外にある家屋敷を焼き払った。城の兵たちは城に立て籠《こ》もり、大いなる戦意を示している。

信雄から派遣された軍勢を合わせた千の軍勢が惣兵衛の指揮下に入っている。

「軍勢を二手に分ける。一手は藤十郎が率いて裏手に回れ」

惣兵衛の下知に、

「承知！」

力強く答えると藤十郎は五百の兵で二の丸の裏手に回った。

城兵たちから雨霰《あめあられ》の如《ごと》く矢弾が射かけられるがものともせず、藤十郎は下馬すると味方を率い、竹束、盾を立て掛けながら塀の側へと攻め寄せる。堀の手前三十間に至ると軍勢を止め、城内の敵勢と対した。

一層の激しさを増した銃弾が浴びせられる。

「若、危のうござる」

配下の者が声をかけてきた。

聞く素振りも見せず藤十郎は竹束から身を乗り出し、自らが鉄砲を放った。

「へなちょこの鉄砲弾なんぞ、おれに当たるものか」

首から提げた渡《と》唐《とう》天神の木像をそっと右手で撫《な》でると、藤十郎は足軽たちが弾込めをした鉄砲を受け取り、敵に筒先を向けた。

具足の背中の受筒に差した旗指物が風にたなびく。高天神城合戦の武功により、信長から下賜《かし》された永楽銭の旗指物で、信長に見守られているような気持ちになる。

しかし、ひときわ目立つ永楽銭の旗指物は格好の標的となり、藤十郎の周辺に矢弾が集中する。足元に弾丸が降り注ぎ土煙が立った。脇《わき》を固める足軽がばたばたと倒れていく。それでも、藤十郎はうろたえるどころか憤怒《ふんぬ》の形相で、

「ひるむな！」

と、味方を鼓舞する。

寄せ太鼓や法螺貝《ほらがい》をひときわ大きく打ち鳴らさせ、味方の戦意をさらに高揚させる。

しかし、堀の幅は思いの外に広く、水野勢から放たれる矢弾は土壁には命中するものの、敵の勢いを弱めることができない。敵は櫓《やぐら》の上や土壁に設けられた石打棚に乗って弓や鉄砲を放つ。そうでない者は武者走りに屈《かが》み、鉄砲狭間《ざま》や弓狭間から攻撃を仕掛けてくる。

このままの力攻めでは多大な犠牲が強いられるだけだ。かといって兵糧《ひょうろう》攻めをするには兵力不足だし、日数が伴う。

何か打開策を見つけねばならない。

藤十郎は竹束に身を寄せ、燃え盛った闘志を落ち着けた。

「猪武者《いのししむしゃ》めが」

なじる声が頭の中で聞こえる。

惣兵衛がおまえは力攻めしかできない猪武者に過ぎないと嘲《あざけ》る様が目に浮かぶ。

「いかん！」

首を左右に振り、脳裏から父の姿を払い除《の》けた。惣兵衛と戦をしているわけではない。目の前の城攻めに集中せよと自分を戒める。その間にも足軽雑兵《ぞうひょう》たちが敵の矢弾の餌《え》食《じき》となってゆく。一旦《いったん》、引いて信雄に兵を送ってもらうよう要請し、後日、大軍で攻めかかるか。

いや、そんなことはできない。

今は大将としての器量を試されているのだ。

竹束の隙間《すきま》から敵の様子を見る。巨人の如く立っている二つの櫓が目につく。そこから射かけられる弓、放たれる鉄砲が最大の障害だと気づいた。

よし、あの櫓だ。

「火だ、櫓に火をかけろ」

藤十郎は味方に命じた。

火矢が準備された。鏑矢《かぶらや》の目の穴に油紙を詰め、火を付ける。足軽たちが次々と櫓に火矢を放つ。しかし、敵の矢弾が飛び交っているとあって、足軽たちの腰は引け、火矢は、届かなかったり、外れたりを繰り返している。

「ええい、おれに任せろ」

焦《じ》れた藤十郎は、五人張りの強弓《ごうきゅう》を持ってくるよう、足軽に命じた。四人がかりでようやく弓を曲げ、残り一人が弦《つる》を掛ける程の強い弓だ。弦を引くだけで相当な力を要する。ましてや的中させるのは至難の業だ。それだけに、抜群の破壊力を誇り、百間離れた武者の鎧《よろい》をも貫く。

源平合戦の勇者、鎮西八郎為朝《ちんぜいはちろうためとも》がこの五人張りの強弓の名手として知られている。

幼い頃、藤十郎は惣兵衛から為朝の勇猛ぶりを聞かされた。保元《ほうげん》の乱で敗北した崇《す》徳《とく》上皇に味方したため、為朝は肘《ひじ》の節を切られ、八丈島に流された。

「しかし勇者為朝公は傷が癒《い》えると八丈島にあっても強弓を引き始めた。その腕たるや一里先の岩に的中させ、岩をこなごなに砕かれたそうじゃ」

惣兵衛はそう語った上で、

「そなたも、為朝公の如き勇者となるのじゃ」

と、少年藤十郎の頭を撫でたのだった。

いくら為朝でも一里彼方《かなた》の岩を弓で砕くなど、言い伝えに過ぎないだろうが、藤十郎は見たこともない源平合戦の英雄に憧《あこが》れ、日々武芸を修練してきた。

「親父《おやじ》殿、為朝公には敵《かな》わずとも、おれの強弓で味方に勝ちをもたらしてみせるぞ」

心の中で惣兵衛に語りかけると仁王立ちとなり、足軽が差し出す強弓を受け取る。

次いで、首から提げた渡唐天神像をそっと撫でる。

その上で心静かに矢を番《つが》え、右の櫓に狙《ねら》いを定めようと弓弦《ゆづる》を引いた。櫓の最上層までは二百間程だ。

敵の矢弾が飛んでくるが、藤十郎の眼中には入らない。彼の目には敵の櫓と最上層で弓や鉄砲で奮戦する武者、雑兵があるのみだ。

「でえい！」

大音声と共に射た。

矢は流星のように飛び、櫓の屋根に命中した。同時に屋根が吹き飛んだ。間髪容《い》れず、二の矢を射る。矢は最上層の板壁を貫き、二人の鎧武者を串《くし》刺しにした。二人は相撲取りに張り手をかまされたように勢いよく落下した。

左の櫓に陣取る敵は唖然《あぜん》とし、一瞬攻撃が止《や》んだ。

「櫓に火矢を射かけよ」

藤十郎が命ずると、藤十郎の強弓に勇気づけられた味方が次々と火矢を射る。

二つの櫓が燃え上がった。

敵の悲鳴が上がる。瞬《また》く間に櫓は燃え落ち、打棚に乗った敵勢を炎に包んだ。

「今ぞ、押せ！」

戦場にあっても轟《とどろ》くような大声で藤十郎は命じた。

百人ばかりの雑兵たちが堀に入り、射かけられる矢をものともせず水の中を進む。やがて、土壁に取り付いた雑兵たちは、競い合うように土壁をよじ上っていく。

「鉄砲を放て、矢を射かけよ」

藤十郎は自ら鉄砲を放ち、土壁を登る味方の雑兵を援護した。数人の雑兵が土壁を乗り越え、城内に雪崩《なだれ》込んだ。城内に入った雑兵によって堀にはね橋がかけられた。続いて城門が開かれる。

藤十郎が先頭を切って城内に攻め込む。

藤十郎は、一歩足を踏み入れるや、鑓を手に暴れ回った。水野勢もそれに続く。鑓が折れた者は太刀で斬《き》りまくり、太刀を失った者は敵に組み付き小刀で倒してゆく。敵は浮き足立ち、藤十郎たちに追い立てられた。

「かかれ、かかれ！」

藤十郎は叫びたてながら、鑓を振るう。面白いように敵が仕留められていく。甲冑《かっちゅう》のぶつかり合う音、怒号、悲鳴が響き渡り、城内は屍《しかばね》があふれ、鮮血に染められた。

敵はじりじりと後退する。やがて、表門から攻め込んだ惣兵衛の軍勢が見えた。藤十郎の軍勢と合流し、二の丸は占拠された。

敵は二の丸から引き、本丸へと移った。

二の丸を攻め落とし、

「藤十郎、こたびは、ようやった」

珍しく惣兵衛が誉《ほ》めてくれた。

藤十郎は誇らしげに胸を張り、

「親父殿、すぐにも本丸へ攻め込みましょうぞ」

と、進言した。

ところが、

「今日は兵を休める」

にべもなく惣兵衛は拒絶した。

「しかし……」

藤十郎は抗《あらが》おうとしたが、将兵たちの疲労、損耗を思うと無理強いはできない。

「今日はこれまでと致しますか」

藤十郎はさっさと具足を脱ぎ捨てた。惣兵衛は兵たちに休むよう言い渡し、酒を振る舞うと告げた。兵たちが喜びに沸いた。

破損を免れた二の丸御殿の大広間で酒宴が張られた。雑兵たちも庭先に座り、酒を飲み始めた。命のやり取りがなされる戦場での楽しみといえば、飲食である。日頃、滅多に口にはできない米の飯が食べられ、酒もふんだんに飲める。

大広間では惣兵衛もさすがに上機嫌だった。

「明日の内には城は落ちましょうぞ」

藤十郎は言った。

「そう、急《せ》くな」

惣兵衛は不機嫌ではない。勝利を味わうかのように杯を重ねる。

「慎重居士《こじ》の家康殿が、よく腹を括《くく》ってくれたものじゃな」

惣兵衛は意外な様子だ。

「信雄さまが、はっきりと秀吉に敵対なさったからでござりましょう」

藤十郎は言った。

「そこよ。こう申してはなんじゃが、あの優柔不断で臆病《おくびょう》な信雄さまが、ようも三人の家老を殺し、秀吉と対決するという姿勢を示したものよ」

惣兵衛は酒を飲む手を休めた。

「信雄さまは、秀吉に騙《だま》されたことに気づいたのでしょう。信孝さまを切腹させたのは秀吉の策謀、信雄さまを三法師さまの後見職に据え、一見して信雄さまを立てるような素振りを示しながら、その実は自分が実権を握る。織田の天下をかすめ取ろうとする秀吉の腹の内がわかったからではないのでしょうか」

藤十郎の考えに珍しく惣兵衛は同意し、

「信雄さま、猿と蔑《さげす》んでいた家来が思いの外に強大になり、焦《あせ》りと不満を抱かれたのであろうな」

「秀吉はいつ来るのでしょうな」

改めて藤十郎は惣兵衛の考えを確かめた。

「秀吉のことだ。信雄さまが家康殿の助勢を得て合戦の狼煙《のろし》を上げることは読んでおるに違いない。戦の支度はすでに済ませておろうから、程なくして大軍を率いてやってくるだろう」

「家康殿と信雄さまの軍勢はいかほどでしょうな」

「三万といったところだろう」

「秀吉勢は……」

「さて、十万は超えような」

惣兵衛は杯の酒をぐびりとあおった。

「十万か。戦い甲斐《がい》があるというものだ。で、決戦の地は何処《いずこ》になりましょうか」

「尾張の何処かだろうが。さて、家康殿は戦上手じゃ。十万を超える大軍を相手に正面切った野戦を仕掛けるとは思えぬ」

　杯を板敷に置き、惣兵衛は思案をした。

「今、家康殿と信雄さまは清洲城におられます。清洲城に籠城《ろうじょう》するおつもりではないのですか」

　藤十郎の考えに対して、

「清洲城に籠城するのは不利じゃ。十万の大軍を相手にするにはあの城では心もとない。周囲は田畑、十万の軍勢で秀吉得意の兵糧攻めに持ち込まれれば、一月と持つまい。桶狭間の合戦の折、攻め寄せる今川義元の大軍に対し、信長公は清洲城に籠城なさらず討って出られ、大勝を掴《つか》んだではないか」

「とすれば、何処で……」

「わしなら小牧山に陣を構える」

　惣兵衛は自信を持って答えた。

「小牧山とは……」

　藤十郎は首を捻った。

「尾張の東北、美濃との国境に近い小高い山じゃ。かつて、信長公が美濃を攻め取る際に、清洲より移って城を築かれた。信長公はほどなくして美濃を奪い取り、本拠を岐阜に移されたため、その後、城としては機能しておらぬが、土塁や堀、石垣は備えられておるし、建物の一部も残っておる。修繕すれば、堅固な城塞《じょうさい》となろう。三万の軍勢も収容できる。十万の軍勢と対陣するには、小牧山をおいて他にはない」

惣兵衛の見通しに藤十郎も納得した。

「秀吉は大軍なだけに、尾張まで攻め寄せるには時がかかりましょう。明智光秀を破った山崎の合戦、柴田勝家に勝利した賤ヶ岳の合戦の時を遥《はる》かに上回る大軍なので、二つの合戦のような迅速な行軍は無理ですな。とすれば、小牧山城の修復は間に合いますな。さすれば、この戦、勝てるかもしれません」

藤十郎は興奮した。

「なんじゃ、おまえ、勝つとは思っておらなかったのか」

「そういうわけではございませんが……」

「要するに、おまえは秀吉と合戦がしたかっただけというわけか」

惣兵衛は不機嫌になった。

「勝つつもりですぞ」

藤十郎は力んだ。

「もうよい。明日の合戦に備えて休め」

惣兵衛は右手をひらひらと振った。


福山城本丸御殿の小座敷である。

「よかったではないですか。忠重さまは、父上を本音のところでは認めていらっしゃったのですね」

勝俊が、勝成に問いかける。

「そうかもしれぬ。今になれば、そうと思えるが、血気盛んな頃であったゆえ、褒められてうれしかったには違いなかったが、それみろと、親父殿を見返す気持ちの方が強かった。親父殿もそんなわしの心の内を見透かしておった。鬼っ子であると思っておっただろう」

勝成は薄く笑った。

「その後、忠重さまと決裂に至ったというのは……」

勝俊が、首を捻った。

「結局は、親父殿とはそりが合わなかったということになろうが、わしに慢心があったのも否定できぬ。一言で申せば、若気の至りじゃ」

勝成は祐筆を見た。

祐筆は勝成の視線を逃れるように目を伏せた。

二

翌十七日、星崎城の本丸攻めが始まった。

敵もここが切所《せっしょ》と城門を開き、討って出てきた。藤十郎の全身から闘志が迸《ほとばし》り出る。

「よし、おれに続け！」

頭上で鑓を振り回し、藤十郎は飛び出した。足軽雑兵は横に隊列を組み、鑓襖《やりぶすま》を作って敵に突進する。

攻め太鼓、法螺貝、怒号が飛び交う。敵からは無数の矢が飛来し、味方が次々と倒れる。

「ひるむな！」

藤十郎は叫び立て、敵の真っただ中に突っ込んでいった。矢を番えようとして隙を見せた敵を鑓で殴りつけ、突き刺し、蹴《け》りつけた。

弓隊の一角が崩れたところへ水野勢の鑓隊が攻めかかる。たまらず敵方の弓隊が退き、後方から鑓隊が応戦に出る。

その真ん中に踏み込んだ藤十郎を敵が囲む。

「攻め込め！」

味方に、その囲みの両横から突き進めと藤十郎は命じた。ところが敵も必死である。容易には城内に入りこませない。敵味方入り乱れての白兵戦が展開された。接近戦となり、弓、鉄砲といった飛び道具は使えない。鑓、太刀がぶつかり合い、火花が飛び散る。

望むところだ。

「猪武者め！」

という惣兵衛の罵声《ばせい》が脳裏に響いた。

逸ってはならないと己を戒める。

滅多やたらと鑓を振り回せば、味方を傷つける。しかし、ここで臆していては死ぬことになる。目を凝らし、鎧の背中でたなびく旗指物で敵勢を見定め、鑓をつける。

敵は城を枕《まくら》に討死をする覚悟だ。同士討ちもいとわず、しゃにむに挑みかかってきた。

必死の勢いの敵に味方はじりじりと後退する。特に信雄勢の弱さといったらない。数で敵よりも勝るというのに、追い立てられている。

「情けなき奴《やつ》らめ」

藤十郎は吐き捨てた。

その情勢を見た惣兵衛が馬を寄せて来て、

「引け！」

と、高らかに命じた。

しかし、ここで引いては敵の思う壺《つぼ》である。決死の覚悟で猛っているとはいえ、敵の勢いはそう長く続くものではない。数で勝る味方が踏み止《とど》まるべきだ。

「父上、弱気なことを申されるな」

惣兵衛は強い口調で抗った。

「たわけめが、味方は数に勝るのじゃ。引いて敵を囲み、押し包めばいいのがわからぬか」

惣兵衛の、藤十郎の不満までをも見抜いていた指示は的確であった。ここは、惣兵衛に従おう。

藤十郎は味方の軍勢を引かせ、陣を広げて敵勢を包む。

いざ引いてみると、敵の疲労の色が濃いのが見て取れた。鑓や太刀を杖代わりにしている者が少なくない。鑓を失い、刃こぼれした太刀を武器とする敵も散見される。

「矢を放て」

惣兵衛が命じた。

弓隊が矢を放つ。惣兵衛は雑兵たちには石の礫《つぶて》を投げさせた。敵はひるんだ。

「かかれ！」

命ずると共に藤十郎は馬を走らせた。息を吹き返した味方も続く。馬上から藤十郎は何人もの敵を鑓で殴り倒した。

敵勢は後退し始めた。

やがて我先に本丸の中へと逃げ込んで行った。

城門が堅く閉ざされる。

「今日はこれまでじゃ」

落ち着いた声音で惣兵衛が命じた。

一息に攻め落とすつもりが、思わぬ苦戦を強いられた。危うく、味方が崩れそうになった時に踏みとどまれたのは、惣兵衛の冷静な采配《さいはい》のお陰であった。

その晩、二の丸御殿の座敷で藤十郎は惣兵衛と向かい合った。二人とも具足を着たままである。油皿から立ち上る炎が、板敷に落とされた藤十郎と惣兵衛の影を揺らす。

「親父殿、本日は見事な采配、感服致しました」

素直な気持ちで藤十郎は惣兵衛を賞賛した。

「歳《とし》の功というものじゃ」

惣兵衛は謙遜《けんそん》とも自慢とも取れない言葉を返したが、満更でもなさそうである。

今夜は戦について話し合いができそうだ。

「このような小城にいつまでもてこずっておる間に、秀吉が援軍を寄越しましょう」

「わかっておる」

惣兵衛の表情が引き締まった。藤十郎に意見されるまでもないというのだろう。しかし、言わずにはいられない。

「ならば、これより夜討ちをかけましょうぞ」

藤十郎は進言した。

「夜討ちなんぞしてどうなる。いたずらに味方の損耗を強いるだけじゃ。兵たちは疲れておるのじゃぞ。それにな、力攻めせずとも城は落ちる」

惣兵衛は窘《たしな》めるような口調である。

「何もせずして落ちるものか」

「果報は寝て待つのじゃ」

今度は小馬鹿《こばか》にしたように、惣兵衛は薄笑いを浮かべた。腹が立つ。

「何を寝ぼけたことを申されるのですか」

「戦というものはな、勝つことも大事じゃが、負けぬこと、すなわち、味方の損耗を食い止めることは、勝利するよりも大事じゃと心得よ」

惣兵衛は諭すように言った。

「それはわかります。今後、秀吉の大軍と合戦に及ぶのですから、一人でも多くの兵が必要です。ですが、この城が落ちぬことには、我らは信雄さまと家康殿の軍勢に加わることはできませぬ」

「急《せ》くな。まあ、見ておれ」

惣兵衛は事もなげに言った。

「何か策でもございますか」

「なくはない」

惣兵衛は思わせぶりだ。

「何ですか」

勢い込んで尋ねると、

「それを明かしては策にはならんじゃろうが。敵を欺《あざむ》くにはまず味方からじゃ」

どうせ、お前などにわかりはしない、猪武者め、と父上は嘲っておいでなのだ。むかっとするが自分の至らなさを思い知らされもした。

「休め。わしはもう寝るぞ」

惣兵衛は大きく伸びをした。

翌朝、

「今日こそ落とす」

藤十郎は心に誓った。

全軍が本丸の城門前に集結した。敵は静かだ。こちらが攻め寄せていることはわかっているであろうに、矢も鉄砲も仕掛けてこない。

「敵は臆しておるぞ。城門を破り、突入致す」

藤十郎は馬上から命じた。

家臣の一人が、

「それは、いかがでしょう。敵はなりを潜めております。何かしらの罠《わな》を仕掛けておるやもしれません」

しかし、藤十郎は高ぶる気持ちを抑えることができない。横目に惣兵衛を見ると、無言である。この男は惣兵衛の意を汲《く》んでいるのではと勘繰った。

「臆病風に吹かれたか。我らの攻撃により、敵は怖気《おじけ》付き、城に籠っておるのじゃ。構わぬ、城門を砕け」

藤十郎は味方を見回した。

軍勢から歓声が上がった。

数人の雑兵たちが丸太を抱えて城門前に立った。

「やれ」

藤十郎の命令により、雑兵たちは丸太を城門に打ちつけた。城門が軋《きし》む音がした。それでも、城内は静かだ。二度、三度と丸太の突撃が繰り返された後、

「よし」

藤十郎は馬から飛び降りた。

城門まで三十間余りの所に立ち、大きく雄《お》叫《たけ》びを上げた。次いで腰を落とし勢いをつけて猛然たる速度で城門へ向かって走り出す。

親父殿、見ておれ、猪武者の働きを。

内心で惣兵衛に語りかけると、まさに猪の如き勢いで右肩から城門にぶち当たった。

掛けられている閂《かんぬき》が折れた。

続いて、両手で門を押すと城門が開かれた。

軍勢から歓声が湧《わ》きあがった。

「やったぞ」

藤十郎は馬に乗るや先陣を切って城内に馬を進めた。軍勢も続く。縦列を組む水野勢は巨大な蟻《あり》の行列のようになって城内を進んだ。

「いざ！」

藤十郎は鑓を振り回そうとした。ところが、城内はしんと静まり返っている。軍勢が見当たらない。

「どういうことだ」

藤十郎は戸惑った。

すぐに物見が立てられた。

惣兵衛は表情一つ変えていない。程なくして、物見から城内に敵勢は残っていないことが報告された。

「なんだ、逃げたのか」

藤十郎は拍子抜けした。

「どうした、藤十郎。城は落ちたのじゃ。勝ち鬨《どき》を上げぬか」

惣兵衛に促され、藤十郎は兵たちに、

「勝ち鬨を上げよ」

と、命じた。

水野勢は勝ち鬨を上げた。割れんばかりの声が青空に届く。

ひとしきり勝ち鬨を上げたところで、

「父上、まさしく果報は寝て待て、我らが寝ている間に敵は逃げ去りましたな。こうなることはおわかりだったのですか」

惣兵衛のことだ。なんらかの策と勝算があったのだろう。

「予想はついた。簡単なことよ。わしはな、裏手には軍勢を配置しておかなかったのだ」

敵勢は夜陰に紛れて裏門から逃げ去ったのだろう。

「兵たちは、活路が見《み》出《いだ》されると、命が惜しくなるものじゃ。命が惜しくなった兵はもろい。一人が逃げ出せば、あとはわれ先に逃げ散るものじゃ」

惣兵衛のしたり顔が恨めしい。

「腰抜けどもが」

藤十郎は呟《つぶや》いた。

「物足りなそうだが、おまえのその武勇、今後に役立てよ」

「まずは小手調べということですな」

そう思うと、こんなものかという気持ちにもなった。

信雄に星崎城が落ちたと使者が立てられた。

しばし後、信雄からの命令を持った使者がやって来た。

「常滑《とこなめ》城を落とせということじゃ」

惣兵衛が言った。

「よし、いくぞ」

藤十郎は次々と働きの場が与えられることに喜びを抱いた。それでこそ、戦の世だ。

戦乱はまだまだ続くのだ。

「親父殿、常滑城も時を経ずして落としましょうぞ」

「はやるな、と申しても無駄のようじゃな」

惣兵衛は小さく舌打ちをした。

三

常滑城の城主水野監物《けんもつ》は当初、信雄、家康に味方していたが、調略によって秀吉側に寝返った。それを知った信雄の怒りは尋常ではなく、すぐにでも常滑城を落とせと強く命じてきたのだ。

藤十郎は信雄から派遣された軍勢は返し、水野勢だけで常滑城を落とすことを惣兵衛に進言し、惣兵衛も承知した。

三月二十日の朝から常滑城の攻撃に入った。

星崎城陥落を知ってなのか、敵勢の戦意は乏しかった。これなら、易々《やすやす》と落とすことができよう。藤十郎は決して慢心ではなく、戦場で培《つちか》った経験からそう思った。

力攻めで簡単に落とせるという確信の下、城門を丸太で破り、城内に突入した。案の定、敵勢はもろかった。勢いに乗じた水野勢に押されてゆく。藤十郎は敵に向かって、

「命惜しい者は逃げ去れ」

と、叫びたてた。

惣兵衛が言ったように、窮鼠《きゅうそ》となった敵は猫を噛《か》む。死を恐れなくなれば怖いものはない。しかし、生への希望が湧《わ》けば、張り詰めた気持ちが緩む。

案の定、敵は浮き足立った。

「さあ、逃げよ。手向かう者には容赦はせぬ。一人残らず、首を刎《は》ねるぞ。その時になって命乞《いのちご》いをしても遅いぞ！」

藤十郎は怒鳴った。

千々に乱れ敵は逃げ出した。

それでも、意地を見せようと踏み止まる将兵もいる。そんな敵に出会うと、藤十郎は嬉々《きき》として鑓を合わせた。

家臣たちが、危険ですと引き留める。

「かまわぬ。まだ、戦いたいという骨のある奴らも残っておるのだ。そうした者どもがおる限り、相手になってやるのが武者というものじゃ」

藤十郎は鑓を手に馬から下り、徒《かち》となって敵の只中《ただなか》に躍り込む。鑓の柄で相手の顔を殴り、石突きで相手の胴を突いてゆく。敵は次々と倒れていった。藤十郎には微塵《みじん》の不安もない。合戦を楽しんでいた。

今は存分に暴れよう。

武者の魂が猛って仕方がない。

すると、櫓に数人の敵が立った。味方が次々と矢を射掛ける。

敵が何かを投げてきた。

頭上で爆音が轟く。

焙烙玉《ほうろくだま》――素焼きの平らな土なべである焙烙に火薬を入れて重ねあわせ、導火線に火を点《つ》けた手榴弾《しゅりゅうだん》だ。

臥《ふ》せようとした時、二発目の焙烙玉が炸裂《さくれつ》した。直後、土煙が立ち上り、目の前が真っ暗になった。焙烙の破片と土が藤十郎の顔面を直撃した。たまらず地べたを転がった。

顔面が熱くなり、立ち上がることができない。

意識が朦朧《もうろう》としてきた。

どれくらい経《た》ったであろうか。

目を覚ますと、暗い部屋で寝かされていた。行灯《あんどん》の灯りが暗闇《くらやみ》に滲《にじ》んでいた。既に夜更《よふ》けのようである。

「気がつきましたか」

侍女の声が聞こえた。

顔に晒《さらし》が巻かれていることに気づいた。右目は晒でふさがれているが、左目は開けることが出来る。

途端に、顔面に痛みが走った。

勝ちに驕《おご》っていた報いだ。命拾いしただけでも儲《もう》けものである。

「そうだ。ここは何処《どこ》だ。まさか、刈谷の城か」

「常滑城でござります」

侍女が答えた。

本丸御殿の寝間だそうだ。常滑城は落ちたようだ。すると、何処からともなく酒宴の声が聞こえてきた。

「祝い酒か」

自分も加わりたくなった。

そこへ、奥医師が入って来た。

「若、気づかれましたか。幸い、右目の球に異常はござらぬ。養生すれば、見えるようになりますぞ。しばらくは動いてはなりませぬ」

奥医師の言葉を受けたにもかかわらず、

「勝ち戦の後の酒くらい美味《うま》いものはない。飲まずにいられようか」

藤十郎は立ち上がろうとしたが、傷の痛みと薬のせいかよろめいてしまった。枕元に首から提げていた渡唐天神像が置いてある。藤十郎は小さな木像を掌《てのひら》に乗せ、神妙な顔で頭を下げた。

「若、無理なさってはなりませぬ」

「うるさい。這《は》ってでも飲みに行くぞ」

藤十郎は渡唐天神の木像を首から提げた。

「そうまでして飲みたいのなら、私が取って参りましょう」

奥医師は出ていった。

藤十郎はほっと息をつき、布団《ふとん》にあぐらをかいた。右目の辺りにずきずきと激しい痛みがあるが、医師の診立てだと、失明は免れたようだ。運が悪ければ、命を落としたところだ。渡唐天神の御加護だと藤十郎は感謝した。

それでも、恐怖心も後悔もなかった。戦場で死ねれば本望だ。惣兵衛が聞いたら激怒し、小言を並べられるだろうが、この考えは変わらない。大将として失格であるとは思うが、戦場で敵と鑓を合わせていると命を惜しむ気持ちは吹き飛んでしまう。

おれの身体《からだ》には武者の血が流れているのだ。

そう力んだら、顔面に激痛が走った。

「戦で負った傷は武者の誇りじゃ」


福山城本丸御殿の小座敷。

勝成は語った事柄を確かめるため、祐筆《ゆうひつ》に音読させ、間違った記述があると書き直させた。

「常滑城攻めまでは、忠重さまと意見の食い違いはあっても、親と子の絆《きずな》は繫《つな》がっておられたのですな」

勝俊が言った。

「そうじゃな。わしは親父殿に反発しながらも、認められようと頑張っておった。親父殿も鬼っ子のようなわしじゃが、自分の跡を継がせるべく育てようとしておられた」

勝成はしみじみと言った。

「それが……」

勝貞が勝成の身を案じるように眉根《まゆね》を寄せた。

「右目の怪我《けが》じゃ」

勝成は右目を瞑《つぶ》った。

「お爺《じい》さまの武運強きを示すお怪我が、ですか」

意外そうに勝貞は目をみはった。

「わしの悪運が運命の転換をもたらした。まさしく、向こう傷であったのじゃな。武者の誉と奢《おご》ったのが、流浪《るろう》の旅へと向かわせる元凶となった」

感慨を込め、勝成は語りを続けた。

次の朝、目覚めると顔面が熱くて仕方がない。

奥医師が晒を取り替える際に、手鏡で怪我の具合を確かめる。

「まるで化物だ」

我ながらひどい怪我である。

右の瞼《まぶた》は腫《は》れ上がり、眉の周辺は焦《こ》げただれ、全体に青黒くなっている。これが自分の顔かと疑わしくさえなった。奥医師が塗り薬を塗ってくれた。塗り薬が怪我に沁《し》みるが意地で我慢した。真新しい晒を巻いた。晒を巻かれた顔を見るとひどく安心した。戦はこれからが激しくなる。秀吉がやって来るのは間も無くだろう。

　こんなことで遅れを取ってはならない。

四

　三月二十一日、羽柴秀吉は大坂を出陣した。

　当初、信雄、家康につくと思われていた美濃大垣城主池田勝入斎《しょうにゅうさい》が秀吉方についたことにより、その軍勢は十二万五千もの大軍に膨らんだ。

　小牧山城に拠《よ》る信雄、家康勢は三万である。家康は信雄に戦の差配全《すべ》てを自分に任せるように申し出た。信雄に異存はない。

　それでも肝が据わらない信雄のことゆえ、四倍を上回る秀吉勢に恐れをなし、家康の顔を見れば、

「大丈夫でござろうか」

と、口癖のように尋ねるため、家康は信雄と顔を合わせるのを避けている。

小牧山城を堅固な要塞に修繕した家康には、たとえ、四倍の敵であろうが力攻めには落とされない自信があった。家康の自信が決して空元気などではない証拠に、秀吉は小牧山城を見てすぐには攻撃を仕掛けてくることはなかった。犬山城を奪い取り、小牧山城の前面に砦《とりで》を築いて持久戦に入った。

水野勢も小牧山城に合流し、家康の指示を待っている。

藤十郎は陣所にあって顔面の怪我は癒えず、晒を取ることはできない。傷が膿《う》み、痛みが去らず、苛立《いらだ》ちばかりが募っている。

「藤十郎、そう、苛々致すな」

惣兵衛が戒める。

「これが、苛立たずにはおられましょうか。家康殿はこのままじりじりと干あがるのを待つのか。秀吉は城攻めの名人ですぞ。大軍で囲んで兵糧《ひょうろう》攻めにするのが秀吉の得意技でござりましょう。なるほど、この城に三万の軍勢で拠れば、一月では落ちませぬ。半年あるいは一年も持ち堪《こた》えられるかもしれませぬ。でも、その間、秀吉は指を咥《くわ》えておるわけはないですぞ。籠《こも》っておっては、負けはせぬが勝利の道はない。親父殿は負けぬこと、兵が損耗せぬことの方が大事だとお考えだが、小牧山城で生涯を終えるわけにはいきませぬ」

藤十郎は、傷の悪化と籠城への不満から饒舌《じょうぜつ》となった。

「家康殿は、東海道一の弓取りと評判の大将、戦巧者ぶりでは秀吉に引けを取らぬ。このまま、何もせずに秀吉が去るのを待っておるのではない」

惣兵衛は右手をひらひらと振った。

「ならば、秀吉方の砦の一つでも攻めてみてはいかに」

「そのことは家康殿もお考えになっておられる。家康殿は、多数の伊賀者を敵勢探索に放っておるであろう」

家康は本能寺の変の直後、明智光秀の追手から逃れるための、滞在先の堺から三河までの決死行、伊賀越えの際に、伊賀の地侍たちとの結びつきを強めたそうだ。伊賀の忍びを使い、尾張、美濃に展開する秀吉勢の動静を入念に探っているらしい。

「家康殿に抜かりはない。おまえは、傷をしっかりと治せ」

惣兵衛は諭すような物言いをした。

藤十郎はつまらんという言葉を連発した。

「藤十郎……」

惣兵衛が顔をしかめたところで、

「わかった、わかった。大人しくしております」

藤十郎はため息交じりに答え、ふと、

「秀吉、どう動くと思われる」

「秀吉は大軍、得意の兵糧攻めを続けよう。小牧山の周辺に砦を築き、その間にも城内に調略の手を伸ばし、お味方の内部分裂を図る。信長公の頃より、秀吉はそうやって数々の城を落としてまいった」

自信を持って惣兵衛は答えた。

「しかし、秀吉という男、ここぞという時には意表をつく戦法を取ってきました。中国大返しで明智光秀を討ち取り、大垣から木《き》之《の》本《もと》に取って返して一気に柴田勢を打ち破った。まさしく神出鬼没、智《ち》謀《ぼう》湧く如《ごと》き男ですぞ。このまま指を咥えて対陣を続けるとは思えませぬ」

「相手は大軍じゃ。大軍は動く必要はない」

惣兵衛は同調できないようだ。

「秀吉勢は十二万五千を超える大軍ですが、その軍勢の大半はつい二年前までは信長公の軍勢でした。秀吉はかつての同僚や先輩の上に立っている。各々《おのおの》、恩賞に引かれて付き従っているが、秀吉が上に立つことに面白くない思いをしている者は少なくないのではござりませぬか」

藤十郎の見通しに、

「それは耳にしておる。秀吉子飼いの家来たちは秀吉のことを上さまと呼んでおるのじゃが、かつての同僚は陰では猿めがと蔑んでおるとのこと」

伊賀者の調べだそうだ。

上さまとは天下人への呼称、かって信長を指す言葉であり、信長以前は足利将軍の呼称であった。

「秀吉は利で諸将を繋ぎ留め、諸将の上に立っておるに過ぎません。長陣となれば、諸将に不満が生じましょう。それを抑えきれるかどうか」

「秀吉は動くと見るか」

「動く。間違いなく動きます」

「小牧山を力攻めにすると申すか」

「攻撃されても不思議はない。いや、きっと攻めてきますぞ」

身体中の血潮が沸き立った。右目の痛みが増すが、今にも鑓を取りたい。

果たして、藤十郎の予感は当たった。

といっても、秀吉勢は小牧山城に攻め寄せてきたのではなかった。

四月八日の夜半、秀吉勢のうちの池田勝入斎、森長可《ながよし》、堀秀政《ひでまさ》、三《み》好《よし》秀次《ひでつぐ》率いる二万の軍勢が犬山城を発し、家康の領国である三河岡崎城攻略に向かっていると、伊賀者が知らせてきたのだ。

「よし」

　藤十郎は勇み立った。

　てっきり小牧山城を攻めてくるものと思っていたが、秀吉は軍勢のその一部を割いて、岡崎に向かわせるらしい。

　秀吉らしい奇策であるが、大いなる賭《か》けともいえた。対陣中の軍勢の一部を割いて敵の背後をつくというのは、一見して良策のようだが、実際には失敗しがちである。敵に知られないままに、軍勢を動かすことなど不可能だからだ。加えて、軍勢の一部を割けば陣形は乱れ、隙《すき》が生じる。

　中入りと呼ばれるこの戦法は、行った方が負けることが多いので、中入りをさせるよう仕向けるのが軍略とすら言われている。

　秀吉ほどの男が、中入りの不備がわからないはずはない。それでも、あえて中入りに出たということは、よほど勝算があるのか、それとも、中入りを行おうとする諸将を抑えきれなかったからなのか。

岡崎を奇襲するのは池田勝入斎の献策だそうだ。池田勝入斎は秀吉にとっては織田家の先輩、勝入斎の母親は信長の乳母であった。信長は赤子の頃から癇癖《かんぺき》が強く、授乳の際に乳母の乳首を嚙み切ったという話もあるほどだ。このため、乳母の成り手がなかった。それが、池田勝入斎の母親養徳院にだけはなついた。勝入斎は信長の乳兄弟ゆえに小姓として仕え、信長から重用された。

昨年の賤ヶ岳の合戦での功により、秀吉から大垣城と美濃の内十三万石を与えられている。

今回、秀吉は勝入斎に美濃、尾張、三河の三国を与えるという破格の条件で味方につけた。

岡崎奇襲を勝入斎は相当に強く主張したそうだ。案の定、秀吉は勝入斎に押し切られるようにして策に応じたのである。

これを見逃す家康ではない。

直ちに秀吉勢を追尾する態勢が取られた。家康自ら出陣し、一万の軍勢をもって追撃が計画された。

藤十郎にとって幸いなことに、水野勢も加わることになった。

四月九日の深夜、馬に声が出ないよう枚《ばい》を噛ませ、松明《たいまつ》は掲げず、夜陰に紛れて追尾を開始する。

藤十郎は甲冑《かっちゅう》を身に着けているものの、兜《かぶと》は被《かぶ》っていない。晒を取り払ったが、右目の傷はいまだ癒えず、膿みただれていた。このため、兜や面頬《めんぼお》を着けることができないのだ。その恰好《かっこう》で惣兵衛が待つ本陣を訪ねた。

惣兵衛は藤十郎を見るなり、

「兜も被らず出陣とは心得違いも大概にせい！」

烈火の勢いで責め立てた。

頭ごなしの叱責《しっせき》に藤十郎は口ごもってしまった。答えようとしない藤十郎に、

「兜、いかがしたのじゃ。この不心得者が……そのような体たらくで大将が務まると思うか」

叱責を加えるにつれ、惣兵衛の機嫌は悪くなる一方だ。

「この怪我ゆえ、兜は被らずにまいりました」

悔しさと屈辱を押し殺し、藤十郎は答えた。

「兜はいらぬか。このたわけ者めが」

秀吉勢との合戦を前に気を高ぶらせているのか、惣兵衛は藤十郎の言い訳に聞く耳

を持ってくれない。

「ですから、この怪我ゆえ……」

「怪我、怪我と抜かすな。戦に怪我は付き物じゃ。怪我などして当たり前ではないか。傷の痛みに耐えかね、兜も被れぬような体たらくでは戦に加わることまかりならん」

ついには、惣兵衛は怒声を放った。

好意的に受け止めれば、重傷を負った藤十郎を夜討ちという過酷な戦に参加させたくはない親心なのかもしれないが、親の心子知らずで、藤十郎は戦に出たくてならない。

「兜がなくとも鑓働きはできます」

つい反発してしまった。これが惣兵衛の怒りに更なる油を注いだ。

惣兵衛は床几《しょうぎ》から立ち上がり、肩を怒らせてがなり立てる。篝火《かがりび》の炎に照らされた形相は悪鬼のようだ。

「おまえの兜はなんのためじゃ。無用の兜であるのなら、いっそ、肥桶《こえおけ》替わりにでもすればよかろう」

あまりな暴言である。

怒りで全身が震えた。家臣たちがはらはらとしながら見守るが、誰も間に入ることができない。

「いくら、お父上とはいえあまりなお言葉。親父《おやじ》殿は、おれが討ち死にすればよいと思っておられるのですか。ならば、お望み通り華々しく討ち死にを遂げてみせましょうぞ」

　言い置くや、藤十郎は踵《きびす》を返した。

「若、なりません」

　数人の家臣が前を塞《ふさ》いだ。

「退《ど》け！」

　藤十郎は怒声を浴びせる。

「潔《いさぎよ》く討ち死にを遂げるさ。親父殿、者どもさらばじゃ」

　藤十郎は家臣たちを押し退《の》け、陣から出ていった。

「たわけ者が」

　惣兵衛は苦々し気に呟くと、

「誰か、引き止めよ」

　と、家臣に命じた。

が、家臣たちが追いかけた時には藤十郎はすでに馬上の人となり、蹄《ひづめ》の音高らかに闇に消えていった。

五

怒りと情けなさで胸が張り裂けそうだ。

やはり、父はおれを認めていないどころか嫌っている。いくら手柄を立てようが、この先も大将とはみなしてくれないだろう。それなら、いっそのこと死に花を咲かせてやる。どうせ死ぬのなら思い切り暴れ、敵と親父に目に物見せてやる。

藤十郎は馬を駆り、夜道を急いだ。

家臣の一人、弥之助《やのすけ》がようやく追いついてきて、藤十郎の馬と並走する。

「若、お戻りくだされ」

と、必死の形相で引き止める。

「うるさい！」

藤十郎は怒鳴った。

「自暴自棄はならんです」

「聞く耳は持たん。帰れ、帰って親父殿に申せ。藤十郎は見事討ち死にを遂げて見せたとな」

藤十郎は言うや、鞭《むち》で弥之助の馬の鼻面《はなづら》を殴りつけた。馬が棹立《さおだ》ちになる。

「若は困ったお人だで」

必死で馬をなだめる弥之助の視界からは、すでに藤十郎の姿は消えていた。

藤十郎は馬の腹を蹴り、闇の中を疾走する。吹き付ける夜風が顔面の傷に沁み、緊張を高める。

単騎で敵の只中に躍り込み、存分に暴れ回ってやる。

二十一歳。

信長が桶狭間の合戦の前に舞った「敦盛《あつもり》」の一節の人間五十年の勘定でいけば、半分にも満たない命だ。この世にまだまだ未練はたっぷりとあるが、それもいいだろう。戦で死ねれば本望だ。

藤十郎は一切の未練を断ち切って馬を走らせた。

敵は何処《いずこ》ぞ。

夜闇をついて馬を進め、明け方近くになって矢田川の河岸に至った。立ち込めていた霧がゆっくりと晴れ、こんもりと茂る林が見えた。白山林と呼ばれる小高い丘から、白い煙が立ち上っている。

馬で川を渡り白山林の間近に迫る。目についた木に馬を繋ぎ、白山林の鬱蒼《うつそう》とした木々の間を進む。

木々の隙間から軍勢が陣を張っているのが見えた。煙は朝餉《あさげ》の準備であろう。旗印からすると三好秀次の軍勢である。秀次は秀吉の姉の子、すなわち秀吉の甥《おい》である。

藤十郎は鑓《やり》を手に忍び寄り、火にかけられていた鉄鍋《てつなべ》をひっくり返した。

驚きの声とともに白煙が立ち上る。

何事かと、騒ぎ立てる雑兵《ぞうひょう》たちに鑓を振り回す。

誰彼に目を付けることもなく突いては引き、引いては殴りを繰り返す。

雑兵たちの騒ぎを聞きつけ、鎧《よろい》武者がやって来た。

よし、こいつを血祭りに上げてやろう。

「水野藤十郎勝成である」

と名乗りを上げる。

すると相手はにんまりとし、

「水野の小倅《こせがれ》か。いいだろう、相手になってやる。おれは三好孫七郎秀次さま家来、白井備後じゃ」

そう名乗りを上げるやいなや、白井は長柄の鑓を突き出した。

藤十郎は背後に飛び退く。

雑兵たちも鑓を繰り出した。藤十郎はその鑓を払い除《の》けながら、

「一騎討ちはできぬか。腰抜け武者め」

白井の顔が歪《ゆが》み、

「手出しするな」

雑兵たちを引かせ、鑓を腰だめにして走って来た。

藤十郎は鑓を大上段から振り下ろす。

柄と柄がぶつかり合った。続いて穂先が合わさり、青い火花が飛び散る。

白井は引き、穂先を藤十郎の足元に向けてきた。左右に振り回し、脛《すね》を払おうとしている。それを避《よ》けた藤十郎は、朝露に濡《ぬ》れた草むらに滑りそうになった。

「こしゃくな」

藤十郎は力一杯飛び上がり、着地した。両足で穂先を踏みしめる。

穂先を踏まれた白井は思わず体勢を崩した。

すかさず、藤十郎は渾身《こんしん》の力を込め、鑓を突き出す。

穂先が白井の胴を貫き背中から飛び出した。

白井の口からはどす黒い血が滴《したた》り落ち、草むらを赤黒く染める。

藤十郎は鑓を引き、白井は仰向《あおむ》けに倒れた。すかさず馬乗りになり、脇差《わきざし》で首を掻《か》き切る。

呆然《ぼうぜん》と立ち尽くす雑兵たちに向かって、

「水野藤十郎勝成、一番首を上げたぞ」

と、大音声《だいおんじょう》で告げた。

ここに及んで雑兵たちが押し寄せて来た。

藤十郎は踵を返し、林間を走り抜ける。後方で怒声が飛び交い、枝が軋む音が聞こえた。

白山林を出ると馬に跨《またが》った。

「一番首だ！」

藤十郎は踊るような心持で馬を走らせた。

家康は白山林から一里ほどにある小幡《おばた》城に陣を張っていた。

一番首を持参した藤十郎を、

「でかしたぞ、藤十郎。見事な働きじゃ」

家康は上機嫌で迎えてくれた。

「かたじけのうございます」

誇らしさで胸がはち切れんばかりになった。

「水野藤十郎の一番首、見事なり」

もう一度家臣を見回し、家康は藤十郎を誉《ほ》めあげてから、惣兵衛はどうしたのか問いかけてきた。

「父はゆるゆると軍勢を進めてまいります」

皮肉をこめて答えた。

「ゆるゆるか」

家康はおかしげに笑った。

夕暮れとなり、惣兵衛が家康の拠る小幡城にやって来た。家康本陣で藤十郎は惣兵衛と会うこととなった。家康が藤十郎の武功を誉めあげると惣兵衛は複雑な顔つきで藤十郎を見る。藤十郎は誇ることもなく、無表情で惣兵衛を見返した。

息子の思いもかけない武功に刺激をされたのか、

「家康殿、夜討ちを仕掛けてはいかがでしょう」

慎重な惣兵衛としては珍しく、積極策を献言した。家康は爪《つめ》を噛み黙り込む。

「今、秀吉は竜泉寺に陣を構えております。ここからは半里ほどに過ぎませぬ。夜討ちをかければ討ち取ることができましょう」

惣兵衛は家康に迫る。

「しかしのう……」

家康は乗り気ではないようだ。

「今こそが好機でござる」

惣兵衛はさらに声を振り絞った。

「我らは十分な勝利を得たのじゃ。いたずらに兵を動かしてはその勝ちが無駄になる」

「更なる勝ちを拾うのです」

「相手は秀吉じゃ。十分な備えをもって我らを誘っておると考えるべきじゃ」

家康らしい慎重さを崩さない。

意見を入れられない惣兵衛の顔がどす黒く膨らんだ。本陣はぴりぴりとした空気が張り詰め、戦勝気分も吹き飛んでしまった。

「家康殿、目の前に天下が転がっておるのですぞ」

惣兵衛は声の調子を落とした。怒りを抑え、家康が受け入れることを願っている。

「天下のう……」

家康は冷笑を浮かべた。

「秀吉を討てば天下を手にできるのですぞ。今、その好機が目の前に転がっておるのです。この機会を逃せば、秀吉を討つことはできません。秀吉を討たぬ限り、徳川家は天下を手にできませぬ」

抑えていた感情が爆発し、惣兵衛は顔を真っ赤にし、口角泡を飛ばさんばかりの勢いで捲《ま》くし立てた。

家康はいなすようにため息を吐《つ》き、

「天下などという得体の知れぬものに振り回されても仕方がない。わしはな、一つ一つ、目の前の勝ちを拾う。今は、長久手における勝ち戦が全てじゃ。池田勝入斎、森長可という名だたる武将どもの首級《しるし》を挙げることができた。十分なる勝ち戦じゃ」

はっきりと惣兵衛の献策を拒絶した。

惣兵衛は無念そうに唇を震わせる。

「水野惣兵衛、大儀であった」

話はすんだとばかりに家康は告げた。惣兵衛は黙り込み、家康の前を去った。陣から外に出てゆく。さすがに藤十郎も気にかかり、惣兵衛を追いかけた。

「親父殿……」

「一番鑓、そんなにも誇らしいか」

惣兵衛は憎まれ口をきいた。

「家康殿に策を入れられなかったこと、そんなにも悔しいですか」

「徳川家康……見損なったわ」

惣兵衛は吐き捨てた。

「慎重なお方なのです」

「慎重はよい。だがな、目の前の好機を逃すのは勇なき者のなすことじゃ。今、夜討ちをかければ、秀吉は討てる。そのことがわからぬ家康殿ではない。だが、それをせぬのは、家康殿が所詮《しょせん》は田舎大名ということじゃ。あのご仁は天下を取ることが怖いのじゃろうて。信長公の下で合戦にいそしむのがお似合いだったのじゃ」

惣兵衛は心底から悔しそうだ。

「家康殿は戦巧者、秀吉との兵の駆け引きを見据えて夜討ちは得策ではないとお考えになったのではないですか」

自分の考えを言ったつもりだったが、惣兵衛は藤十郎の顔をまじまじと眺め、

「おまえ、家康殿に顎《あご》を撫《な》でられて猫のようになついたか」

蔑《さげす》みの言葉を浴びせてきた。

「おれを、そんな目でしか見ることができないのですか」

わが父ながらあまりの酷薄さである。

「そんなに家康殿がよければ、いっそのこと家康殿に召し抱えてもらえばよかろう」

惣兵衛の顔が憎々し気に歪んだ。

「あまりなお言葉ですぞ」

「言い過ぎとは思わぬ」

惣兵衛は言葉を引っ込めない。

「親父殿こそ、どうしても夜討ちをかけたいのなら、水野勢だけで行おうではござりませぬか」

「なにを」

惣兵衛は目をむいた。

「お下知くだされ。お下知くだされば、この藤十郎勝成、先陣切り、一騎駆けをして秀吉勢に攻め入る所存でござります」

藤十郎は言い放った。

物兵衛は黙り込んだ。

「お覚悟のほどをお示しくだされ」

藤十郎は迫った。

物兵衛は憎々し気に藤十郎の顔を睨《にら》みつけると、

「ふん、今日は疲れたわ」

肩を怒らせて大股《おおまた》で歩き去った。

藤十郎は父との溝の深さを感じた。遅かれ早かれ、親子関係は決裂する。しかし、これまでに感じていたような不安はない。一騎駆けを成し遂げた高揚感か、なるようになれという自暴自棄な気持ちがそうさせているのか。それとも、これを運命と受け入れたからなのか。


福山城本丸御殿の小座敷。

勝成はため息を吐き言い添えた。

「その時、わしは親父殿との仲は遠からず決裂する、修復はできぬと確信した。水野家を、刈谷城を、去るのは時の問題であろうと覚悟したのじゃ」

「忠重さま、ご無体でござります」

勝貞が声を振り絞った。

勝俊も、

「わたしも勝貞と同様、忠重さまの理不尽を思います。忠重さまにはお会いしたこと、ござりませぬが、父上のお話を聞く限り、もう少し、寛容であられるべきであったと……ご自分の考え、気持ちのみで動かれ、他人の考えを受け入れない狭量《きょうりょう》なるお方であったのでしょうか」

「親父殿は頑固であった。我を通す御仁じゃった。加えて、それ以上に戦国武者であったのじゃ」

「戦国武者であられたとは……」

勝貞が疑問を呈すると勝俊もいぶかしんだ。

「戦国武者とは、何のかんの御託を並べながらも、戦場での働きを最上とする。他人よりも功を挙げたい、と勇むものじゃ。親父殿はわしの功を妬《ねた》んだ。狭量ゆえ、息子の功を妬んだのではない。戦国武者の性《さが》として自分より家康公に評価された水野藤十郎に嫉妬《しっと》したのじゃ。都合よく考えるならば、親父殿は長久手の合戦をもって、わしを一人前の武者と認めたのじゃ」

勝成の言葉を勝俊と勝貞は嚙み締めるように黙った。

「さて、勘当の事を語ろうか。予感したように、勘当はそれから間もなくであった。戦の方針についての対立によって勘当されたのではない。思わぬ落とし穴にわしは転落したのじゃ」

勝成は遠くを見る目をした。


結局、家康は秀吉との直接対決は避け、小牧山城に戻った。

両軍対峙《たいじ》のまま戦局は膠着《こうちゃく》し、水野勢は伊勢《いせ》蟹江《かにえ》城攻撃を命じられた。

藤十郎は惣兵衛とのぎくしゃくとした関係のまま陣に加わった。幸い傷が癒《い》えたので、一刻も早く戦がしたい。

惣兵衛はとにかく不機嫌である。藤十郎は褒め称《たた》えられ、自分の献策は家康に受け入れられなかったことがよほど腹に据えかねたようで、あの日以来、藤十郎と目を合わせようともしない。

陣を据えた蟹江の寺には軍資金の調達のため勘定方の用部屋も用意された。勘定頭を務めるのは富永半兵衛である。中間《ちゅうげん》だったのを惣兵衛からその働きを認められ、勘定頭に取り立てられていた。藤十郎も半兵衛のことを信頼し、金が必要となったとき、融通を頼んだりしていた。

　勘定方の部屋に入ってきた藤十郎に向かって、

「若、いらぬことかもしれませぬが、殿に口答えはなされますな」

　半兵衛は言い立てる。

　今、惣兵衛と口争いをしたら、藤十郎がのっぴきならない状況に追い込まれるだろうことを、半兵衛は危惧《きぐ》しているようだ。

「わかっておる。おれからは、言い争いになるようなことはしない。ちゃんと父に逆らうことなく、陣に加わっておるではないか」

　藤十郎は半兵衛を安心させるようにうなずいて見せた。

　ところが、

「藤十郎！」

　惣兵衛の怒鳴り声が轟《とどろ》いた。

「なんじゃ」

　藤十郎は顔を歪ませる。

「若、わかっておられましょうな」

半兵衛に念押しをされてから、

「心配するな。何を怒っておられるのか知らんが、逆らわず詫《わ》びるべきことは詫びる」

藤十郎には珍しい殊勝な態度に半兵衛も安堵《あんど》したようだ。

惣兵衛の待つ奥座敷に入った。

「何用で……」

問いかけるや、

「おまえ、大事な軍資金を使いこみおって」

惣兵衛が怒鳴りつけた。

想定外の叱責だ。それだけに返事に窮してしまった。

「池鯉鮒《ちりふ》の遊郭で遊んで、金百両を使い込みおったであろう。戦の最中《さなか》、大事な軍資金で遊ぶとはあきれ果てた男よ」

惣兵衛は嵩《かさ》にかかって責め立ててきた。

「何のことやらさっぱりわかりませんが」

嘘《うそ》ではない。

惣兵衛は目を三角にしながら、勘定をあわせた結果だという。帳面と刈谷の金蔵と蟹江の陣所にある銭金を全て照らし合わせたのだ。

「すると、百両ばかり不足しておる」

「わたしが金を着服して遊興に耽《ふけ》ったとおっしゃるのですか。決してそのようなことはございません。勘定頭の富永半兵衛に確かめてくだされ」

藤十郎は堂々と胸を張った。

「その半兵衛はおまえに用立てたと申しておるのだ」

惣兵衛は冷たく言い放った。

まさか、半兵衛が。

呆然とすると、

「半兵衛は申しおった。金子は藤十郎さまにお渡ししました。藤十郎さまはその金で池鯉鮒の遊郭でお遊びになられました。それに加えて、お城内に囲っておる女に高価な着物を買い与えたりして使ったとな」

惣兵衛は嘲笑《ちょうしょう》を放った。

たしかに、池鯉鮒の女郎屋で遊んだことはある。気に入った女に着物を買ってやったこともあるが、そんなに値の張る品物ではない。女郎屋での遊びにしても百両などという高額を使ってはいない。

「女郎屋に通い、女に着物を買ってやったことはあります。そのことは認めます。ですが、いくらなんでも百両などという大金は、使ってはおりませぬ。遊興費は半兵衛に用立ててもらいましたが、精々十両です。とは申せ、親父殿に内密で御家の金を使いましたことは、お詫び申し上げます」

藤十郎は素直に両手をついた。

「池鯉鮒の遊び女《め》にうつつを抜かし、寝物語でねだられるままに湯水のように金を使ったのではないのか」

惣兵衛は薄ら笑いを浮かべた。

「信じてくだされ、断じて百両などという大金は使っておりませぬ」

つい、声を荒らげてしまった。

「ふらち者めが。猪武者《いのししむしゃ》だと思っておったが、女にも見境がない色ぼけ武者とはな。軍資金の着服のことといい、今回は見過ごしにはできぬぞ」

頭から惣兵衛は信じようとはしない。

「父上はわたしの言葉よりも半兵衛の言うことを信じるのでございますか」

藤十郎は睨み返した。

同時に半兵衛への疑念と怒りが募る。若を慕っております、若のお役に立ちたい、などとしたり顔ですり寄ってきた。その実、おれを盾に私腹を肥やしていたのではないか。九十両の不足は、半兵衛が手をつけたに違いない。

「これは、異なことを申す。半兵衛を立派な勘定方だと評価しておったのはおまえではないか。都合が悪くなったら、悪《あ》しざまに申すか。まさしく、身勝手で狭量な男よな」

惣兵衛に嘲《あざけ》られ、頭に血が上った。

自制する気持ちが吹き飛んだ。

藤十郎は憤然と座を払うと座敷を出た。

「逃げるか」

惣兵衛の言葉を背中に聞きながら、勘定方の部屋へと乗り込んだ。半兵衛は藤十郎を見るなり、両手をついた。

「半兵衛、貴様、よくもおれが軍資金を使い込んでおるなどと」

藤十郎が怒鳴りつけると、

「ち、違います」

半兵衛は震えながら言い訳を始めた。親が重い病に罹《かか》っていること、病のために薬が必要であったと言い立てる。

「それで、その金を捻出《ねんしゅつ》しようと、つい、藤十郎さまに御用立てしたということにしてしまったのでございます」

半兵衛は涙ながらに訴えた。

無言で見下ろす藤十郎に、

「どうか、お許しを」

半兵衛は両手を合わせた。

「ならば、親父殿に申し上げよ」

藤十郎は言った。

「承知致しました」

半兵衛が答えたところで、

「こんなものが出てきましたよ」

勘定方の役人の一人が紙の束を持ち出した。半兵衛が慌《あわ》ててその男の方に走り寄り、男が持っていた紙の束を奪おうとした。いかにも不穏な動きである。

「見せろ！」

藤十郎は怒鳴りつけるや紙の束を役人から奪い取った。半兵衛は口をわなわなとさせ歯が嚙《か》み合わない。紙の束は文のようだ。

「夕月楼、春、だと」

役人は、

「池鯉鮒の遊郭の遊女でございますな」

池鯉鮒の女郎屋、春という女郎からの文であった。

文は身請けを迫る内容であった。身請けをしてくれないと、御家の金を使い込んでいることをばらすと記してあった。

「半兵衛、貴様……何が親が病じゃ。何が薬代じゃ。腐れはてた男め」

信頼していた分、激しい怒りに胸を焦がされる。

「こ、これにはわけが」

半兵衛は性懲《しょうこ》りもなくわなわなと震えながらも言い訳を並べ立てようとした。

役人たちはざまを見ろという顔で半兵衛を見ている。きっと、これまでの半兵衛の所業や、自分たちを飛び越え、勘定頭になったことを、恨んでいたに違いない。

「みっともないぞ」

藤十郎は冷めた声で告げた。

「どうか、お許しください。わたしは藤十郎さまのためを思って」

半兵衛の言い訳顔が限りなく腹立たしい。藤十郎が黙っているのを言い訳を聞いてくれたのだと解釈したのか、半兵衛の言葉はいつ果てるともなく尽きない。

限りない不快感が胸に押し寄せる。

「黙れ」

静かに告げる。

半兵衛は藤十郎の言葉が耳に入らないのか、一言でも多く言い訳することが赦免への道に繋《つな》がっていると思っているのか、言葉を止めようとしない。

「黙れと申しておる！」

藤十郎は怒声を発すると太刀を横に一閃《いっせん》させた。

刀身が鈍く煌《きら》めき、半兵衛の首が畳に転がった。

勘定部屋に戦慄《せんりつ》が走る中、床に転がった半兵衛の首は口が大きく開かれ、今もなおしゃべっているようだった。

藤十郎は惣兵衛の待つ座敷に戻った。惣兵衛は憎々しげな目を向けてくる。

「半兵衛を成敗しました」

「なんじゃと」

惣兵衛の顔が歪む。

「軍資金の不足分は半兵衛が池鯉鮒の女に使うために着服しておったものです」

「おまえは使っておらなかったのか」

「わたしも多少は融通されておりました」

「それにしても、わしに一言の断りもなく半兵衛を成敗するとは身勝手が過ぎよう」

惣兵衛は言い立てた。

「わたしには半兵衛が許せませんでした」

「都合悪きことをわしの耳に入れぬよう口を封じたのではないのか」

惣兵衛は藤十郎の所業をなじった。

「わかりました」

「何がわかったのじゃ」

「わたしは父とはわかりあえぬということがよくわかりました」

「無礼者め」

惣兵衛の眉《まゆ》が吊《つ》り上がる。

「父上、お世話になりました。これにて、水野家を出ます。むろん、こたびの戦は出陣して責任をまっとうして後に水野家を去ります」

静かに告げた。

心は穏やかだ。

父との決別の日がやって来たのだ。そのことを気負うことなく受け入れることができた。

「なんじゃと……」

惣兵衛はさすがに驚いたようだ。

「では、これにて」

一礼すると腰を上げた。

「おまえ、自分が申したことわかっておろうな」

「はい」

「謝れ」

「謝りませぬ」

「ならば、出て行くがよい。但《ただ》し、ただ出て行けばいいというものではないぞ。武家奉公構《かま》いじゃ。よいか、武家奉公構いにしてやる」

惣兵衛の顔は複雑に歪んだ。

藤十郎を憎む気持ちと去らせたくはないという親心がぶつかり合っているのだろう。

畳に額《ぬか》ずき許しを請《こ》えば受け入れてくれるかもしれない。

　しかし、藤十郎の心に迷いはなかった。

　許すべきか許さざるべきかで心揺らす父を哀れにすら思った。

「どうぞお好きに」

　藤十郎は踵を返した。

「おのれ！」

　背中に惣兵衛の呻《うめ》き声が聞こえた。

　気にすることなく廊下を歩く。

「藤十郎を武家奉公構いに処せ！」

　惣兵衛が喚《わめ》き立てた。

　武家奉公構いとは、主人が不実な行いをした家来を家から追い出すばかりか他家への奉公を禁ずることである。主人は武家奉公構いに処した家来が仕官することのないよう、他家に触れ状を出す。

　俄《にわ》かに陣内が騒がしくなった。

　家臣たちがおっとり刀で駆け付けて来た。

「若、若、殿に謝罪されよ」

家臣たちの必死の訴えかけを無視し、藤十郎は表に出た。

強い日差しが大地を焦《こ》がし、陽炎《かげろう》が立っている。陽炎の揺らめきに軍勢がおぼろに霞《かす》んでいた。蝉時雨《せみしぐれ》が降り注ぐ中、空を見上げた。真っ青な空に入道雲が光っている。

「さて、どうするか」

藤十郎の胸に後悔はない。夏空のように晴れ渡っている。

水野藤十郎勝成、放浪の日々が始まった。

天正十二年の夏、天下は大きく動いており、藤十郎の暴れ回る舞台は無数にある。

第三章 流《る》浪《ろう》——紀州征伐 肥後国人一揆《いっき》

一

福山城本丸御殿の小座敷。

「こうしてわしは、水野家を飛び出した。親父《おやじ》殿に勘当されたばかりか、武家奉公構《かま》い……いわば、絶縁されたわけじゃ」

自嘲《じちょう》気味な笑いを発しながら、勝成は話を締め括《くく》った。

勝貞は理不尽だという言葉を繰り返した。

対して勝俊は、

「こんなことを申しては大変に失礼でありますが、父上の流浪の果てに我らがある、とも言える訳ですな」

と、言った。

勝成はうなずく。

勝成は流浪の果て、備中川上郡成羽《なりわ》郷の国人領主三《み》村《むら》親成《ちかしげ》のもとに寄宿した。そこで勝成同様の食客であった藤井道斎の娘、お登久《とく》と出会い、勝俊が産まれたのである。

だが、それはまだ先の話だ。

天正十二年（１５８４）の八月、刈谷城を出奔した勝成は、京の都にやって来た。

あてがあるわけでも、目的があるわけでもない。

家康を頼ったが、惣兵衛から奉公構いの触れが出ている以上、家康もそれを無視するわけにはいかず、召し抱えられることはなかった。

こうなったら、陣借りしかない。

手弁当で合戦に参陣する。手柄を立てれば褒美《ほうび》を得ることができる。

時勢は大きく動いている。

小牧長久手の合戦は和睦《わぼく》が結ばれた。調略に長《た》けた秀吉は家康を差し置いて織田信雄と単独で和議を結んだ。共に戦っていた信雄の裏切りにも等しい秀吉との和睦に、家康は合戦の大義を失い、兵を三河に引き上げた。

東の脅威が去り、秀吉は畿内での地歩を固め、今は西国への野心を培《つちか》っているようだ。

仕官かなわず何もすることがない藤十郎は腕っぷしに物を言わせ、無頼の徒に身を落とし、程なくして彼らを束ねるようになった。彼らは傭兵《ようへい》を生業《なりわい》としているが、戦がない時は野盗もやっている。合戦に出陣するのも、武功を挙げるよりは乱捕り目的であった。

乱捕りとは、合戦の際に戦場となった周辺の村に乱入し、食料や家財を奪ったり、村人を拉致《らち》して、男は奴隷《どれい》、女は辱《はずかし》めてから女郎に売ったりする行為だ。乱世を象徴する所業である。しかし、襲撃される村も指を咥《くわ》えているわけではなく、武装して撃退に出た。信長、秀吉は兵たちに乱捕りを禁じていた。乱捕りによって民心が離れ、敵勢の情報が入手できなくなるのを嫌ったのだ。

合戦がない日々、藤十郎は無頼者を率いて分限者から銭金を奪い、奪った銭で酒を飲み、博打《ばくち》に興じ、女を抱く、そんな刹那《せつな》的な暮らしに耽溺《たんでき》していた。それでも戦を求める滾《たぎ》る血潮を鎮《しず》めることはできないでいた。

夜になると、東山八坂神社の裏手に拡《ひろ》がる野原にある廃寺の本堂で、手下の無頼者たちと、次の獲物や起きそうな合戦について語り合った。

「お頭」

無頼者の一人が語りかけてきた。

藤十郎はここではお頭と呼ばれている。

「どうした」

「秀吉は紀州を攻めるらしいぞ」

「ほう、紀州か」

藤十郎は顎《あご》を掻《か》いた。

紀州は雑賀《さいか》、根来《ねごろ》など鉄砲を得意とする傭兵集団が盤踞《ばんきょ》する。

信長と大坂本願寺の間で合戦が続いていた頃、彼らは本願寺に味方し、織田勢を苦しめた。傭兵集団に手を焼いた信長は、天正五年（１５７７）、七万の大軍を紀州に送り、雑賀党壊滅を狙《ねら》った。その七万の軍勢の中には秀吉の羽柴勢も加わっていたのだ。

「秀吉は八年前、紀州に攻め込んで散々な目に遭いやがった」

男が言ったように、この時の織田勢は苦戦を強いられた。地勢を巧みに利用した雑賀衆は鉄砲、弓を効果的に使い、織田勢の進軍を阻《はば》んだのだ。信長は攻め滅ぼすことを断念、雑賀党を率いる雑賀孫一《まごいち》と和睦した。孫一は信長に誓詞を差し出して形の上では降参したものの、戦闘では織田勢を圧倒していた。

信長は雑賀党を紀州に封じ込めることはできたが、滅ぼすことも力を削《そ》ぐこともできなかった。三年後の天正八年、大坂本願寺が信長に降《くだ》り、大坂を退去すると、雑賀孫一は信長と友好関係を築いた。孫一は雑賀党で内紛が生じた際に、信長の後ろ盾を得て敵対した雑賀衆の有力国人領主、土橋若太夫《つちばしわかだゆう》を暗殺、土橋の本拠を攻め滅ぼした。その見返りに孫一は信長の四国征伐に百艘《そう》を超す船を提供した。

　本能寺の変で信長が横死すると、雑賀衆の動きは読めなくなった。信長同様、秀吉に協力するとは限らない。

　去就定かでない、雑賀党は秀吉にとっては咽喉《のど》に刺さった魚の骨であった。放っておいても命に差し障《さわ》りはないが、取り除かねば気になって仕方がない、そんな存在だった。

「秀吉は本気だろうな」

　勝成の呟《つぶや》きに応じるように無頼者たちが語り始めた。

「秀吉は大軍を催すだろうよ。何しろ、内大臣になったそうだからな」

「信長の草履取りが公卿《くぎよう》か。まさに乱世じゃな」

「おいおい、内大臣さまの悪口を言っては首を切られるぞ」

「切れるものなら、切ってみろ」

　野盗たちは酔いに任せ、好き勝手に放言している。

「よし、一つ、合戦に加わってやるか。紀州で思う存分暴れてやるぞ」

藤十郎は勇み立った。

野盗たちも、乱捕りができると期待の歓声を上げ、酒盛りが盛んになった。

「女じゃ、女を連れてこい」

荒れ果てた暮らしの中で藤十郎は己を見失っていた。日々の快楽に耽溺していくばかりである。

このままどうなってもいい。

この退廃した暮らしが続いてもいいだろう。気がすむまで暴れ回り、酒を飲み、女を抱く、そんな暮らしのどこが悪いのか。

乱世だ。

穏やかな暮らしなど糞《くそ》くらえである。

いつ命を落とすかもしれない我が身である。その日、その時を愉快に暮らそう。悔いは残るかもしれないがその悔いも山と積もってしまえば、後悔なんぞも追いつくことはなかろう。

「飲め、そして奪え！」

藤十郎は叫び立てた。

無頼者たちは勇み立つ。

「戦には金がかかる。具足を買い揃《そろ》える必要があるし、馬も欲しいぞ。金を稼ぐぞ。これから、土倉を襲って根こそぎ奪い取る！」

藤十郎は拳を振り上げた。

すると、

「ああっ」

無頼者の間から悲鳴が上がった。

「悪酔いしたか」

藤十郎は声の方を見た。

同時に矢が飛んできた。

身をかわす暇はなかったが、幸いにも肩口すれすれに外れ、板壁に突き刺さった。

安堵《あんど》したのも束《つか》の間《ま》のことで、次々と矢が飛来する。数人の男たちに刺さり、宴《うたげ》は修羅場と化した。

何者の襲撃かと、藤十郎は鑓《やり》を取ろうとした。しかし、身近に鑓がない。

脇《わき》に置いた太刀を摑《つか》み、立ち上がった。

容赦のない敵の矢が無頼者を倒してゆく。

藤十郎は油皿から立ち上る炎を吹き消した。しかし、敵は松明《たいまつ》を持ち、矢を射かけてくる。具足に身を固めた軍勢、どうやら京都所司代の手の者たちだ。京都所司代が野盗、野伏《のぶせり》の類《たぐい》の掃討に動き始めたようだ。

「よし！」

藤十郎は猛《たけ》った。

群がる敵に太刀を振りかざして突入してゆく。手あたり次第に斬《き》り、刺し貫く。敵は藤十郎の勢いに浮足立ち、本堂から境内へと押し戻された。境内といっても廃寺とあって、草ぼうぼうの荒れ果てた野原と変わりがない。敵味方、入り乱れての闘争となったが、人数と武具に勝る所司代勢には敵《かな》わない。

気が付けば、藤十郎以外の無頼者たちはすべて無残な骸《むくろ》と変わり果てていた。

藤十郎は太刀を捨ててあぐらをかき、次いで大の字になった。

「突くなり、斬るなり勝手にしろ！」

藤十郎は叫び立てると夜空を見上げた。

水野藤十郎勝成、親に逆らって家を飛び出した挙句、野盗となって命果てる、か。

悔いがないといえば嘘《うそ》になる。

それでも、これが自分の末路と思うと妙に得心できた。

「立て」

鐺の石突きで叩《たた》かれたが不貞腐《ふてくさ》れたように動かない。すると、二人の男に縄を打たれ、両脇を抱えられ無理やり立たされた。そのまま所司代屋敷に引き立てられてゆく。そのあと見せしめに三条河原辺りで打ち首か磔《はりつけ》にでもされるのか。

所司代屋敷の庭には篝火《かがりび》が焚《た》かれ、床几《しょうぎ》に座っている男がいた。炎が坊主頭《ぼうずあたま》を光らせている。僧服に具足を着こんでいた。

「玄以殿……」

藤十郎が呟いたように前田玄以であった。

「藤十郎、しばらくじゃな……そうじゃ、本能寺の前夜以来であったかな」

玄以はにこやかに語りかけてきた。

「左様で」

藤十郎が答える。

その場に藤十郎を引き据えようとする雑兵《ぞうひょう》を玄以が制した。

「承知のように、あれから時節は大きく動いた」

玄以は目をしばたたかせた。

明智光秀敗死後、玄以は織田信雄から京都所司代に任じられたと聞いている。

「信雄さまに仕えているのですか」

藤十郎が問いかけると、

「そうであったが、今では秀吉さまに仕えておるのじゃ」

玄以は言った。僅《わず》かに自嘲気味の笑みが浮かんだのは、織田家を捨て秀吉に取り入ったことに後ろめたさを感じているのだろう。

「藤十郎、そなたは、相変わらずやんちゃなようじゃな」

玄以の表情は、藤十郎の世渡り下手を責めるというより、羨《うらや》んでいるように見えた。

「性分ですな。父に勘当、武家奉公構いされた挙句がこの有様です。一介の野盗、どうぞ、ご存分に処罰してください」

藤十郎は言った。

腹を括ったせいで、不思議と恐怖心は湧《わ》いてこない。

「首を斬りますか。磔ですか。それとも火《ひ》炙《あぶ》りにでもなさいますか」

「いや、そなたを殺しはせぬ。まあ、命はわしに預からせてくれ」

思わせぶりな笑みを玄以は浮かべた。

「ほう、何故《なにゆえ》ですか」

玄以の意図を探らんと藤十郎は目を凝らした。

「信雄さまがな、そなたを秀吉さまの紀州攻めに参陣できるよう取り成してくださったのじゃ」

玄以は言った。

「信雄さまが……」

思いもよらない信雄の厚意だ。

「信雄さまの取り成しとあれば、惣兵衛殿も文句は言えまい。秀吉さまもな、長久手《ながくて》でのそなたの武功はよくご存じであった。頼もしき勇者であると、高く買ってくださっておるのだ」

玄以は秀吉が大変に度量の大きなお方であると言い添えた。

何かあるのだろう。

そうか……。

家康についている父の惣兵衛に逆らった藤十郎に秀吉は興味を抱いたのかもしれない。

信雄にしても、秀吉との関係を良好に保とうという思惑があるのではないか。信長の部将に過ぎず、猿と蔑《さげす》んでいた秀吉が思いもよらぬ大きな勢力を築いた。世の者ばかりか朝廷も秀吉を信長の後継者と見なしている。いくら、愚鈍と評価される信雄であっても、秀吉と敵対することの愚はわかっているに違いない。

「秀吉さまは、紀州に攻め込まれると、京雀《きょうすずめ》どもが噂《うわさ》しておりますが、まことなのですな」

表情を引き締め藤十郎が問いかけると、

「その通りじゃ」

躊躇《ためら》いもなく玄以は認めた。

「何故、今更紀州を攻められるのですか。本願寺は大坂を退去し、その地に秀吉さまは城を築いておられるようですな。何でも信長公の安土城を凌《しの》ぐ城であるとか」

藤十郎が疑問を投げると、

「四国の平定を見定めておられるのじゃ」

玄以は答えた。

「長宗我部《ちょうそかべ》攻めですか」

三年前、信長の長宗我部攻めは本能寺の変が起きて中止された。今回、秀吉が信長に代わって行おうというのだろう。信長の後継者であると天下に知らしめる示威活動である。

長宗我部元親《もとちか》は雑賀党と懇意にしている。信長死後、雑賀孫一は長宗我部元親に接近したのだ。

秀吉は元親を屈服させるつもりなのだろう。そのためには、本拠とした大坂に近い紀州に、自分に従わない大きな勢力、鉄砲で武装した雑賀党や根来衆が盤踞していては、目障りだ。

「よって、紀州攻め、その後の四国攻めで目覚ましき働きをすれば、そなたは秀吉さまに召し抱えられるかもしれぬ。いかに、惣兵衛殿でも日の出の勢いにある秀吉さまには、表立っては異議を唱えまい」

「いいえ、父はわたしを許しはしませぬ」

藤十郎の脳裏に惣兵衛の意固地な顔が浮かんだ。

「なに、頃合いを見て、秀吉さま、信雄さまが仲介の労を取ってくださろう。秀吉さまは徳川殿とも懇意にしようと考えておられる。時を経ずして、徳川殿も秀吉さまに臣下の礼を尽くすことになろう」

玄以は今後の見通しを語った。

「秀吉さまが天下を取るのですか」

藤十郎の言葉に、そうなるは必定と玄以は答え、

「あのお方が、木下藤吉郎を名乗っておられた頃より、わしはよく存じ上げておるが、並のお方ではなかった。知謀湧くが如《ごと》し、巧みに人心を摑み取る、まこと才知に富んでおられた。よって、あの厳格極まる信長公が目をかけられ、草履取りから今日の地位に駆け上がられたのじゃ」

訳知り顔で玄以は言い立てた。

二

福山城下、瀬戸の海を眺めつつ、浜を巡検しながら勝成は勝俊と勝貞に語りかけた。

「こうしてわしは太閤《たいこう》殿下の紀州征伐に加わった。当時、大和の領主だった筒井定次《さだつぐ》殿の軍勢に加えてもらってな」

勝俊と勝貞はうなずき合う。

二人の他、祐筆《ゆうひつ》が三人従っていた。祐筆は潮風に負けず、帳面に筆を走らせる。

「太閤殿下はどのようなお方であられましたか」

興味津々《しんしん》の目で勝貞が問いかけてくる。

「才気煥発《かんぱつ》、人たらし、大気《たいき》者《もの》……世間で評されたような殿下への賛辞は悉《ことごと》く的中しておる。まこと、英雄とは豊臣秀吉公のことを申すのであろう」

勝成が答えると勝貞は豊臣家の滅亡を惜しむ声を上げた。

「じゃが、あのお方の根っこは我らと変わらぬ」

勝成が言い添えると、

「それはどういうことでございますか」

勝貞は首を傾《かし》げた。

「地位、権力、富、美女、領土……それらを心の底から欲しておられた。つまり、自分の欲に忠実であられたのだ。勝貞、そなたも、それらのものが欲しいであろう」

勝成に問われ、

「欲しいです。お爺《じい》さまは欲しくはないのですか」

「欲しいに決まっておろう。太閤はな、我らが欲する気持ちの何万倍も強い欲を持っておられたのじゃ。そういう点からすれば、太閤は我らこの世に生きる者の頂きに立つお方と申せる。天下人たるゆえんじゃな」

勝成はおかしそうに笑った。

「信長公も家康公も欲深いお方であったゆえ、天下人と成られたのでございますか」

勝貞の問いかけを、

「違う！」

勝成はぴしゃりと否定した。

勝貞は意外そうに目をしばたたいた。

「信長公と家康公は、我らとは違うお方であられた。むろん、お二方も領土を求め、地位、権力、富を得た。じゃがな、それらは目的ではなかった。手段に過ぎなかったのじゃ」

わかるかというように勝成は勝貞を見据えた。

「手段でございますか……」

納得できず、勝貞は考え込むように口を閉ざした。勝俊が息子に話しかける。

「官位を得るために戦働きをしたり、銭を得るために仕事をするのではないということだ。大事なことは、金を得るのは何のためか、それは志を遂げるためであったかどうかだ」

この言葉に勝成はうなずき、

「信長公は天下布武を掲げておられた。武士の世を創《つく》るということじゃ。そのために、比叡山を焼き、一向宗徒を数多《あまた》殺した。朝廷から高い官位を受け、莫大《ばくだい》な富を得ても、それは天下布武実現のための手段に過ぎない。一方、太閤の印判は『悉《しつ》』じゃ。つまり、太閤はこの世の全《すべ》てを自分の物にするということを天下に示しておられたのじゃ」

言葉を止め勝貞を見た。

「それで、日本だけでは飽き足らず、明《みん》国に向けて攻め込まれてしまわれたのですな」

納得したように勝貞はうなずいた。

「ご自分の死後、秀頼公と豊臣家の行く末を心配なさり、大きな未練を残しながら冥《めい》途《ど》へ旅立たれた。露と落ち露と消えにしわが身かな、なにわのことも夢のまた夢……天下人とは思えぬ寂しい辞世を残されてな。この世で栄耀栄華《えいようえいが》を極めた太閤だったが、あの世で強く望んだ秀頼公の成長と豊臣家の繁栄は叶《かな》わなかったのじゃ」

勝成の言葉に勝俊も勝貞も小さく首を縦に振った。潮風に無常感が混じり、海鳥の鳴き声が哀《かな》しい笛の音のようだ。浜を洗う白波が一代の英雄豊臣秀吉の栄華を消すように打ち寄せる。万感に浸った勝俊と勝貞に、

「そんな太閤にわしは嫌われた。刺客を向けられる程にな」

勝成は笑いかけた。

「まこと、お爺さまの人生は、波乱の極みでござりますな」

感心したように勝貞は言う。

「これも若気の至りというものじゃ」

勝貞の賞賛とも感嘆ともとれる言葉に心地良くなった勝成は、話の続きを語り始めた。

天正十三年（１５８５）、藤十郎は秀吉の紀州征伐に加わった。筒井定次の軍勢に陣借りをしての奮戦であった。それなりの働きはしたのだが、秀吉から軍功を称されるまでの活躍には至らなかった。

合戦が大量の鉄砲を駆使する雑賀党との合戦ゆえ、火器、鉄砲、弓矢という飛び道具を駆使したものであったからだ。

藤十郎得意の白兵戦が行われる機会が少なく、存分な鑓働きができなかったのである。それでも、矢弾が飛び交う中、ものともせずに鑓を手に一騎駆けをする藤十郎の雄姿は敵味方の脳裏に刻まれた。目立った武功は立てられなかったが、藤十郎の奮戦ぶりは秀吉の耳に届いたはずである。

敵大将雑賀孫一は降伏し、秀吉への忠誠を誓った。

紀州攻めの後、藤十郎は京都所司代屋敷に呼ばれた。御殿小座敷で前田玄以と対する。

「四国攻めはいつですか」

挨拶《あいさつ》もそこそこに藤十郎は玄以に問いかける。

紀州征伐に加わり戦場を疾駆したことで、再び武者の血が滾《たぎ》って仕方がない。

「はやるな。間もなくじゃ。それにな、秀吉さまに大きな褒美が朝廷よりくだされることになっておる」

玄以は宥《なだ》めるように返した。

「官位昇進ですか」

「そうじゃ」

玄以はにんまりとした。

「信長公は右大臣に成られ、すぐに辞されましたが……」

「右大臣、左大臣を飛び越えてな、なんと、関白にお成りになるのじゃ」

玄以は声を上ずらせた。

「関白……」

さすがに藤十郎も驚いた。

関白といえば、公家《くげ》最高の家柄、五摂家の当主のみが就くことのできる朝廷最高の官職で、武家の世にあっては名ばかりとはいえ、天皇を補佐して政《まつりごと》を主宰する重職である。政治の実権はなくとも、この上のない名誉であることに変わりはない。いくら、天下一の実力者とはいえ、秀吉が関白になるとは。

「世も……」

世も末だと口に出しそうになってあわてて、

「世も移り変わりますな」

と、取り繕った。

玄以はぎろりとにらみながらうなずき、

「四国が片付く頃には、関白宣下がなされよう」

誇らしそうに見通しを語った。

草履取りから関白、まさしく戦国下剋上《げこくじょう》を象徴する人物であるな、と、藤十郎は思った。

「長宗我部攻めではな、そなたは仙石《せんごく》殿の陣に加わるのじゃ」

玄以は言った。

仙石秀久《ひでひさ》、父は美濃の国人領主である。斎藤龍興《さいとうたつおき》に仕えていたが、信長の美濃攻略により信長の配下となった。信長は足軽大将としてめきめきと頭角を現していた木下藤吉郎に秀久を付けた。以来、秀久は秀吉の股肱《ここう》の臣として合戦に従い、天正九年（１５８１）の淡路島征伐で功を挙げた。

「仙石殿はな、そなたと同じく信長公より永楽銭の旗印を許された御仁じゃ。武勇を誇る、そなたとは気が合うであろう。もっとも、だからといって、無茶はするなよ」

　玄以は釘《くぎ》を刺すことも忘れなかった。

　秀吉は四国を平定するに当たり、軍勢を三方面に分けた。弟の秀長《ひでなが》、甥《おい》の秀次《ひでつぐ》を総大将とする阿波《あわ》方面軍、宇喜多秀家《うきたひでいえ》、黒田孝高《よしたか》、蜂須賀正勝《はちすかまさかつ》、仙石秀久らの率いる讃《さぬ》岐《き》方面軍、小早川隆景《こばやかわたかかげ》、吉川元長《きっかわもとなが》らの毛利勢が攻め入る伊予《いよ》方面軍である。

　天正十三年七月、藤十郎は仙石秀久の軍勢に陣借りをし、源平合戦で名の知れた屋島に上陸した。長宗我部元親は三方向から攻め寄せる秀吉勢に軍勢を分散せざるを得ず、三軍で総勢十万を超える秀吉勢に苦戦を強いられ、八月には降伏した。元親は土佐一国を安堵されたものの、奪った四国の領地は召し上げられた。

　仙石秀久は戦の功により、讃岐で十万石の領地を与えられた。

藤十郎は鑓働きをしたのだが、正直物足りない思いだった。長宗我部方の城を攻め落とすのに、兵糧《ひょうろう》攻めや水の手を絶つ、といった戦法が主だったからだ。

それでも、秀吉は藤十郎の軍功を評価し、摂津豊《て》島《しま》郡に七百二十八石の知行地をくれた。四国攻めの最中《さなか》、関白に任官した喜びで気前よくなったためだろうと、藤十郎は思った。

福山城下、勝成はほっと安堵の表情となった。

「太閤は摂津豊島郡に七百石の領地をくれた。正確に申せば七百二十八石じゃがな。ともかくわしは一端《いっぱし》の領主になったわけじゃ」

勝成が言うと、

「おめでとうございます」

勝貞が祝辞を述べ立てた。

続いて勝俊が、

「領地を検分なさったのですか」

「むろん、赴いた」

「話は先走ってしまいますが、父上は領主と成られたのに、領地に腰を落ち着けることなく、領地を捨て、また出奔してしまわれましたな」

　どうしてなのですか、と勝俊は言葉の裏に疑念を込めた。

「わしの落ち度である。それゆえ、包み隠さず話すこととしよう。はっきり申すと、太閤の不興を買ったのじゃ。若気の至りというしくじりじゃな。わしとしたことが、何度若気の至りを繰り返したことか……祐筆、しかと、書け。わしに斟酌《しんしゃく》し、筆を鈍らせてはならんぞ、よいな」

　厳しい声音で勝成は命じた。

　それが照れ隠しでもあるのは、険しい顔つきながら頬が赤らんでいるのが示していた。

三

　藤十郎は領地を賜り喜んだ反面、思わぬ責任を負ってしまったという思いも抱いた。ともかく、玄以に礼を言わねばと、京都所司代屋敷へ馳《は》せ参じた。

　御殿の小座敷で玄以は会ってくれた。

「よかったな」

玄以に祝福され、

「お蔭《かげ》を持ちまして、褒美に与《あずか》ることができました。殿下はもちろんのこと、玄以殿にも感謝申し上げます」

素直に藤十郎は礼を述べ立てた。

「殿下もそなたの働きは十分にお認めになられたのじゃ」

「それはありがたいことでございます」

言いながらも不満と不安を滲《にじ》ませた。それを玄以は敏感に察知し、

「どうした。そなたのことじゃ。知行地をしっかりと地道に治めるなど、性に合わぬと思っておるのであろう」

図星を指され、

「むろん、知行地は怠らず治めようと存じます。つきましては、次なる合戦、おそらくは九州になりましょうか」

話題をそらし、藤十郎は勇み立つ。四国の合戦は物足りなかった。九州の島津相手なら激烈な戦が展開されよう。

「そうであろうな……」

　玄以は明言を避けた。

　そうか、九州の前に片付けなければならない敵がいるではないか。

「徳川殿ですか。徳川殿、度重なる殿下の上洛《じょうらく》要請に応じないそうですな」

「殿下は着々と徳川殿上洛への地ならしをしておられる」

　秀吉は家康に正室がいないのをよいことに。己《おの》が妹を嫁ぎ先から離縁させて、家康に輿入《こしい》れさせた。さらに、家康に従三位権中納言《じゅさんみごんのちゅうなごん》の官位が下賜《かし》されるように朝廷に奏請した。

「徳川殿は北条と盟約を結んでおられます。関東、東海が殿下に従わないとなれば、日本は一つにはなりませぬな。殿下は信長公の遺業を受け継ぎ、天下一統を成し遂げんとしておられるのでしょう」

　藤十郎が問うと、

「藤十郎、戦となると嗅覚《きゅうかく》が働くな。殿下は徳川殿と戦火を交えると思ってか」

　玄以の目が鋭く凝らされる。

「徳川殿を懐柔しつつ、戦の支度を整えておられるのではございませぬか。大軍を以《も》って三河に攻め入るおつもりでは」

「なるほど、よい読みをしておるな」

玄以は認めてから、しばらく思案の後に言った。

「これは、近々にもそなたの耳に入るゆえ申す。石川伯耆守《ほうきのかみ》殿が徳川家を去り、殿下に仕える」

「ほう……」

藤十郎は目を凝らした。

石川伯耆守数正《かずまさ》は徳川家康の重臣、しかも酒井忠次《ただつぐ》と並ぶ徳川家の二本柱である。これが本当なら、家康は右腕を秀吉に奪われたようなものだ。数正は徳川家の軍法を知り尽くしている。また、三河、遠江《とおとうみ》など、徳川家が根差す領地内の城、砦《とりで》の造り、人数、軍備を熟知しているに違いない。秀吉が大軍を催し、徳川の本領に攻め入るとしたら、何よりの先鋒《せんぽう》となる。

「和戦両面で殿下は徳川殿を屈服させようというのですな」

藤十郎は秀吉の周到さに舌を巻いた。

「石川殿ばかりではない……実は水野惣兵衛殿も殿下につく」

追い討ちをかけるかのように、玄以は言い添えた。

「親父殿が……」

複雑な思いが胸にこみ上げてきた。

「惣兵衛殿も殿下の世になるのをよくわかっておるのだろう」

玄以は言った。

「親父殿、さては、石川殿に丸め込まれたのか……」

「面白くないのか。これを機に、仲違《なかたが》いを直してはどうじゃ。殿下が仲介の労を取ってくださるやもしれぬぞ。わしから、殿下に頼んでやる」

玄以に勧められたが、

「いえ、それには及びませぬ」

躊躇《ちゅうちょ》なく藤十郎は断った。

「意地を張ることはない」

玄以は宥めた。

「意地ではござらぬ」

「それが意地じゃ」

玄以は藤十郎の気持ちを解《ほぐ》そうとしてか、笑みを浮かべた。

「意固地は親父殿譲りです」

藤十郎は苦笑した。

「惣兵衛殿も意地を張ると申すか」

「親父殿は決して折れはしませんよ。それどころか、おれを成敗するといい始めるでしょう」

藤十郎は見通しを語った。

「それほどに深刻なのか」

玄以は眉《まゆ》をひそめた。

「親父殿は、体面を気遣いますからな、一旦《いったん》、勘当扱いとした者を許しはしません」

「殿下の仲裁でもか」

「殿下には、おれとの仲を直すどころか、成敗する許可を求めるでしょう」

藤十郎は自嘲気味な笑いを浮かべた。

「まあ、ともかく、殿下には取り成して頂くようお願い致す」

玄以は任せておけと請け合った。

広間に席を移した。

酒宴が催される。

数人の侍たちががやがやと飲んで騒ぎ始めた。そのうちに秀吉お気に入りの相撲取りがやって来た。庭で控える男は、小袖《こそで》に身を包んだがっしりとした身体《からだ》で、牛のようである。男が植込みの前で片膝《かたひざ》をついていると、まるで大きな岩が置かれているようだ。

「信長公は、大変に相撲がお好きであられた。安土で行われた相撲は幾万もの見物人で賑《にぎ》わったものじゃ」

懐《なつ》かしそうに玄以が両目をしばたたいた。

すると、

「殿下の御成です」

と、声がかかった。

座敷の空気がぴんと張り詰め、一同に緊張が走った。

小姓を伴い秀吉がやって来た。

黄金鞘《ざや》の太刀を掲げ、頭を低くして従う小姓よりも頭一つ低い小男だ。

綾錦《あやにしき》の小袖に金色に煌《きら》めく羽織を重ね、真紅の袴《はかま》という派手な出《い》で立《た》ちで上段の間に座した。平伏する家臣の席に藤十郎の姿を見つけると、

「水野藤十郎か」

と、声をかけた。

藤十郎は秀吉に向き改めて両手をついた。

玄以が、

「藤十郎は、摂津の知行地を賜りましたこと、殿下へひとかたならぬ感謝の念を抱いております」

と、言葉を添えた。

「うむ」

秀吉は鷹揚《おうよう》に構える。

「殿下、こたび、水野惣兵衛殿が殿下に伺候することになり、まことに祝着《しゅうちゃく》至極と存じます」

玄以は続けた。

秀吉はうなずき、

「藤十郎、親子でわしに奉公するとはうれしいぞ」

秀吉はにこやかに言葉をかけてきた。もちろん、藤十郎と惣兵衛が仲違いしていることを知った上で言葉をかけているに違いない。知った上で、白々しくもそんなことを言っているのだ。

「水野親子が殿下への忠義を励むために、拙者、一つ願いの儀がございます」

玄以は声を励まし、言上した。

「うむ、なんじゃ」

秀吉はうなずく。

玄以はちらっと藤十郎に視線を送りながら、

「何を隠そう藤十郎は、惣兵衛殿より勘当並びに武家奉公構《かま》いの触れを出されております。つきましては、惣兵衛殿が殿下にお仕えするのを機に、殿下におかれましては、水野親子の仲を取り持って頂きたいとお願い申し上げます」

玄以は両手をついた。次いで、藤十郎を促し、平伏するよう横目で告げた。

仕方なく藤十郎も首を垂れた。

秀吉は重々しく咳払《せきばら》いをし、

「よかろう。仲裁してつかわす。藤十郎、わしに任せよ」

と、声を放った。

藤十郎は黙っている。

正直、ありがた迷惑とはこのことだ。惣兵衛との仲直りなど望んではいない。かりに、不仲が修復されたとして刈谷城に戻ったところで、遠からずいさかいがまた起きる。そうなると、今度は一層、激しい争いとなるだろう。

惣兵衛も秀吉の顔を立てて藤十郎との関係修復に応じるだろうが、内心では面白くはあるまい。

「藤十郎、殿下にお礼を申さぬか」

玄以に促されたものの、

「殿下、まこと、ありがたき思《おぼ》し召《め》しとは存じますが、わたしは父との仲を戻し、水野家に戻りたいとは思いませぬ」

藤十郎は言い放った。

玄以が目を大きく見開き、

「こ、これ、何を血迷うて……」

と、声を上ずらせて言い立てた。

秀吉は寛容に笑みをたたえているが、その目はどす黒く濁っていた。

「仲裁は遠慮申し上げます」

もう一度、今度ははっきりと藤十郎は断った。玄以が言葉を添えようとするのを秀吉は制し、

「そうか、わしの仲立ちはいらぬと申すか」

不快感を押し殺したような声を秀吉は発した。

「どなたさまの仲介も無用でござります」

たじろがず藤十郎は返した。

玄以は恐れの表情を浮かべ、横を向いた。

「父とは絶縁のままでよいと申すのだな」

念押しするように秀吉は野太い声を出した。

「はい。もはやわたしには父はおりませぬ」

答えてから、もう後戻りはできないと藤十郎は改めて腹を括《くく》った。怒りを露《あら》わにすると思いきや秀吉は表情を消して言った。

「なるほどのう……思えばわしも親父《おやじ》とはうまくいかなんだ。継父であったからでもあるがな……わしは、幼い頃より家を出て、針を売り歩いた。それゆえ、父のことはよう知らぬ」

藤十郎は黙り込んだ。

玄以は秀吉が怒りを示さないことに多少の安堵をしたようだ。

「無理に親子関係を戻せとは申さぬ」

秀吉は藤十郎の考えを受け入れた。

すかさず、

「殿下は寛容じゃ」

玄以が言葉を添えた。

「ありがとうございます」

藤十郎はとりあえず礼を言った。

どことなくぎくしゃくとした空気が流れる中、秀吉は庭に向かって、

「熊蔵《くまぞう》」

と、声をかけた。

植込みの前で控えていた岩のような男が立ちあがった。

「よし、熊蔵に勝てる者はおるか」

秀吉は周囲を見回した。

誰もが遠慮してか、声を上げようとはしない。すると、秀吉が、

「佐吉、そなた取ってみよ」

と、肩衣《かたぎぬ》に威儀を正した男に命じた。

「殿下、わたしは……」

手を左右に振り男は遠慮する仕草をした。

石田佐吉、すなわち石田三成《みつなり》は極めて優れた能吏であるが、鑓働きの方はからっき

しだと評判だ。

熊蔵は秀吉の愛妾《あいしょう》、京極殿こと京極竜子が贔屓《ひいき》としている。京極竜子は北近江《おうみ》の守護大名京極高吉《たかよし》と浅井久政《ひさまさ》の娘との間に生まれた。若狭守護武田《たけだ》元明《もとあき》に嫁いで二男、一女をもうけたが、元明が本能寺の変の際に明智光秀に味方したため、秀吉に討たれ寡婦《かふ》となった。竜子の美貌《びぼう》に秀吉は一目ぼれをし、側室に迎えたのだ。年々増える一方の秀吉の側室だが、竜子は殊《こと》の外、寵愛《ちょうあい》を受けていると評判だ。

京極殿にぞっこんの秀吉は熊蔵を連れ歩き、様々な大名屋敷を訪れて、熊蔵の相手をさせた。大名の方はそれをわかっているため、お抱えの力士にわざと負けさせる、しかも、盛大に投げられるよう命じている。

この時、三成はいったん遠慮したものの、自分の非力さを披露することで熊蔵の強さを際立《きわだ》たせようとしたようで、

「よし、こい」

大袈裟《おおげさ》に言い立てると諸肌《もろはだ》脱ぎになるや濡《ぬ》れ縁《えん》から飛び降りた。

この時代、まだ土俵はない。取り組みをする力士の周りを人が囲む。人の囲みは人《ひと》方屋《かたや》と呼ばれ、力士たちは相手を倒すか、人方屋に押し倒せば勝利となった。

三成と向かい合い、熊蔵も上半身裸体となる。それだけで、歓声が起きた。濃い胸

毛に覆《おお》われた分厚い胸板、隆々とした肩、丸太のような腕、艶《つや》光りした上半身は、青白くあばら骨が透けて見える三成の貧弱さを圧倒し、熊蔵の勝ちを疑う者はいない。いくら、秀吉におもねった大名たちに勝ちを譲られるといっても、熊蔵は一角《ひとかど》の力士であるようだ。

案の定、熊蔵の張り手一発で三成は吹っ飛び、

「参りました。さすがは、京極殿が贔屓になさっておられる熊蔵でござりますな」

と、しゃあしゃあと言ってのけた。

「まこと、熊蔵は無双の力士じゃのう。いやあ、愉快、愉快」

秀吉は上機嫌だ。

一同は追従《ついしょう》笑いを送る。

その白々しい空気に藤十郎は辟易《へきえき》として、一人、白けた顔で横を向いた。すると、秀吉が視線を向けてきた。その目は先程のようにどす黒く淀《よど》んでいる。

「藤十郎、何か不満でもあるのか」

「いいえ」

言葉短かに藤十郎は返事をした。

「そんなことはあるまい。わしの目はごまかせない。申せ」

藤十郎は一呼吸置いてから答えた。

「熊蔵は大したことはありません。あんなに腰が高くては、力のある者相手ならば、簡単に投げ飛ばされてしまいますぞ。貧弱な素人《しろうと》に勝ったとて、何の値打ちもござらぬ」

いけしゃあしゃあと藤十郎は言い放った。貧弱な素人呼ばわりされ、三成は顔を強《こわ》張《ば》らせる。

「ほう……」

秀吉の眉間《みけん》がぴくぴくと動いた。玄以が扇子で藤十郎の膝を打つ。

それを無視し、

「まことに大した力士ではございませぬな。みな、殿下に遠慮しておるのでしょう。いわば、殿下の威を借りる狐《きつね》ならぬ、熊蔵ですな」

と藤十郎は嘲《あざけ》った。

「そうか、ならば、おまえなら勝てると申すのじゃな」

秀吉は底意地悪くにんまりと笑った。

「もちろんです」

藤十郎は胸を張った。

「よし、取り組んでみせい」

秀吉は命じた。

もう、後には引けない。

「承知しました」

藤十郎は部屋を横切ると広縁に立ち、そのまま庭に飛び降りた。熊蔵は凄《すご》い形相を向けてくる。

「おれは手加減なんかしないぜ」

藤十郎は拳《こぶし》を作り、熊蔵に示した。

秀吉が、

「熊蔵、遠慮致すな。この生意気な若造を痛い目に遭わせてやれ」

すると、一同から藤十郎への罵声《ばせい》、熊蔵への声援が送られた。熊蔵は両目を吊《つ》り上げ、不敵な笑いを浮かべる。

藤十郎は熊蔵と対した。

「いざ」

四つに組もうと両手を上げる。

熊蔵はその名の通り、熊のように毛深い胸毛の生えた胸を叩き、何やらわけのわからない雄叫《おたけ》びを上げた。

藤十郎は組もうと間合いを詰める。

すると、

「待った！」

熊蔵が右手をひらひらと振って、待ったをかけた。帯の締め具合が悪いと直す仕草をする。気勢を削《そ》がれた藤十郎は内心で舌打ちをする。

と、不意に熊蔵の右手が飛んできた。

藤十郎の頬にぶち当たる。

無防備な態勢で強烈な張り手を食らわされ、くらくらとした。

「卑怯《ひきよう》な奴《やつ》」

熊蔵はその声を気にもかけず藤十郎に組み付き身体を締め上げてくる。

「ううっ」

息が詰まる。

見物人から歓声が上がった。

「熊蔵、構わぬ、思う様、締めてやれ」

秀吉もうれしそうだ。

「絞め殺してやる」

熊蔵は陰に籠《こも》った声を漏らし、頰を緩めた。藤十郎が悶絶《もんぜつ》する姿を見て喜んでいるのだ。藤十郎の足が地べたから浮き上がった。もはや逃れる術《すべ》はない。

それでも、

「そんなものか、熊蔵。おまえの力はそんな程度か」

腹から声を振り絞り、藤十郎は強がった。

「何だと」

熊蔵が目をむく。

「熊にしては、弱々しいぞ。まるで兎《うさぎ》だ」

悪態を吐《つ》きながらも脂汗《あぶらあせ》が目に入ってくる。

「減らず口を叩《たた》くな」

熊蔵は腰を入れ、一層の力を込めて藤十郎を締め上げる。熊蔵の隆々とした肩の筋肉が盛り上がる。

藤十郎は息もできない。

見物人たちから、

「絞め殺せ」

「背骨を折ってやれ」

などと野次が飛ぶ。

「どうだ！」

顔を真っ赤にし、熊蔵は渾身《こんしん》の力を込めた。

苦しさの余り、藤十郎は弓のように身体を仰《の》け反《ぞ》らせた。目が霞《かす》み、罵声が遠のいてゆく。霧で覆われた脳裏に、

「猪武者《いのししむしゃ》め」

と、惣兵衛の嘲りが響き渡った。

そうだ、おれは熊にも一路向かっていく猪だ。

藤十郎は歯を食いしばり、下腹に力を入れた。反り返った身に反動をつけると、

「熊蔵、行くぞ」

息も絶え絶えながらも声をかける。

見上げた熊蔵は顔面に薄笑いを貼《は》り付かせていた。その舐《な》め切った態度に怒りの炎を燃やしながら、藤十郎は熊蔵の額目がけて頭突きを食らわせた。

鈍い音と共に熊蔵は呻《うめ》いた。

同時に腕の力がわずかに緩む。すかさず、そのすきに藤十郎は熊蔵の腕を振り解《ほど》き

地面に降り立った。背中ががくがくとするが、我慢をして深呼吸を繰り返す。

熊蔵は両手で顔面を覆っていたが、やがて憤怒《ふんぬ》の形相となって仁王立ちした。

「猪突猛進《ちょとつもうしん》！」

藤十郎は腰を落とすとすり足で間合いを詰め、頭から熊蔵に激突した。鳩尾《みぞおち》に頭突きを受けた熊蔵の巨体が後方に跳ね飛び、人方屋の中に落下した。

「見事じゃ」

思わず玄以は賞賛の言葉を放ったが、誰もが口を閉ざしているため、あわてて手で口を塞《ふさ》いだ。

思わぬ結果に秀吉は渋面となり、

「帰る」

ぶっきらぼうに吐き捨てるや、そそくさと去っていった。


福山城下、勝成は海辺を歩きながら言った。

「わしとしたことが、大人気なかったな。しかし、わしには許せなかった」

勝成は熊蔵との一戦を回想した。

勝俊が、

「しかしながら、太閤殿下の勘気をこうむるのを承知で熊蔵を跳ね飛ばすとは、父上の肝の据わりようには驚くばかりでござります」

「まさしく、余人にできることではありませぬ」

勝貞も賛辞を贈る。

「それは、今にして思えばということじゃ。当時からすれば、天下人の太閤の不興を買う行いは向こうみず以外の何物でもない。すっかり太閤に嫌われ、おまけに親父殿が摂津の知行地にやって来ると聞き、わしは出奔した。太閤め、無断で知行地を捨てたのは許せぬとわしに刺客を放ったそうじゃ。しかしな、わしは一向に不安はなかった。こんなことを申しては負け惜しみかもしれぬが、知行地に縛られなくなって、かえって気楽になったのだ」

惣兵衛は摂津の知行地に乗り込んできた。勘当した藤十郎が秀吉の勘気をこうむったということで、藤十郎成敗の大義を得たとばかりに行方を捜したようだ。

「親父殿といい太閤といい、迷惑な話じゃ」

あははと勝成は笑い飛ばした。

勝俊も勝貞も顔を見合わせた。

「それで、いかがされたのですか」

勝貞は息を呑《の》んだ。

「さすがに、畿内に身を置くことはできなかった」

「西国へ行かれたのですな」

勝俊が言う。

「そうじゃ、西国を彷徨《さまよ》った。虚無僧《こむそう》姿になってな。名も六左衛門《ろくざえもん》に変えた。ろくでなしということじゃな」

勝成は自嘲《じちょう》気味な笑いを放った。

対して、勝成の運命の変転に衝撃を受けた勝貞は息を呑んだ。

藤十郎から六左衛門と名を改めたが、勝成は昔語りの上で紛らわしいと、藤十郎ということで物語を進めてくれと付き従う三人の祐筆《ゆうひつ》に断った。

四

藤十郎は虚無僧姿で西国を彷徨い始めた。冬ざれの山陽道をあてもなく西に進んだ。

摂津から明石《あかし》の海岸に至ったところで藤十郎はへたり込んだ。とにかく腹が減った。

夜の帳《とばり》が下りた頃、藤十郎の耳に、浜辺の小屋で宴《うたげ》を催す者たちの声が聞こえてきた。漁師小屋の中にいる男たちは、だみ声を張り上げ、酒を飲み、蛸《たこ》の足を切り、串《くし》焼きにして食らっている。小屋の外にまで漏れ聞こえるやり取りからすると、海賊たちのようだ。今日の成果を肴《さかな》に宴は盛り上がっているのだ。

藤十郎は開け放たれた板戸から中に入る。

女を抱き、博打《ばくち》に興じ、酔い崩れている男たちは誰も入ってきた藤十郎に注意を向けない。それをいいことに藤十郎は虚無僧笠《がさ》を脱ぎ、尺八を傍らにおいて酒を飲み、蛸の足にかじりつき、握り飯も頬張る。無我夢中で空腹を癒《いや》す。

薄ぼんやりとした光景と炉端の火が心地よく、旅の疲れから思わずまどろんだ。何となくやり取りが耳に入る。

「おれたちの稼業《かぎょう》も厳しくなってきたな」

「猿関白、俺たちの取締りを徹底させるらしいで」

「猿が関白になるご時世や、おれたちもいい目を見たって罰は当たらんぞ。それが、毛利は猿関白に尻尾《しっぽ》を振って、瀬戸の海に出没する海賊を取り締まっているそうや。猿関白は九州を攻めるのに仰山の兵糧や武器を船で運ぶのやから、瀬戸の海を荒らす者は成敗されるというわけらしい」

「ほんでもよう、九州の前に猿関白は東を攻めるそうや。徳川を潰《つぶ》すって、話やで」

「なら、九州攻めまでには時がかかるな。それまでの間、精々稼ぐか」

海賊たちは歓声を上げた。

すると、

「なんや、おまえ……」

一人がようやく藤十郎に気づいた。

「なんだ」

堂々と胸を張って問い直す。

「おまえ、誰や」

「誰だって……見ての通りの虚無僧だ。馳走《ちそう》になった。じゃあな、また会おう」

藤十郎は虚無僧笠を被《かぶ》り、立ち上がると尺八を吹きながら戸口に向かった。

「おい、何処《どこ》へゆく」

呼び止められ、尺八を口から外して振り向いて答えた。

「出て行くのだよ」

「ここで何をしとった。おれたちの話を聞いたやろうが」

「飯を食って、酒を飲んだだけだ。いずれ、飲み食いの代金は托鉢《たくはつ》をして返す」

藤十郎は出ていこうとしたが、

「ふざけるな」

海賊たちは一斉に立ち上がった。

「わかった、飲み食いした分、働くよ。何なら、あんたらの下で海賊を手伝ってもいいんだぜ」

どこまでも人を食ったような藤十郎の態度に海賊たちは唖《あ》然《ぜん》としたが、

「てめえ、ひょっとして、おれたちを探りに潜り込んだんじゃあるめえな」

一人が目をむく。

「探られる程、あんたらは大物なのかい」

藤十郎は冷笑を放った。

「なんだと」

海賊たちは憤《いきどお》り、頭領を呼ばわった。奥で酒を飲んでいた大柄な男が立ちあがる。

「やるのかい」

藤十郎は静かに語りかけた。

「いてまえ！」

頭領が叫び立てた。

海賊たちは、各々《おのおの》の武器を手にする。すかさず、藤十郎は駆け出した。海賊たちの間をすり抜け、開け放たれた板戸に向かう。

「逃がすな」

頭領に叱咤《しった》され、海賊たちは追いかけてきた。

脱兎《だっと》の如《ごと》く砂浜を走る。海賊たちも速度を速めた。

酔った上にこれまでの疲労が重なり、更には砂の上とあって藤十郎の足取りは鈍っていた。そのうえ、刺すように冷たい波飛沫《なみしぶき》と潮風に行く手を阻《はば》まれる。

あっという間に海賊たちに追いつかれた藤十郎は、周囲を囲まれた。一人の海賊に背後から羽交い絞めにされ、虚無僧笠を脱がされた。藤十郎は相手の足を踏みつけた。力が弱まると間髪入れず、敵の手から逃れる。

が、すぐに前に敵が立ちはだかって、両腕を摑《つか》まれて捉《とら》えられてしまった。

砂浜にはどうしたわけか柱が立っている。焚火《たきび》が焚かれ、柱は砂浜に影を引かせていた。根本には波が寄せては返している。

藤十郎は柱へと連れてゆかれ、荒縄でぐるぐる巻きにされ柱に縛り付けられた。身動きができない。

「ようも、おれたちを舐めくさってくれたのう」

にんまりとした頭領は子分から銛《もり》を受け取った。銛の先を指で撫《な》でながら、

「わしら、紀州で鯨捕りをしとったのや。おめえ、鯨にしてやるわ」

頭領が言うと、海賊たちから哄笑《こうしょう》が放たれた。焚火に照らされた彼らの姿は獲物を追いつめた漁師のようだ。

「頭領の銛はすげえぞ」

「おめえも、運が悪いな」

海賊たちは嬉《うれ》しそうだ。

後ろ手に縛られた縄を緩めるべく、両手を動かす。幸い、海賊たちも酔って手元が定まっていなかったのか、縄は徐々に緩んでいった。

が、周囲は海賊が見張り、とても逃げ出せるものではない。

そうする間にも頭領は銛を手に、藤十郎と間合いを取り、狙《ねら》いを定めてくる。

「覚悟せいや！」

頭領は叫ぶと一歩、二歩と勢いをつけて走り出した。

そして、

「どうりゃあ」

裂帛《れっぱく》の気合と共に銛を放とうとした。

藤十郎はかっと両目を見開いた。

月籠《つごも》りの日とあって闇夜《やみよ》だ。それでも、冬の夜空は恨めしいほどにきれいな星が輝いている。

これまでか。

生涯で何度目かの覚悟を決めた。

と、首から提げた渡《と》唐《とう》天神の木像が胸から跳ね上がり、顔面の前に至ると胸に落ち、弾み始めた。おれを守ってくれるのか、それとも冥途《めいど》へ導いてくれるのか、と藤十郎が訝《いぶか》しんだところで、

「ああっ」

海賊たちから悲鳴が上がった。

浜が揺れている。

放たれた銛は藤十郎をそれ、藤十郎が縛られた柱を囲んでいた海賊の一人に突き刺さった。海賊は吹っ飛び、後方の仲間に当たる。

藤十郎の身体も大きく揺れる。どっと柱が倒れ、幸運にもその拍子に縄が解けた。

海賊たちは口々に、

「地震だ！」

「津波がくるぞ」

などと叫び立て、逃げ惑う。しかし、その足取りは覚束《おぼつか》ない。

闇の彼方《かなた》から海鳴りが聞こえ、海鳥の羽音、鳴き声がかまびすしい。相当に大きな地震だ。

藤十郎は迷わず、虚無僧笠と尺八を拾い上げ、高台に向かって駆け出した。激しくよろめき、転んでは起きを繰り返しながらも走り続ける。

海賊たちよりも怖いのは津波だ。押し寄せるかもしれない津波から逃れようと、浜から必死で遠ざかった。

海賊たちは藤十郎に構ってなどいられなくなり、おろおろと逃げ支度をしている。

もう大丈夫だろうと浜から一里余り遠のいた松林で藤十郎は一夜を明かした。

朝日で目が覚めた虚無僧姿の藤十郎は目に付いた茶店に入った。

茶店では昨夜の地震が話題になっていた。藤十郎は耳をすまし、旅人たちのやり取りを聞いた。

畿内からやって来た旅人たちは風聞で知った地震の様子を話している。それによると、地震は主に尾張、美濃、近江に甚大《じんだい》な被害を与えたようだが被害の詳細はまだわからないようだった。

それでも、

「刈谷はどうなっているのかな」

藤十郎は旅人に確かめた。

「刈谷……三河の刈谷かね」

「そうです」

「さて、どうなっているか、わかりませんねえ。お坊さん、刈谷に身内がおられるのですか」

「いや、まあ、ちょっとした知人がな」

藤十郎は言葉を濁した。

考えてみれば、父や刈谷城がどうなっても知ったことではない。

「親父殿、どうする」

秀吉は三河に攻め込むつもりらしいが、尾張や美濃、近江に大きな被害が出たとなると、果たしてどうなるのだろう。

勝成は勝俊と勝貞とともに浜辺の巡検を続けた。瀬戸の海は凪《な》いでいる。

この経験をもとに、勝成は漁師たちに地震、津波に備えるよう、触れを出し、浜辺から離れた高台に家を建てよと命じていた。

「地震は恐ろしい。幸いにして安芸《あき》や備後、備中などの瀬戸の海に面した国々は大きな地震には見舞われておらぬ。が、いつくるかわからぬのが地震じゃ。地震ばかりではない。嵐《あらし》、飢饉《ききん》……戦以外でも領内が荒廃する。戦において敵勢に備えるのと同じように、これらの災害に目配りを致せ」

勝俊と勝貞に向かって、語りかけながら、我ながら説教じみたことを言うものだ、これも歳《とし》のせいかと内心で苦笑を漏らした。

勝俊が、

「郡方《こおりかた》の役人に言いつけて、村々の古老から聞き取った地震や嵐についての言い伝えをまとめさせております」

と、天災に備え、家々の造作、米の備蓄を行っていると報告した。

「そうであったな。うむ、それは手抜かりなく行うことじゃ」

勝成は安堵《あんど》の笑みを浮かべた。

「お爺《じい》さま、天正の大地震はそんなにも大きな影響を与えたのでござりますか」

勝貞が問いかけてきた。

　勝成は目をしばたたかせ、

「思えば、天正大地震が徳川の世を生んだ、と言っても過言ではあるまいな」

と、言うとたちまちにして勝貞の目は好奇に彩《いろど》られた。

「天正の大地震が起きたのは、わしが太閤殿下の逆鱗《げきりん》に触れ、刺客を向けられた直後、すなわち、親父殿や石川数正が太閤に寝返った天正十三年（１５８５）、十一月の末であった」

　秀吉は着々と三河攻めの準備を進めていた。主力軍を構成する尾張、美濃、飛騨《ひだ》、近江の諸大名には武具と兵糧《ひょうろう》、銭金の備蓄を命じておいた。

「翌、天正十四年の春に三河に攻め込む手《て》筈《はず》となっていたのだ」

　勝成は言った。

　秀吉は自ら近江に出向き、準備が整っているのを確かめた。当然、家康も秀吉の動きを察知し、三河、遠江領内の城、砦を堅固な要塞化《ようさいか》をして待ち受けた。右腕とも頼んでいた石川数正の秀吉への寝返りは、徳川家中に深刻な問題を投げかけた。

　数正は領内全《すべ》ての城、砦の詳細を把握しているのだ。秀吉は数正の情報をもとに、適切な攻め口からの攻略手法を考え、迅速果敢に家康の本拠、浜松城にまで攻め込んでくるだろう。

それが、天正大地震で中止になった。

三河に攻め込まれれば家康も危うかった。

「むろん、家康公は数で劣ろうが、東海一の弓取りでおわす。むざむざと太閤に攻め滅ぼされるようなことはなかったかもしれぬ。三年前の信長公に攻められた武田家のように、一月で滅ぼされるようなことはなかっただろう。じゃがな、天下人の太閤に勝つことはかなわなかっただろう。太閤に領地の大半は召し上げられたはずじゃ。徳川家は三河の小大名に戻ってしまっただろう。家康公ご自身は徳川家存続を条件に切腹を命じられた可能性が大きい。さすれば、徳川家は三河の小大名として豊臣の世で生きるしかなかった。関ヶ原の合戦は起きるはずもなく、徳川の天下はなかったということじゃ」

勝成の言葉に勝貞が深くうなずいたのに続き、

「人の運というものには、天運というものがあるのだとよくわかりますな。家康公には天運があったのでございましょう」

と、感慨深そうに言い添えた。

勝俊はその言葉に賛同しつつも、

「太閤殿下は、大軍を迅速に動かしておられたと聞き及びます」

「城攻めの名人、併せて軍勢を迅速に動かす最上の手法を作り出していた」

それを実現していたのが石田三成であり、増田《ました》長盛《ながもり》、長《な》束《つか》正家《まさいえ》といった官僚たちだった。かれらは、軍勢の徴集、兵糧の量、それらの移動手段を的確に計画した。これにより秀吉はかつてない数の軍勢の動員を可能としたのだ。

「大軍が迅速に移動できるようになったのは、信長公が行った街道の道幅を拡《ひろ》げるという策も功を奏した。つまり、信長公、太閤による天下一統は、単に軍勢の強弱で戦の勝負が決まる時代から、領国の強さ、国力の差が勝敗を決する世となっていったことを示すのじゃ」

勝成の言葉を受け、

「数多《あまた》の合戦を潜《くぐ》り抜けた父上なればこそのお考えじゃ。国を富ませる、領民に安寧で豊かな暮らしを送らせる、それすなわち、軍勢の強さにもなる。領内の政《まつりごと》も戦ということじゃ」

勝俊は勝貞を諭した。

「お爺さま、父上の申されること、肝に銘じます」

勝貞は言った。

勝成はうなずいて話を天正大地震に戻した。

「実際、天正地震は大変な地震であった。この地震は太閤には不運、家康公には幸運をもたらした。三河に攻め込む筈の諸将の城や領内は大きな損害を被《こうむ》った。太閤は検分先の近江からほうほうのていで大坂城に戻ったほどじゃ。たとえば、飛騨の国における帰雲《かえりくも》城の如きは悲惨であった」

飛騨の帰雲城は天正地震により、山津波に呑み込まれてしまった。城ばかりではない。村ごと埋もれてしまったのだ。

「帰雲城には備蓄した金があるそうでな、今でも埋蔵金があると、言い伝えが残っておるぞ。埋蔵金に目が眩《くら》んだ者たちが、飛騨までゆき、掘り返そうとしておるそうじゃ」

勝成はおかしそうに笑った。

「あてにもならぬ埋蔵金ではなく、目に見える殖産、鉱山の開発、新田の開墾を進めるのが本当の国造りでござりますな」

勝俊の言葉に勝成は力強く、「そうじゃ」と答えた。

「さて、その後の水野藤十郎じゃ。危うく命拾いをしたわしは、西国を彷徨った。天正大地震により、太閤の三河攻めは取り止《や》めとなり、力攻めではなく、調略で家康公を取り込むよう方針を転換した」

この秀吉の方針転換は功を奏した。

家康上洛《じょうらく》を実現するために、己の実母、大政所《おおまんどころ》を娘の旭《あさひ》を見舞うという名目でいわば人質として浜松城に送った。こうまでされては家康も秀吉の上洛要請を断ることはできない。断れば、断交で戦となる。地震の損害が癒《い》えれば、再び秀吉は軍勢を催すだろう。

そうなれば、徳川家は滅ぼされる。

さすがに家康は上洛に応じた。

家康を懐柔することに成功して背後を固めた秀吉は九州征伐へ全力を傾けることができるようになった。

五

「わしは太閤の九州征伐を好機と考えた」

勝成は言った。

「太閤殿下の九州征伐に加わったのですか」

勝貞の問いかけに勝成は首を左右に振って答えた。

「さすがに、太閤が指揮を執る戦には出られなかった。わしも九州を転戦したのじゃがな、それは太閤が島津を征伐し、九州を平定してからじゃった」

「太閤殿下の平定なさった後の九州で鑓《やり》働きの場はあったのですか」

「国人一揆《いっき》じゃ」

勝成が答えると勝貞は勝俊を見た。

勝俊は勝貞を見返し、

「肥後、豊前《ぶぜん》の国人領主たちと、太閤殿下から据えられた新たな領主との間で軋轢《あつれき》が起きたのだ」

「太閤殿下の九州平定の折、国人領主たちも従ったのでござりましょう。それが、舌の根も乾かぬ内に叛旗《はんき》を翻《ひるがえ》したのでござりますか」

勝貞がいぶかしんだのを受け、

「九州平定後、太閤は国分けを行った」

秀吉が九州の雄、島津を降《くだ》したのは天正十五年六月だった。秀吉は島津家当主義久《よしひさ》を隠居させた。島津義久は九州各地に勢力を伸ばし、秀吉の九州征伐前には九州全土を支配下に収めんばかりの勢いだったが、秀吉は島津が侵略して得た領地を没収した上で、薩摩《さつま》、大隅《おおすみ》、日向《ひゅうが》の一部という旧領を安堵して、島津家を存続させた。

従って召し上げられた島津領は莫大《ばくだい》で、秀吉はそれを信頼する大名たちに分け与えたのだ。

小早川隆景は筑前《ちくぜん》、筑後と肥前一郡の三十七万石、黒田官兵衛《かんべえ》孝高《よしたか》は豊前十二万五千石、立花宗茂《むねしげ》は筑後十三万二千石、毛利勝信《かつのぶ》は豊前六万石を拝領した。そして、

佐々《さっさ》成政《なりまさ》には肥後一国四十万石が与えられた。

　併せて秀吉は九州各国に盤踞《ばんきょ》する国人領主たちに本領安堵の朱印状を与えた。

「太閤が寛容と言える領土仕置を行ったのは、九州を唐入り、すなわち明国制覇の前線とし、大名、国人たちを先兵にしようという思惑があったのじゃが、それは後日話そう」

　ここまで語ると、勝成は話題を国人一揆に戻した。

「わしは、佐々成政を頼り、肥後へと向かった。成政を頼ったのは、成政が太閤を快く思っておらなかったからじゃ」

　佐々成政は織田信長の馬廻り衆として頭角を現した男だ。そして馬廻り衆から選りすぐりの黒母衣衆《くろほろしゅう》に抜擢《ばってき》される。鑓働きばかりか鉄砲隊を巧みに活用した戦場での果敢な戦いぶりは評判となり、姉川の戦い、長篠の戦いでは鉄砲隊を率いて織田軍勝利に貢献した。

信長が越前を征し、柴田勝家に任せると成政は勝家の与力及び目付として越前に領地を与えられた。

以後、柴田勝家の指揮下、北陸制覇の合戦に従事、天正九年（1581）には越《えっ》中《ちゅう》の領主となった。その後、柴田勢は越後の上杉景勝と合戦に及び、越中と越後の国境にある上杉方の魚津城を包囲、陥落させる。勢いに乗る柴田勢は、一気呵成《いっきかせい》に越後に攻め込み、景勝の本拠春日山《かすがやま》城に迫ろうと気勢を挙げた。

ところが、そこへ本能寺の変の報が入る。

柴田勝家以下、織田家の北陸方面軍の運命は大きく変わった。翌年の天正十一年、勝家は秀吉に敗れ、自刃《じじん》、勝家に味方した成政は剃髪《ていはつ》し、娘を人質に出して越中を安堵された。命は許されたものの、成政は秀吉への遺恨を抱いた。信長の小者、草履取りに過ぎなかった男が黒母衣衆であった自分を見下す態度が許せなかったのだ。

その遺恨から小牧長久手の戦いの際には織田信雄、徳川家康に味方した。

小牧長久手の合戦後、秀吉は大軍を率いて越中に侵攻、成政の拠《よ》る富山城を包囲した。成政は信雄の仲介で命は助けられたものの、領地は一万石に削られ、大半は召し上げられた。その後、大坂に移り秀吉の御伽衆《おとぎしゅう》に加わる。

しかし、秀吉は成政の武将としての才覚を買っており、九州征伐に従軍させた。成政は秀吉の期待に応《こた》えて奮戦、その結果、肥後一国を与えられたのである。

「佐々成政は太閤に二度、叛旗を翻しながらも許され、肥後一国の太守にしてもらった。恩を感じて忠義を尽くすのが当たり前であるのだが……。しかし、人の気持ちは理屈通りにはならぬ。成政は信長公の草履取りであった頃の太閤がどうしても忘れられなかったのじゃ。常日頃から、太閤を成り上がり者と蔑《さげす》んでおった。蔭《かげ》では猿と呼んでおるという風説も流れていたな。それゆえ、わしは成政なら召し抱えてくれるだろうと算段したわけじゃ」

　勝成はわかったかというように勝貞に視線を送った。

「やっかみというものですね。成政は、生まれはもちろん、才覚においても太閤殿下より優れていると思い上がっていたのではないでしょうか」

「そう思っていたじゃろう。それが身を亡《ほろ》ぼすことになった……ま、それはともかく、わしは首尾よく成政に千石で召し抱えられた。水野六左衛門という素性不確かな牢人《ろうにん》としてな」

「成政はお爺さまの武名をよく存じておったのですな」

　勝貞はうれしそうだ。

「戦場での暴れぶり、傾《かぶ》きぶり、むろん、太閤に逆らい刺客を向けられたことも、耳にしておっただろう。それゆえでこそ、召し抱えてくれたのじゃろうが、そればかりではなかった。成政が肥後に来て早々に国人一揆が起きたからじゃ」

勝成は表情を引き締めた。

肥後には五十二人の国人領主がいて、秀吉はその全ての国人領主に所領安堵の朱印状を発給していた。

成政は新領主として、肥後の石高を把握すべく検地を行おうとしたが、それに対して国人領主たちは反発した。秀吉から認められた所領を検地するのは許さないと息巻いたのだ。

「太閤は肥後の国人領主どもを刺激しないよう、検地は先延ばしにせよと成政に命じておった」

「それなのにどうして成政は……。ああ、そうですか。太閤殿下への反発心でござりますね。自分ならうまくやってみせると」

勝貞の眉間に皺《しわ》が刻まれた。

勝貞は秀吉に好意を抱いているようだ。勝貞が産まれたのは寛永二年（1625）、豊臣家が滅んで十年後である。草履取りから天下人に成りあがった豊臣秀吉は、戦国乱世の象徴であり、憧《あこが》れの対象なのであろう。

「成政は検地を強行しようとし、国人領主の中で最も有力であった隈部《くまべ》親永《ちかなが》がまず反抗の狼煙《のろし》を上げた。成政は討伐に動いた。わしは肥後に来て、早速働きの場を得たのじゃ」

野太い声で勝成は語り始めた。

天正十五年（１５８７）の八月、肥後は残暑厳しく、国中をツクツクボウシの鳴き声が覆い、秋の虫の音色はいまだ遠慮がちだった。藤十郎は佐々成政率いる隈部親永討伐軍に加わっていた。総勢六千五百で成政は親永が籠る隈府《わいふ》城に迫った。

隈府城は南北朝時代、南朝方の武将菊池武政《たけまさ》によって築かれた山城である。九州の名族であった菊池氏は戦国時代に至ると内紛を繰り返し、勢力を弱めていった。隈部親永は菊池家の三家老の一人であったが、主家を追い、隈府城をわが物としたのである。

菊池の北東山麓《さんろく》に構えられた隈府城は周囲を空堀と土塁が巡っているが、難攻不落とは思えない小城だ。

このため、

「一息に攻め落とす」

というのが成政の方針であった。

多少の兵の損耗を出しても、短期間の内に捻《ひね》り潰し、他の国人領主たちへの見せしめにしたいのだろう。

力攻めは藤十郎も望むところだ。

成政は軍勢を三つに分けた。城の正面と両側に配置し、わざと裏側は空けておく。敵に逃げ道を作り、戦意喪失した敵を戦わずして退散させる、という軍略の常道である。

藤十郎は正面の軍勢に加わった。

成政は正面の軍勢にあって陣頭指揮を執っている。

成政の、

「かかれ！」

という命令と共に、攻め太鼓が激しく打ち鳴らされ、法螺《ほら》貝《がい》の音が紺碧《こんぺき》の空に響き渡る。城の両側の軍勢からも歓声が上がり、攻撃が始まったのを示した。

成政の自慢の鉄砲隊が一斉射撃を開始する。耳をつんざく銃声を聞くと、藤十郎の胸は躍った。四国攻め以来、二年ぶりの戦場に立てた喜びで胸がはち切れそうだ。全身を武者の血潮が駆け巡った。

城内から敵の放った矢弾が飛んでくる。

それでも、大量に準備された鉄砲の威力は凄まじく、敵の抵抗は蟷螂《とうろう》の斧《おの》だ。

「よし、行け！」

成政は突撃を命じた。

鉄砲の白煙が晴れる間もなく、丸太を抱えた雑兵《ぞうひょう》を先頭に城門へ突撃が始まる。その軍勢に藤十郎も加わる。

丸太で門を押し破り、軍勢が城内に雪崩《なだ》れ込む。

藤十郎は鎗を手に躍動した。

鉄砲を向けられようが弓矢で狙われようが、お構いなく鎗の柄で相手を叩きのめし、穂先で刺し貫く。

返り血を浴びながら獅子《しし》奮迅《ふんじん》の働きをした。

勝敗は呆気《あっけ》なくついた。

隈部親永は隈府城を逃亡し、嫡男《ちゃくなん》親泰《ちかやす》が拠る城村城へと入った。

「他愛もない奴め。肥後の隈部親永、もっと骨のある男と思ったがな」

隈府城が落ち、会心の笑みで成政は藤十郎に語りかけた。

「さようですな。おれも物足りなかったですぞ」

成政に応じたものの藤十郎は嫌な予感に囚《とら》われた。いくら何でも、もろ過ぎる。新領主に逆らったからには、討伐軍を差し向けられるのは覚悟していたはずだ。命は拾ったものの、惨敗《ざんぱい》したのでは隈部一族の結束は緩むだろう。もっと頑強に抵抗し、一族の士気を高めるのが反乱軍の常のはずだ。

「わしの嫌な予感は的中した」

勝成は舌打ちをして語り続ける。

勝俊と勝貞は固唾《かたず》を呑んで聞き入っている。三人の祐筆たちも、一言も聞き漏らすまいと耳をそばだてていた。

「隈部親永は、肥後中の国人領主に一揆を起こせと呼びかけておった。実際、親永の呼びかけに呼応し、肥後五十二人の国人領主の内、四十八人が起《た》ち上がった。その数、総勢三万五千にも膨れ上がり、佐々勢が隈府城を攻めている間に、成政の居城隈本《くまもと》城を囲んだのだ」

「隈府城は囮《おとり》であったのですね」

勝貞は声を上ずらせた。

生々しい合戦の駆け引きに気を昂《たかぶ》らせているようだ。そんな息子に勝俊は苦笑を漏らした。

「成政は窮地に立った。ともかく、隈本城を敵に渡してなるものかと、慌《あわ》てて引き返した。幸い、敵の囲みを突破し、成政は入城できた。自慢ではないが、わしも相当な鑓働きをしたがな」

勝成は手で顎《あご》をこすった。

武勇伝を語る勝成は生き生きとしている。

「国を挙げての反乱となっては、とてものこと成政だけでは鎮《しず》められない。成政は太閤に援軍を要請した。太閤は九州、四国の大名に国人討伐を命じ、肥後の一揆を鎮圧した。四十八人の国人領主が討死するか死罪となった。成政が検地を強行しなければ、起きなかった争いだ。成政も責任を感じ、太閤へ謝罪に出向いた。ところが……」

佐々成政は大坂城へ向かったが尼崎で留め置かれ、秀吉から一揆の責任を負わされ切腹させられた。

「勘繰れば、太閤は成政が国人領主たちといさかいを起こすのを見越していたのかもしれぬな。成政の改易の口実を狙っていたのではないか。それは成政も感じていたようで、切腹の際、腸《はらわた》を摑みだして天井に投げつけた。太閤への怒りを露《あら》わにしたわけじゃ」

ため息混じりに勝成は語り終えた。

佐々成政の最期《さいご》の様を聞き、勝貞は唇を噛《か》んだ。

陰惨な空気を掃《はら》おうと、

「さて、次はじゃ」

勝成は両手を打ち鳴らした。

が、すぐに渋面となった。

「佐々家改易により、わしは浪々の身に戻った。そこで、次の働き場を求め、豊前の黒田家に草鞋《わらじ》を脱いだのじゃが、黒田家では語るも不快な思いをした」

勝成は詳しくは語ろうとしなかった。

それでも、嫌々ながら話したところによると、豊前でも国人一揆が起き、討伐軍に加わった。豊前最大の国人領主、城井《きい》朝房《ともふさ》が城井《きい》谷《だに》城に拠って叛乱を企てたのだ。黒田長政《ながまさ》は討伐軍を率いて城井谷城を攻めたが敗北、勝成は殿軍《でんぐん》を務めた。

「ところがじゃ、後藤又兵衛《またべえ》の奴《やつ》が、自分こそが殿《しんがり》を務めたと、いけしゃあしゃあと嘘《うそ》を吐きおった。わしは、逃げるのを焦《あせ》る余り又兵衛が木の枝に引っかけて残していった奴の陣羽織の切れ端を持ち帰っておったからのう。それを満座の前で奴に突き付けてやった。又兵衛め、わしが殿だと認めざるを得なくなった。悔しそうに真っ赤な顔でわしを睨《にら》みおったわ」

それが、藤十郎と又兵衛の間に深い因縁として残った。

その後、長政は、力攻めは止め、和睦《わぼく》に見せかけて城井朝房を呼び出し、謀殺して一揆を鎮めた。

「長政は一揆鎮圧の報告に大坂へ向かうことになった。ついては、自分が太閤に許してもらうよう掛け合うからとわしを同行させた。船で大坂に向かったのじゃが、途中、鞆《とも》ノ浦《うら》で長政に又兵衛が讒言《ざんげん》しているのを聞いてしまったのじゃ」

又兵衛は殿の一件を逆恨みし、勝成は秀吉から刺客を向けられた謀反人《むほんにん》である、そんな者を連れて秀吉に謁見《えつけん》すれば、長政も謀反人を匿《かくま》った咎《とが》で処分されるかもしれない、船中で殺すべし、と進言していた。

「わしは、船から海に飛び込み、姿をくらました。いつの日にか、又兵衛に思い知らせてやると心に誓ってな」

勝成は拳《こぶし》を握った。

第四章　安住と惜別——志岐《しき》城攻め

一

「小西行長に召し抱えられたのは、天正十六年（１５８８）五月じゃったな」

勝成は感慨を込め、語り始める。

所は、福山城本丸御殿の文庫である。数多《あまた》の書籍が収納された書棚が立ち並んだ納《なん》戸《ど》の隣に設けられた座敷で、勝成は勝俊、勝貞相手に昔物語を始めた。今日も祐筆《ゆうひつ》が三人、座敷の隅に控え、勝成の話を一言も聞き漏らすまいと眦《まなじり》を決している。

祐筆たちの硬い面持ちに気づいた勝成は彼らに笑みを投げかけ、

「そう身構えるな。気を楽にして聞け。何も講義をしておるのではない。そんなに緊張する必要はない、ただの年寄りの自慢話、しくじり談じゃ」

祐筆たちは表情を和らげた。それを見て、「それでよし」と勝成はうなずく。

ところが、勝俊と勝貞は小西行長という名が出たことで、表情が強張《こわば》っている。島原の乱にはキリシタンたちが大勢参加し、実際、キリシタンたちの蜂起《ほうき》といってもよい。彼らが救い主と仰いだ天草四郎は小西行長の家臣、益田《ますだ》好次《よしつぐ》の息子であった。

　小西行長といえば有名なキリシタン大名であり、天草四郎を救い主だと吹聴《ふいちょう》したのも小西牢人《ろうにん》たちである。

　勝成が感慨を込め、行長の名を告げたのは、行長に召し抱えられてから、五十年近い歳月を経て行長の遺臣たちが画策した島原の乱に参戦したという因縁を感じたからだ。浪々の身にあった若き日に主人として仕えた小西行長所縁の者たちと戦うことになろうとは、歴戦の勇者、水野勝成も夢想だにしなかった。

「戦国乱世に南蛮人によって本朝に伴天連《バテレン》教がもたらされ、多くの者が入信しました。度重なる禁令にもかかわらず、島原でも明らかなように、今尚《いまなお》、信仰を捨てない者がおります。お爺《じい》さまは入信しようとは思われなかったのですか」

　勝貞は島原で殉教した三万七千ものキリシタンに衝撃を受け、幕府の大軍をものともせず、キリスト教の信仰に殉じたキリシタンたちに恐れと疑問を感じていた。

　島原の戦場を思い出し、勝貞は思わず身震いした。

　勝成は強く首を左右に振ってから語り始めた。

「わしは伴天連教には興味すら抱かなかった。伴天連教にも一向宗にも無関心じゃった。あの世があるかどうかはわからぬが、わしはあの世での暮らしなど興味はない。

一向宗徒どもは極楽浄土、伴天連どもはハライソを説くが、わしは見たこともない。死ななければ行き着けない所なのじゃから、見られるはずがないが、見られぬものを信じる気にはなれぬ。神仏の御加護にすがろうとするのは、本来、人であれば当たり前のことじゃ。わしも渡《と》唐《とう》天神の木像を肌身離さず持ち歩いておる。戦場という死と隣り合わせの場に臨むゆえじゃ。渡唐天神の御加護を受け、鑓《やり》働きをしてきたのは、生き残るためじゃった。あの世に逝《ゆ》くためではない。極楽浄土やハライソなぞ、死んだ後のことを考えて戦に出たことはないぞ」

　目に見られぬものには命は賭《か》けられぬと、勝成はくどいくらいに言い添えた。キリスト教に惑うなと勝貞を戒めているようだ。

「お爺さまのお考えはわかりました。まこと、古今無双の勇者、水野日向守勝成らしいお言葉と感服致しました。強き者であるお爺さまが入信しなかったのはわかりますが、民ばかりか、名だたる大名、武将が伴天連教を信仰したのはいかなるわけでござりますか」

　勝貞は更なるキリスト教への興味を抱いたようだ。

「心の面もあるが、利の面が大きかった」

　勝成が返すと、

「利とは南蛮との交易でござりますな。心とは信心のこと、でござりますか」

勝貞の答えにうなずきつつ、

「伴天連教の教えは入信した者にとっては心の拠《よ》り所《どころ》となったのであろう。しかし、伴天連大名が九州や畿内に多かったのは、南蛮との交易を求めてのことであった。鉄砲のような武具ばかりではない。南蛮渡の葡萄《ぶどう》の酒、菓子、衣服、装飾品などの珍しい品々は大きな利をもたらす。それゆえ、信長公も太閤《たいこう》も伴天連教の布教には寛大であられた……太閤は後に禁令を出したがな」

「太閤殿下が禁令を出されたのはいかなるわけでござりますか」

「九州征伐の折、肥前の国に軍勢を進めたところでじゃ、南蛮人どもが日本の民を海外に売り、伴天連大名どもが宣教師に領地を寄進し、尚且《か》つ領内の神社、寺を破却しておるのを太閤は目《ま》の当たりにした。日本を売るような行いに走る伴天連かぶれの大名を戒《いまし》めるため、太閤は禁令を出されたのじゃ」

勝成の言葉を受け、

「太閤殿下は、日本が伴天連教に染まってゆくのを憂《うれ》えておられたのですな」

勝貞は深くうなずいた。

「そうは申しても、交易の利というものには魅力があった。太閤は伴天連教を禁じたが、徹底はしなかった。見て見ぬふりをし、南蛮との交易は盛んに行った。伴天連教に信心した小西行長は太閤子飼いの大名であったし、黒田如水《じょすい》は知恵袋であった。天下一の戦上手、そして武勇を高く評価し、会津九十二万石もの大領を与えた蒲生《がもう》氏郷《うじさと》も熱心な伴天連教徒であったのだからな」

「小西の残党、しぶとく天草の地に根を生やしておりましたな」

勝貞は渋面となった。

「さて、その小西行長じゃ」

勝成は遠くを見るような目をした。

勝俊が祐筆たちに目配せをする。祐筆たちは勝成の言葉を聞き漏らすまいと、表情を引き締めた。

「わしは小西行長に太閤の明《みん》国制覇と伴天連教禁令の不徹底ぶりを問い質《ただ》した。何故《なにゆえ》、聡明《そうめい》無比、知謀湧《わ》くが如《ごと》き太閤秀吉が明国制覇などという途方もない夢物語に耽溺《たんでき》したのか、伴天連教に甘かったのか……」

勝成は指で顎《あご》を撫《な》でさすった。

黒田長政の元を出奔した藤十郎は、天正十六年の五月、肥後に戻った。肥後はまだまだ鑓働きのできる国である。古くから地域に根差している国人領主がいまだ盤踞《ばんきょ》しているのだ。彼らは秀吉から本領安堵《あんど》されても、秀吉が差し遣わした新領主に従うとは限らない。昨年の肥後一揆《いっき》が示したように、不平不満が募れば叛旗《はんき》を翻《ひるがえ》す。佐々成政は国人一揆の制圧に失敗し、切腹、改易の憂《う》き目を見た。

一揆は鎮圧されたが、国人領主たちの怨念《おんねん》は埋火《うずみび》のように残っているに違いない。従って鑓働きの場に事欠かないだろう。

そう思うと、浪々の身に戻っても藤十郎に落胆はなかった。むしろ、希望と興奮を抱かずにはいられなかったほどだ。

秀吉は佐々成政を改易した後、肥後を南北に分け、北を加藤清正《きよまさ》、南を小西行長に与えた。行長が与えられたのは、宇土《うと》、益城《ましき》、八代《やつしろ》の三郡、石高にして二十万石の領地である。

小西行長は堺の薬商人、小西隆佐《りゅうさ》の次男として生まれ、備前の商人に養子に出された。養子先のお得意先であった戦国大名宇喜多直家《なおいえ》に気に入られ、家臣に召し抱えられる。その後、信長の部将であった羽柴秀吉が播磨《はりま》攻めを担《にな》った際、別所長治《ながはる》の拠る三木城を包囲している陣中に、直家の使者として派遣され、今度は秀吉に気に入られて、秀吉に仕えることになったのだ。

算勘の才覚に長《た》けた行長は、秀吉の家臣と成って順調に出世した。船奉行を任され、船運で秀吉に貢献した。その甲斐《かい》あって、天正十三年に小豆島《しょうど》に一万石の領地を与えられ、大名となる。

商人の息子が大名になるとは、行長もまた戦国乱世の産物と言えた。

行長は天正十二年、高山右近《うこん》の勧めでキリスト教に入信した。以後、熱心なキリシタンとなる。領主となった肥後の南、特に天草の地は五人の国人領主がいずれもキリシタンであり、領民にもキリシタンが多数いる。行長がキリシタンであることを考慮して秀吉は肥後の南半分を任せたのだろう。

宇土の城下に入った藤十郎は鑓を担《かつ》ぎ、町中をうろうろとしていた。

行長は元々あった宇土城の東に新たな城を普請《ふしん》した。小高い山の頂に本丸、西に二の丸、三の丸を配した城郭は、三重の天守閣と堀と石垣に囲まれており、土で造られた古い宇土城とは対照的で、新しい領主を象徴しているようだ。

西には有明海が紺碧《こんぺき》に煌《きら》めき、多くの荷船が行き交っている。湊《みなと》では強い潮風をものともせず、大勢の人足たちが半裸となって荷を下ろしていた。

城下のそこかしこから槌音《つちおと》が聞こえ、家屋が普請されている。町には南蛮人も見受けられ、辻《つじ》では大道芸人たちが持ち芸を競っていた。宇土は新領主の下、活気づいている。

藤十郎は四辻の露店で酒を買った。縁台に腰をかけ、大きな土器に注がれたどぶろくをぐびぐびと飲む。

「雉《きじ》をくれ」

肉が焼かれる匂《にお》いに誘われ、雉の肉を求める。しばし、酒を飲む内に気分が高揚してきた。聞くともなしに、酔っ払いたちのやり取りが耳に入ってきた。

「小西いうのは強かね」

「大したことなか。大したことなかから、あんな大袈裟《おおげさ》な城を作りおったのだ。自分を大きく見せようとしてな」

「商人の倅《せがれ》だそうだな」

「親父《おやじ》は堺の薬屋だとよ。小西なんぞは、関白に世辞、追従《ついしょう》して、大名にしてもらったようなやつたい」

男たちは酔いに任せて好き勝手なことを並べ立てている。みな、髭《ひげ》ぼうぼうで、牢人とも野盗とも区別がつかない風体だ。

もっとも、藤十郎とて似たようなものだ。旅の垢《あか》にまみれた小袖《こそで》を着流し、帯の代わりに荒縄で腰を締め、脇差《わきざし》どころか太刀も差していない。ただ長柄の鑓のみが武者らしさを示している。埃《ほこり》と無精髭にまみれた顔は、目が異様にぎらついていた。履物は履いておらず、裸足《はだし》であった。

小西行長、何する者ぞという気概なのか、新領主への不満なのか、とにかく男たちにとっては面白くはないのだろう。

「まあ、その内、またぞろ、一揆が起きるぞ。天草五人衆は小西に不満を持ち、城普請の手伝いをしなかったからな」

男の言葉に応じるように仲間たちは新城を見上げ、

「上方風の贅沢《ぜいたく》な城を構えおったな。ふんぞり返りおって。天草五人衆が普請を手伝わなかったのも無理はないぞ」

天草五人衆とは、天草半島を領する五人の国人領主、すなわち、志岐鎮経《しげつね》を筆頭に天草種元《たねもと》、大矢野《おおやの》種基《たねもと》、上津浦《こうつうら》種直《たねなお》、栖本親高《すもとちかたか》である。彼らは秀吉の九州征伐後も、所領を安堵されていた。揃《そろ》って熱心なキリシタンでもある。

「小西にしたら、同じ伴天連教徒の誼《よしみ》で親しく付き合い、領内の政《まつりごと》や城普請にも協力してくれると高を括《くく》っておったのであろうが、あてが外れたものよ」

「伴天連といやあ、昨年、関白は禁令を出したじゃないか。しかし、ちっとも守られておらんな……もっとも、取り締る領主さまが熱心な伴天連教徒とあっては、盗人《ぬすっと》に銭金を見張らせるようなものじゃ。それにしても、関白はどうして国人領主どもに寛容なのかのう。ちっぽけな国人領主ばかりか、島津のような大大名も、拡《ひろ》げた領地を召し上げただけで本領は安堵、島津家も安泰だぞ」

「お主、知らんのか。関白はな、明国へ攻め込むそうだぞ。明との合戦に九州の大名どもを使う、そのために領地を取り上げず、兵馬を養わせているんだとさ」

「関白の明国制覇のことか。耳にしたことはあるぞ。伴天連の宣教師どもが言っておった。なにやら、関白の主人だった信長が毛利を討ち果たした後は九州を平らげ、明にも攻め込むと大言していたとか。関白は成り上がり者の自分を大きく見せようとして、信長を真似《まね》て明を攻め取るなどと大法螺《おおぼら》を吹いておるのではないのか」

「法螺かもしれん。ほんでも、もし関白が本気で明と戦を始めたら、面白かことになるかもな」

「そうなりゃ、どうする」

「明へ渡ってやろうではないか。明の財宝をごっそりと奪い、別嬪《べっぴん》を抱く。明どころか、アンナン、シャム、天竺《てんじく》で暴れ回ってやるぞ」

男たちは盛り上がっていた。

「捕らぬ狸《たぬき》だな」

藤十郎も肥後に来る途次、秀吉が明を攻め取ると豪語したという風説を耳にした。半信半疑で聞いたが、肥後に戻ったのは小西行長に召しかかえられれば、禄《ろく》を食《は》むに加えて、秀吉の明遠征の事の真偽がわかるのではという期待からだ。本気で秀吉が明国へ攻め込むとしたら、小西家に仕官しておけば明国へ渡れ、鑓働きの場は無限大に拡がる。数万石の大名に成れるかもしれないのだ。

いやいや、それこそ捕らぬ狸の皮算用だ。野盗どもの与太話を笑えない、と藤十郎は苦笑を漏らした。

すると、

「なんじゃ、わりゃあ」

一人が藤十郎に絡《から》んできた。

「なんじゃとはなんじゃ」

からかい半分に藤十郎は問い返す。

「今、わしらを笑っただろう」

男は縁台から勢いよく腰を上げた。

「おまえらを笑ったわけではないが、そう言われてみると、おかしいな」

藤十郎は呵々《かか》大笑《たいしょう》した。

こいつらを退治してやろう。

一万石の小大名が二十万石の大領を得たとあっては、家臣は不足だ。不足分を補うため、秀吉は行長に佐々成政の遺臣たちを召し抱えさせたほどだ。野盗たちが語っていた天草五人衆の非協力的態度が本当ならば、再び国人一揆が起きる可能性大だ。鑓働きに秀《ひい》でた武者は一人でも多く召し抱えたいだろう。

こいつらを叩《たた》きのめし、町で武辺者がいるとの噂《うわさ》を広め、行長に売り込む……。

藤十郎は相手を無視するかのように悠々と酒を飲んだ。狙《ねら》い通り、挑発に乗った男は真っ赤になり、

「てめえ、許さん」

と、立ち上がるや腰の太刀を抜いた。

仲間も鑓や太刀を手に藤十郎を睨《にら》む。藤十郎は土器を縁台に置き、鑓を手に腰を上げた。

「一、二、三、四、五人か」

藤十郎は、一人、一人を指差し、数を数え、男たちに告げた。

「五人がかりとは卑怯《ひきょう》だと言いたいのか。それなら、おれ一人が相手になってやる」

因縁をつけてきた男が前に出た。

藤十郎は涼しい顔で返した。

「早とちりしなさんな。五人ぽっちでいいのか、と心配してやっているのだ」

「ふざけるな！」

湯気をたてんばかりに男は目をむき、仲間たちもどぶろくの入った土器を投げ捨て立ち上がった。

「大法螺吹きめが、二度と法螺を吹けなくしてやる」

男は太刀を振り上げ、藤十郎に斬《き》りかかってきた。

藤十郎は動ぜず、鑓の柄で男の頬を殴りつける。男は悲鳴を上げ、もんどり打って地べたに転がった。間髪容《い》れず男を踏み潰《つぶ》しながら、四人に向かう。

詰め寄られた四人は泡を食って太刀や鑓を構えた。

一気に間合いを詰めると、藤十郎は鑓を横に一閃《いっせん》させた。男たちの太刀や鑓が弾《はじ》き飛ばされる。武器を失い、おろおろとする四人を藤十郎は鑓の石突きで突いていった。

三人が吹っ飛んだところで、残った一人が逃げ出した。

「な、言っただろう。五人じゃ少ないって」

藤十郎は哄笑《こうしょう》を放った。

何時《いつ》の間にか群れていた野次馬から、称賛の言葉を投げられる。いい気分になって藤十郎はどぶろくの替わりを頼んだ。悠然と二杯目を飲んでいると野次馬が騒ぎ始めた。

逃げ出した男が仲間を連れて戻って来たのだ。人数を数えるのも煩《わずら》わしくなる。ざっと見て、四、五十人はいそうだ。中には胴丸を身に着け、弓や鉄砲を持つ者もいる。山賊、野盗の類《たぐい》だろう。

のされた四人も起き上がると、俄然《がぜん》強気となった。

「お望み通り、人数を集めたぜ」

鼻血を手で拭《ぬぐ》い、男は言い放った。

「おお、望むところだ。これくらいの人数がいないと、腹ごなしにもならん」

藤十郎は酒をぐびっとあおると、土器を男の顔面に投げつけた。土器の直撃を食らった男は手で顔を押さえ、膝《ひざ》からくずおれた。

「やるぞ！」

雄《お》叫《たけ》びを上げ、藤十郎は戦場さながらに暴れ回る。鑓を振り回し、殺到する敵の首、胸板を突き刺しては素早く引き抜く。血飛沫《ちしぶき》を上げながら敵は次々と倒れていった。

遠巻きに見物していた野次馬たちから悲鳴が上がった。

弓を番《つが》えた者、鉄砲の火縄に点火した者が藤十郎に狙いを定めようとするが、仲間が邪魔になって狙いが定まらない。

藤十郎は左手で一人の襟首を摑《つか》み楯《たて》にすると、鉄砲を持つ男に向かっていった。浮足立った男が引金を引く。

弾丸は楯になった男の胸板に命中した。

「仲間を撃っちゃあいけないよ」

藤十郎は楯になった男を相手に向かって突き飛ばした。敵は鉄砲を持ったまま仰向《あおむ》けに倒れる。更には群がる男たちを次々と鐺の餌食《えじき》にしていった。

藤十郎の阿修羅《あしゅら》の如き鐺働きにより、戦闘不能となった数十人の敵が地べたをのたくっている。五十人もいた敵が見る見る減り、残った者たちも蜘蛛《くも》の子を散らすように逃げ去った。

初夏の日差しに煌めく穂先を見上げると、火照《ほて》った頬を爽《さわ》やかな風が包んでくれた。

満足ゆく鐺働きに浸ったところへ、

「貴殿、城までご足労願いたい。野盗どもを退治なさった礼を致したい」

小西家の家臣に声をかけられた。

してやったりである。

二

新造なったばかりの宇土城に藤十郎は招かれていた。本丸御殿の広間に通され、上段の間に座す小西行長と対面する。南蛮服に身を包んだ行長は小太りで温厚そうな男だった。永禄元年（１５５８）の生まれと聞いているから三十一歳、藤十郎より六歳上である。

傍らには南蛮製の具足が飾られている。背後の壁一面に、十字架に架けられたイエス・キリストが描かれていた。

鏡のように磨きたてられた板の間の両側に素襖《すおう》を着用し、威儀をただした重臣たちが居並んでいた。薄汚れた粗末な着物をまとい、顔中、埃と無精髭に覆《おお》われたうらぶれた身に臆《おく》せず、

「水野六左衛門と申す」

藤十郎は胸を張って名乗った。

「水野六左衛門……おお、昨年の肥後国人一揆で大いに働いた武者がそんな名であっ

たとか……そうかそうか、そなたが水野藤十郎、あ、いや、六左衛門殿か。城下に巣食う野盗どもをたった一人で片付けてくれたそうじゃな。うむ、聞きしに勝る勇者じゃ」

　行長は品定めをするかのような眼差《まなざ》しを藤十郎に向けてきた。両側に居並ぶ重臣たちの中には藤十郎の見知った者もいた。彼らは佐々成政の旧臣だ。

「小西さまにあられては、ご立派なお城と城下の町を普請なさり、さぞや領民も喜んでおりましょうな」

　藤十郎は慣れない鯱《しゃち》ほこばった言葉遣いにぎくしゃくしながら挨拶《あいさつ》した。

「貴殿の働きは紀州攻めにおいても耳にしたぞ」

「ほう、小西さまも紀州攻めに出陣しておられましたか。おれは大した働きはできなかったのですが」

「わしは水軍を率いて参陣しておった。貴殿の暴れぶりは、その後、所司代屋敷での一件も含めて存じておる」

　行長はにやりとした。

「関白殿下がおれに刺客を放ったのもご存じなのですな」

　藤十郎が確かめると、

「水野藤十郎とか申す、傍若無人な男が無礼を働いたことに対して、殿下が刺客を放たれたとは耳に致したがな」

行長は声を放って笑った。

「単刀直入に申し上げる。水野六左衛門、小西摂津守さまの下で存分の鑓働きを致す」

胸を張って堂々と藤十郎は告げた。

「うむ、頼むぞ」

透明なビードロの酒器が運ばれて来た。

藤十郎が受け取ると小姓がビードロの杯に葡萄酒を注いだ。血のような酒が杯の中でたゆたった。キリシタン大名たる行長は南蛮交易も活発に行っているのだろう。この葡萄酒や城下を行き交う南蛮人が、そのことを如実《にょじつ》に物語っている。

露店で飲んだどぶろくの饐《す》えたような臭《にお》いとは違う、葡萄酒の芳醇《ほうじゅん》な香りが鼻孔を刺激する。杯に口をつけ、ぐいぐいと飲み干した。すかさず小姓が瓶から二杯目を注ごうとした。それを藤十郎は制し、小姓から瓶ごと受け取り、手酌で杯に注ぐ。

「見事であるな」

行長が目を細める。

「南蛮の酒、中々いけますな」

藤十郎の言葉に行長が満足そうにうなずいた。

「頼もしい限りだ、水野六左衛門。千石で召し抱えよう」

なんだ、佐々成政と同じかという不満が藤十郎の胸に渦巻いた。思ったことが顔に出てしまうのは藤十郎の悪い癖である。行長は藤十郎の不満を読み取り、

「あとは、働き次第だ。働きによっては、五千石にも一万石にもなれようぞ」

と、言い添えた。

「しからば、まずは何をすれば」

藤十郎は訊《たず》ねる。

「まあ、そう、急《せ》くな」

行長は声を上げて笑った。

「ところで、この城を作るのには随分と費用を要したでしょうな」

藤十郎は言った。

「肥後は新たな国造りをせねばならぬ。それには、城も新しくするのが一番だ。華麗な天守を構え、領民を畏怖《いふ》させるのは、信長公以来の為政者のやり方でもあるからな」

行長は誇らしげに胸を張った。

「もっともですが、そのための普請に駆り出された国衆、みな、喜んで手伝い普請などしたのですか」

藤十郎の問いかけは暗に行長の政《まつりごと》を批難するもので、居並ぶ重臣たちの中には顔色を変える者もいた。

「むろん、喜びはせぬが、従わざるを得ないに決まっておる」

と、答えたものの行長の顔には憂いが滲《にじ》んでいる。

「先ほどの野盗どもが申しておったが、天草の連中は城の普請を拒んだそうではないですか」

藤十郎の指摘に、

「天草は心配ない」

即座に行長は断じた。

「ほう、どうしてそのように思われるのですか」

「天草には殊《こと》の外に伴天連が多いのだ」

「小西さまも伴天連でございますな」

「高山右近殿に勧められて四年前に入信した。デウスの教えに帰依《きえ》してから、運気が上がったぞ」

行長は首から提げた十字架を撫で、十字を切った。藤十郎が黙っていると、

「そなたは、何を信じておるのじゃ」

行長は問いかけた。

「信心深くはございませぬが……」

藤十郎は渡唐天神像を取り出して語った。

「これは、七年前、高天神城攻めの際、城内にあったものを失敬しました。信長公から感状と永楽銭の旗印を頂戴《ちようだい》致した思い出の戦でございます」

「ほう、そなたの鑓働きの初めに巡り合ったというわけじゃな。なるほど、それはめでたい縁にあるものである。縁というものが、世の中で一番の大切なものじゃ」

行長は秀吉とのめぐり逢《あ》いを語り、感謝の言葉を添えた。

「肥後の北を任された加藤主計頭《かずえのかみ》さまといい、関白殿下はよきご家来衆をお持ちでござりますな」

藤十郎が加藤清正の名前を上げると、行長はわずかに顔を歪《ゆが》めた。競争意識が強いようだ。

「加藤殿も肥後に立派な城を普請なさる」

負けられないと言いたいのだろう。

加藤清正と小西行長に肥後を任せたということは、秀吉も二人を競わせたいのだろう。二人とも秀吉の意図はよくわかっているに違いない。

「加藤さまの御城はさぞや立派なものでござりましょうな」

わざと競争意識を煽《あお》るようなことを言った。

「そうであろうな……」

短く答えたが、行長のこめかみはぴくぴくと動いている。

「関白殿下が肥後の南を小西さまに任されたのは、天草の地があるということが理由ですな」

藤十郎の問いかけに、

「いかにも天草は伴天連の地と申してもよい。領民の三分の二が伴天連教徒であるぞ」

行長の言葉を受け、居並ぶ重臣たちの中には十字を切る者もいた。

「ところで、昨年、関白殿下は伴天連教を禁じましたが、小西さまは棄教なさるのか。そして、天草の伴天連どもを取り締まられるのですか」

藤十郎らしい、無遠慮な問いかけに重臣たちはおろおろとした。行長も目元を引き攣《つ》らせたが、二十万石の領主としての威厳を保とうとしてか口元に笑みを浮かべて返した。

「殿下は寛容であられる。人の信仰に立ち入るようなことはなさらぬ。伴天連の名を借り、日本の民を海外に売り飛ばしたり、神社、仏閣を破壊するような暴徒は取り締まらねばならぬが、デウスの教えに深く帰依し、穏やかに暮らす者どもまでを捕縛したり、教えを捨てさせる必要はない、とお考えじゃ」

「それに、南蛮との交易に差し障《さわ》りがあるでしょうからな」

またしても、藤十郎はずけずけと言い立てた。重臣たちの中には藤十郎の言動を難《なん》詰《きつ》する者も現れた。それを行長はやんわりと制し、

「むろん、交易の利もある」

と、あっさりと認めたのは商人上がりであるのを誇りとしているかのようだ。

「それでは、お聞きします。関白殿下が明国に攻め込むという風説が巷《ちまた》に流れております。天草をはじめ、九州には伴天連教徒が数多おります。民ばかりか、小西さまをはじめ、大名、武将にも伴天連教を信仰する者は多い。殿下がそれら伴天連教徒に寛容であり、国人領主たちの本領を安堵した背景には、明国制覇がある、とおれは思っているが、小西さまのお考えやいかに」

責めるような藤十郎の問いかけに、堪忍袋《かんにんぶくろ》の緒が切れた重臣が、

「貴様、牢人ごときが何を申すか」

と、怒声を放った。

一番上座に座す者だ。

行長は、

「主殿介《とのものすけ》、控えよ」

と、声をかけた。

小西主殿介、行長の弟である。先ほどから両目をかっと見開き、怒りを抑え込んでいる。兄と違って血の気が多そうだ。

行長に諭され、主殿介は不満そうに、

「この者、先ほどから言いたい放題ではありませぬか」

と、藤十郎を見据えた。

「歯に衣《きぬ》着せぬ物言いは水野藤十郎、いや、六左衛門のよき所じゃ」

行長は鷹揚《おうよう》さを示すようにどっしりと構えた。主殿介はそっぽを向き、

「なるほど兄上が申される通りじゃ。歯に衣着せぬ物言いゆえ、父親から勘当され、殿下の不興を買ったのだな。一城の主《あるじ》が約束されながら、浪々の身に落ちるはずじ

や」

と、誰にともなく語ると周囲の家臣たちから賛同するような嘲《あざけ》り笑いが起きた。

藤十郎は板敷を拳《こぶし》で激しく打った。

大口を開けて笑っていた者たちが、ぎょっとなって藤十郎を見返した。

「弟殿、先程からおれを牢人呼ばわりしておられるが、兄上はすでにおれを千石で召し抱えられたのですぞ。その上、おれは存分な鑓働きをする。恩賞を得れば、万石の身代にもなろうというおれだ。もはや牢人ではない、貴殿らと同じ小西家の部将ではないか」

胸を張り、藤十郎は堂々と言い放った。

主殿介は渋面となり、藤十郎を嘲っていた者たちも口をつぐんだ。藤十郎は改めて行長に向き直り、問い直した。

「問いかけのお答えを頂いておりませぬぞ」

「確かに、関白殿下は明国を制覇しようと壮大な企てを抱いておられる。明国には、九州から攻め込むのが一番だ。遠からず、殿下は九州の何処《どこ》かに明国制覇の拠点となる城を設けられよう」

「もちろん、小西さまも明国に渡ることになりましょうな」

「その覚悟である」

行長は胸を張った。

「加藤殿も勇んで出陣なさりましょう」

わざと加藤清正の名前を出した。行長は余裕の笑みを浮かべたまま、

「加藤殿と競うこととなろうな」

「それみたことか」

藤十郎が小西家に召し抱えられ一年半が過ぎた天正十七年の十月、志岐鎮経が叛旗を翻した。

大広間での軍議の場、行長は冷静さを失わず、

「直ちに軍勢を調えよ」

と、命じた。

藤十郎はそれを聞き、

「志岐城は天草にある。攻めるには船を多数集め、有明の海を渡らねばなりますまい」

これには主殿介が薄笑いを浮かべ、

「そんなこと、水野殿に言われなくてもわかっておる。兄上は殿下の下で船奉行をお務めであられたのだぞ。水運はお手の物じゃ」

「そうでありましたな。では、渡海の船の心配はないとして、いかほどの軍勢で攻められるおつもりか」

藤十郎は行長と主殿介を交互に見た。

思案する行長に代わって、

「三千……直ちに集められる軍勢は三千じゃ。わしが三千の軍勢を率いて志岐城を攻め落とす」

主殿介は重臣たちを見回した。

「甘い！」

藤十郎は大音声《だいおんじょう》を発した。

主殿介は立ち上がり、藤十郎に向かってのっしのっしと足音高らかに歩み寄り、面前にどっかと腰を据えた。髭を伸ばし、威厳を示しているが、藤十郎よりも若そうだ。

「攻め落としてみせる」

怒りを呑《の》み込むように主殿介は静かに告げた。その静かさが却《かえ》って主殿介の藤十郎への憤りを感じさせる。藤十郎は主殿介の肩越しに行長へ語りかけた。

「一昨年の肥後一揆を思い返してくだされ。敵を侮《あなど》り佐々さまは拙速に城村城を攻め立てたため、危うく隈本城を落されそうになり、数倍の敵と戦う羽目になったのですぞ。そのせいで結局は九州、四国の諸大名の助勢が必要となったではありませぬか」

藤十郎の危惧《きぐ》に主殿介が反論した。

「二年前は、肥後中の国人領主が呼応した。今回は志岐のみ……いや、多く見積もっても天草五人衆のみだ。高々、天草の半島を領する小さな領主どもに過ぎぬ。三千の軍勢で十分。大軍を催すより、迅速に攻撃するのが良策、まさしく先手必勝だ。天草五人衆が集結する前に、志岐城を攻め落とせばよいのだ。こちらには、鉄砲が十分に備わっておるからな。肝要なのは迅速さじゃ」

したり顔で主殿介は軍略を捲《まく》し立てた。

「小西さまも同じお考えか」

声を大きくして藤十郎は問いかけた。

賛同を求めるように主殿介は行長に振り向いた。

「主殿介の策を取る。軍勢の指揮は主殿介に任せる」

行長の答えに主殿介は満足そうに首肯した。

藤十郎は二度、三度うなずき、

「ならば承知した。おれも主殿介殿の指揮の下、大いに働きますぞ」

と、主殿介に一礼した。

しかし、

「無用に願う」

にべもなく、主殿介は拒絶した。

こいつ、根に持っているな、何と狭量《きょうりょう》かと藤十郎は呆《あき》れたが、

「それでは、おれはごく潰しでござる。召し抱えられたからには働かねば」

「水野六左衛門は、兄上とこの城を守るのじゃ」

居丈高に主殿介は命じた。

「それでよろしいのですな」

藤十郎は行長に念押しをした。

「水野六左衛門、宇土城の守りにつけ」

改めて行長は命じた。

「御意にござります！」

わざと大きな声で藤十郎は返事をした。

三

数日後、主殿介は三千の軍勢を率いて宇土城を出陣した。主殿介の出陣中、城内にあって藤十郎は暇を持て余していた。

せっかく、戦場で暴れ回ることができると期待を昂《たかぶ》らせていたのに、

「留守番とはな」

と、嘆きながら本丸御殿の庭で鑓を振るっている。鑓の鍛錬に勤《いそ》しみながらも志岐城攻めの様子が気になって仕方がない。

三千の小勢で攻め落とせるとは思えない。二年前のように敵勢に宇土城を囲まれるような事態にならねばよいが、という心配が鎌首《かまくび》をもたげる。

すると、小姓を従え行長がやって来た。いつでも出陣できるよう、鎧直垂《よろいひたたれ》に身を包んでいる。行長も不安なのか、落ち着かない様子だった。

「小西さま、加藤さまに助勢を頼まれた方がよろしいですぞ」

藤十郎は勧めた。

「殿下には報告申し上げた。わしが勝手に加藤殿に援軍を要請するわけにはいかぬ」

もっともらしい理屈をつけたものの行長の不安は去りそうもない。

これ以上勧めても行長の判断は変わらないと思い、藤十郎は話題を変えた。

「関白殿下が伴天連教に寛容なのは、交易の利と明国制覇の先兵とするため、だけですか」

「そうじゃ」

短く行長は答えた。

秀吉の思惑が、他に何かあるような気がしてならない。

「明国を攻め取ろうなどと、本気で考えておられるのですか」

藤十郎は問いを重ねた。

「むろん、本気じゃ」

当然のように行長は答えた。

「野盗どもは、信長公のお考えであったと、申しておりましたぞ」

「殿下ご自身も信長公にお仕えしておられた頃より、長年に亘《わた》って考えておられたのじゃ。決して、昨日今日の思い付きでも、天下人の驕《おご》りでもない」

行長は言った。

「おれには驕りとしか思えねえな」

ざっくばらんな口調で藤十郎は返した。行長の小姓が目元を引き攣らせる。行長は小姓に座を外すよう命じてから藤十郎に向き直った。藤十郎は己の考えを行長にぶつけた。

「殿下が明国制覇に本腰を入れられたのは、九州平定が視野に入ってからでありましょう……。明国制覇を踏まえた上での島津征伐だったのではないか。だから、伴天連大名や国人領主たちの本領を安堵し、逆らい続けたにもかかわらず島津を潰さず、本領安堵という寛大な措置ですませた。だがな、まだ日本には殿下に従わぬ大名がおるぞ。関東の北条、奥羽の大名どもだって全《すべ》てが帰服しておるわけではない。そんな有様で、日本の何十倍の広大な明国を攻め取るなど、驕り以外の何物でもないと思いますがな」

「来年にも北条は成敗される。さすれば奥羽の諸将も競って殿下に降《くだ》る」

確信めいた行長の物言いを受け、

「北条の小田原城は難攻不落の巨城ですぞ。武田信玄も上杉謙信も落とせなかった……」

「いかに巨大な城であろうと、人が造ったものじゃ。落とせぬはずはない。北条は巨城に過信する余り、殿下を侮っては滅びを見るのだ。殿下は九州平定以上の軍勢で小田原城を攻める。二十万、三十万の大軍であろうと殿下は指一つで動かすことができる。しかも、長期の籠城《ろうじょう》にも屈しない兵糧《ひょうろう》の手配も可能なのだ」

「なるほど、それだけの大軍を自在に動かせれば、明国制覇も夢ではないということですか」

藤十郎が得心したと見たのか行長は表情を柔らかにした。藤十郎は続いての疑問を投げかけた。

「殿下が明国を制覇しようとなさるのは、決して夢物語ではないとわかりましたが、そもそも、何故制覇したいのですか。それほどに広大な領地が欲しいのか……日本全土を平定してしまえば、これ以上恩賞として分け与える領地がなくなる、そこで明国に目を向けた、ということなのですかな」

「それもある……」

行長は藤十郎の問いかけに口籠《くちごも》ってしまった。秀吉の明国制覇の理由を知りながら、口に出すのを憚《はばか》っているようだ。

すると、家臣がやって来て行長に耳打ちをした。一瞬にして行長の顔色が変わった。

「異変ありですな、志岐城攻め、難航ですか」

藤十郎が問うと、

「主殿介の軍勢、天草に上陸したところで、撃退されたそうじゃ」

行長は悔しそうに唇を噛《か》んだ。

「だから言わないことではない。敵だって、小西勢が攻めてくるのを、指を咥《くわ》えて待っているはずはござらぬ。ま、それは置くとして、おれの出番というわけだ。待ちに待った加増の機会がやってくるとはありがたい」

ありがたいという言葉に合わせ藤十郎は両手をこすり合わせた。行長は小姓を呼び寄せ、

「よし、出陣じゃ。今度はわしが指揮を執る」

声を大きくして命じた。

次いで、去ろうとする小姓を呼び止め、

「今回はわざわざ殿下の御心を煩わせるものではない。我ら小西家のみで鎮圧をするぞ」

行長は強い意思を示すように目をむいた。

小姓は深々と腰を折り、足早に走り去った。

「水野六左衛門、しかと頼むぞ。働きによっては、褒美《ほうび》は望むがままであるぞ」

気が昂っているのか行長の頬は紅潮している。

「その言葉、忘れませぬぞ」

　藤十郎は念押しをした。

　行長は力強く首を縦に振り、立ち去ろうとした。

　それを、

「殿、落ち着かれよ」

　藤十郎は引き止めた。

　何を、というような不満を表情に滲ませた行長は、

「わしは落ち着いておる」

　と低い声音で返した。

「おれにはとても冷静には見えませぬな。主殿介殿は敵を侮り、三千の小勢で攻め立て敗北を喫したのですぞ。迅速さを強調なさったが迅速ではなく拙速であったということです。頭に血が上ったままの出陣では、敗北を繰り返すだけですぞ……などとはおれらしくないことを申してしまいましたな」

　自分らしからぬ正論を語る内に照れが生じ、最後は頭を掻《か》き掻《か》き、藤十郎は意見を具申した。

　行長の表情が和らいだ。聞く耳を持ってくれているようだ。戦場に出れば、血が騒

いで周囲が見えなくなり、鑓《やり》を振るって暴れ回る藤十郎が言えた義理ではないのだが、負けるとわかっている戦に参陣する気はない。

「猪武者《いのししむしゃ》のおれが申すのもおこがましいのですが、殿、御一考くだされ。まずは、主殿介殿から敗戦の有様を詳しく聞き、しかる後、敵勢を調べることです。軍勢の数、城の構え、志岐以外の天草五人衆の動き……その上で、敵がこちらの想定以上に強固であれば、殿下への注進とは別に加藤さまに助勢を求めるのがよろしかろうと存じます。加藤さまとて、戦となれば支度が必要ですからな」

淡々と藤十郎は己の考えを述べ立てた。

行長は藤十郎の考えを受け入れるように、「そうじゃな」と呟《つぶや》き、

「水野藤十郎殿、さすがでござるな。貴殿は決して猪武者ではない。猛々《たけだけ》しい武者の度量と乱世を生き抜く戦国武将の才知が備わっておる。この後、わが小西家で存分に働かれよ。殿下の明国制覇が始まれば、貴殿が益々《ますます》必要となろうからな」

藤十郎に軽く頭を下げた。

武将というより商人のような物腰の柔らかさだ。

あ、そうだ、何故《なにゆえ》秀吉が明国制覇を目指すのか確かめねば、と改めて問いかけようとしたが、主殿介からの伝令に対処するため行長は本丸御殿に向かってしまってい

た。

ここまで語り終えたところで、勝成は息を吐いて命じた。

「白湯《さゆ》をもて。茶はいらぬ。咽喉《のど》の渇きには白湯がよい」

すぐに祐筆《ゆうひつ》が大振りの茶碗《ちゃわん》に白湯を用意した。いびつな形をした茶碗は、城内の窯《かま》場《ば》で勝成自らが焼いたものだ。気が向くと勝成は終日窯場に籠り、土と格闘するのを楽しんでいる。

四

白湯で咽喉を潤《うるお》した勝成は話を続けた。

「志岐城攻めであるが、同十月に倍の軍勢、六千を以《もっ》て小西行長は城を攻め立てた。大きな安《あ》宅船《たけぶね》に軍勢が分乗し、数多《あまた》の鉄砲を揃え、万全の態勢で臨んだ。もちろん、志岐勢も必死で防戦に努めた。加藤清正の援軍も到着し、城を包囲すること一月余り、十一月になったところで、わしは城門前で暴れ回り、ようやく一番首を挙げることができた。自慢話のようじゃが、それが機となって敵勢が崩れ、本丸に突入することができたのじゃ」

加藤勢が志岐城の背後から攻めかかり、志岐城は落ちた。同じく叛乱《はんらん》に立ち上がっていた天草五人衆も敗れ去り、五人衆の領地は没収され、叛乱は鎮圧されたのである。

「ところが行長から、何の恩賞の沙汰《さた》もなかった。そこで、わしは小西家を見限り、逐電してやったのじゃ」

その時の悔しさが蘇《よみがえ》ったのか、勝成は歯噛みした。

勝貞がわけを問うと、

「その後、加藤清正、立花宗茂に仕えたが、いずれも長くは続かなかったな」

「清正や宗茂に問題はなかったのだが、天草一揆《いっき》が治まってからは、九州での戦はなくなってしまった。太閤が唐入り、すなわち明国制覇に向け、兵馬を養うよう命じておったゆえ、大名どもは領内の国人たちといさかいを起こさないよう努めたのじゃ。戦がなければわしの居場所はない。合戦がないと鬱憤《うっぷん》が溜《た》まり、加藤家、立花家の者どもと喧嘩《けんか》もした。それゆえ、居《い》辛《づら》くなり、加藤家、立花家を去ったのじゃ」

小西行長への怒りはなりを潜め、反省する気になったようで、勝成は、「若気の至りじゃ」という言葉を繰り返した。

勝俊が、

「それから、母上と巡り会うまで、山陽道を彷徨《さまよ》っておられたのですな」

と、笑い混じりに語りかけた。

「まあ、そういうことじゃ。何年彷徨ったかのう。何処の大名の陣借りもせず、大きな声では申せぬが、野盗のようなこともやった。しかし、それは最初の一、二年のことであったな」

勝成は、加藤清正、立花宗茂に仕官した後、九州を去り、山陽道を彷徨った。合戦に出られない憂《う》さを晴らすように、野盗となって暴れ回ったが、ある日、突如として虚《むな》しくなったのだった。

「あの頃は参った。陣借りしようにも、山陽道にも合戦はなかったからな。今にして振り返れば、太閤の天下一統が成った頃じゃ」

天正十八年（１５９０）、秀吉は二十二万の大軍で北条氏の小田原城攻めを行った。武田信玄、上杉謙信も落とせなかった巨大城郭、小田原城であったが、大軍による包囲と調略によって関東の覇者、北条氏は秀吉の軍門に降った。この時、伊達《だて》をはじめ奥羽の主だった大名も小田原城攻めに参陣、秀吉に忠誠を誓った。

応仁《おうにん》の乱以降、麻の如《ごと》く乱れた日本は豊臣秀吉によって一つになったのである。

天下一統を見据えた秀吉は、小田原征伐以前から大名同士の私的な争いを禁ずる惣無事令を発していた。もはや豊臣秀吉という天下人に逆らう大名はいないし、大名同士の争いもない。日本のどこにも戦がなくなってしまったのだ。

天下一統後、秀吉には大きな企てがあった。

もちろん、唐入り、すなわち明国制覇である。

「お爺さま、太閤殿下はどうして明国制覇などという途方もない妄想を抱かれたのですか」

勝貞は聞いた。

「妄想か……わしも小西行長に召し抱えられるまでは、夢物語でしかないと、もしも本気でそんなことを企てているとしたら、太閤の驕りとしか思っていなかった。それを確かめるため、小西に仕えたということもある」

勝成は淡々と述べ立てる。

「太閤殿下の妄想ではないのですか」

意外な顔で勝貞は問い返した。

「なるほど、今日から見れば妄想であろう。太閤は天下人となり、日本中を束ね、関白に昇り詰め、帝《みかど》より豊臣の姓まで下賜《かし》された。一介の百姓の息子が目も眩《くら》むような立身出世だ。日本国始まって以来、太閤程の出世をした者はおらぬ。それゆえの驕りが出たのだろう、驕れる者久しからず、の例に漏れぬ、と見られるのも無理はない。弟、大和大納言《やまとだいなごん》秀長公はまことに人望厚きお方だったと聞く。その秀長公が小田原成敗の翌年、病で亡《な》くなった。秀長公の死後、太閤はおかしくなった、と見る向きもある」

　世に太閤秀吉、晩年の失政と称される、千利休切腹、豊臣秀次一族粛清、そして朝鮮出兵はすべて、秀長の死後に行われたからだ。

　秀長という優れた補佐役を失い、秀吉の暴走を止める者はいなくなった。それが秀吉に、明国制覇などという誇大妄想を抱かせ、豊臣家の滅亡へと繋《つな》がったのだ、と声高に評する者も珍しくはない。

　勝成に朝鮮出兵は秀吉の妄想ではないと反論され釈然としない勝貞を庇《かば》うように勝俊が、

「しかし父上、朝鮮出兵により、豊臣家の力が衰えたのは事実でござりましょう」

　と、言い立てた。

「それも違う。豊臣家は朝鮮出兵でも台所はびくともしなかった。太閤が蓄えた莫大《ばくだい》な黄金ゆえもあるが、出兵した大名たちは法外な恩賞目当てに手弁当で軍資を賄《まかな》っておったからな。だが、明国どころか朝鮮の地をも寸土も奪えず、太閤の死によって唐入りは不調に終わった。よって出陣した大名たちは何物も得ることができずに疲弊した。当然のこと、大名たちには大きな不満が生じた。奪った領地がないとあって、米一粒の恩賞もなかったからな。多大な軍資を使って朝鮮に渡った者と、日本にあって事務を執っていただけの者との間で遺恨が生じたのは無理からぬことじゃ。この遺恨が豊臣家滅亡へ繋がった。石田三成ら奉行衆と加藤清正ら武将たちの間で争いが起きたのじゃ」

勝成の話に勝俊も勝貞も神妙に聞き入っている。

「おおっと、いかぬ。話が横道にそれたな。豊臣家滅亡の話は後日致すとして、太閤の明国制覇が無謀な企てではなかったことを話しておこう」

勝成は改まっていい、勝俊と勝貞は身構える。

「日本に渡来してきた南蛮人どもは、明国を狙《ねら》っておった。南蛮人どもはな、マカオやルソンを拠点とし、明国に攻め込む機会を窺《うかが》っておったのだ。ふざけたことに、伴天連教の宣教師どもは日本の伴天連大名を明国に攻め入らせようと企てておった」

勝成が言うと、

「まことでございますか」

勝貞は驚きの声を上げた。

「小西行長が申しおった」

　志岐城を落とし、天草五人衆の反乱が鎮圧され、酒宴が催された折、勝成は行長に確かめた。志岐城攻めで一番首を挙げ、敵勢を崩す好機を作った勝成は、恩賞を期待したのだが、行長は出し渋った。勝成は話が違うと詰め寄った。行長は勝成を小部屋に連れてゆき、家中に勝成への反発の声が高いことを打ち明けた。よって、今すぐには加増できないが、必ず折を見て加増すると約束したのだ。

　勝成はあてにはできないと思いながらも承知し、その代わり秀吉が何故明国を攻め取りたいのか問い質《ただ》した。

「その頃、南蛮はポルトガル国とイスパニア国の王を一人の王が兼ねておった。フェリペ二世と申す王じゃった。フェリペ二世は大いなる野心を抱き、ルソンやマカオ、天竺のゴアなどに陣取るイスパニアとポルトガルの軍勢に日本の伴天連大名の軍勢を助勢させ、明国に攻め入ろうと企てたそうじゃ。しかし、それは時期尚早ということで実行されなかったのだがな。行長は宣教師を通じてフェリペ二世の企てを知り、太閤に報告した」

秀吉は九州征伐の折、キリスト教の宣教師たちに感化されたキリシタン大名の有様を見て、キリスト教を禁止した。加えて、イスパニアとポルトガルがルソンや東南アジアの国々を侵略していると知り、このままでは、日本も南蛮の支配下に組み入れられてしまうと、大いなる危機感を抱いたのだった。

明国が南蛮の勢力下に置かれてしまったら、次は日本の番だ。秀吉は南蛮の力が及ぶ前に、明を支配しよう、明国制覇が成ったら寧波《ニンポー》を拠点にルソンを奪い、アンナンやシャム、インド、スマトラ、ボルネオにも軍勢を進めて南蛮の勢力をアジアから追い出そうと決意したのだった。

「太閤はな、小西行長を通じて南蛮の動きを探っておった。行長が伴天連教を信心しておったのは偽りではないが、教えは教え、日本が南蛮の属国になるのを望んではおらなかった」

秀吉が明国を制覇しようとしたのは、アジアから南蛮の勢力を排除しようとしたのだ、と勝成は結論づけた。

想像を超えた秀吉の野心に勝俊も勝貞も言葉を失った。

勝成は書院の隅に置かれた地球儀に視線を向けた。勝俊が祐筆に目配せをした。祐筆の一人が腰を上げ、地球儀を持ち勝成の前に置いた。

「勝貞、これがわかるか」

勝成は地球儀をくるりと回した。

「この世を描いた球体でござります。この世は丸いのですな」

勝貞は地球儀に視線を凝らした。

「よう、存じておるな」

勝成は破顔した。

「それしきのこと……」

不満そうに勝貞は返した。

「ならば、日本は何処じゃ」

勝成の問いかけに、勝貞は地球儀に描かれた小さな島を指差した。

「よかろう。では、次にイスパニアは何処じゃ」

続く勝成の問いかけに、勝貞は地球儀を回し、

「この突き出た半島でござります。そして、半島の左隅がポルトガル国でござります」

誇らしそうに答えた。

「いかにもその通りじゃ。では、エゲレス国とオランダ国は何処ぞ」

「それは……」

勝貞の目が彷徨った。

勝成は勝俊に目を向けた。勝俊が、

「オランダ国はここ、エゲレス国はこの島じゃ」

と、教えた。

「なんと、日本よりも小さいのですね。エゲレス国ばかりではございませぬ、オランダ、イスパニア、ポルトガル、いずれもが日本よりも小さな国でございますな。そんな国々が遥《はる》か彼方《かなた》から天竺を越えてやって来て、ルソンやゴア、マラッカなどを領地としておるのですね。なるほど、それを考えれば、太閤殿下が明国を攻め取ろうとなさったのは、決して妄想ではなかったとよくわかりました」

勝貞は何度も首を縦に振った。

「そういうことじゃ。しかも、軍勢の数は日本が勝り、鉄砲も南蛮よりも多く備え、尚且《なおか》つ命中の精度、威力共に優れておった。長きに亘る戦乱は軍勢を強力にし、倭寇《わこう》によって国の力が衰えていた明ばかりか南蛮の軍勢を凌駕《りようが》しておった」

勝成は地球儀を見つめ、アメリカ大陸を指差した。

「この大きな大陸の内、この辺りはイスパニアが……」

と、ペルーを指差してスペインが領地にしたと語り、

「そして、ここはポルトガルが領土とした」

と、ブラジルを示した。

「日本よりも小さな南蛮の国が明国よりも広大な国を奪ったのですな。なるほど、それなら、太閤殿下が明国を支配できると算段したのもわかります」

またも得心したように勝貞は何度もうなずいた。

「太閤は南蛮の力を見定め、日本の力は決して南蛮に劣らぬと自信を持っておったが、伴天連大名有馬《ありま》晴信《はるのぶ》の如きは、南蛮の力を過大に評価し、領土拡大のためにルソンにおったイスパニアの軍勢に助勢を請《こ》うたのじゃ。情けないのう。もっとも、島原でも松平伊豆守はオランダに助けを求めおったがな。船から大筒を放ってもらう程度ではあったが、奴《やつ》らの軍勢を日本に揚げては日本の歴史に汚点を残すところであった。一方で島原のキリシタンどもが強気で討伐軍を迎えたのも、ポルトガルの助勢をあてにしておったからじゃ。南蛮、紅毛の者どもに日本国に手出しをさせてはならんのじゃ！」

勝成は肩を怒らせ、語気を荒らげた。

「それで、お爺《じい》さまは力攻めで一気《いっき》呵成《かせい》に原城を落せと、言い張られたのですね。オ

ランダ、ポルトガルが関わる前に、戦を終わらせねばならぬと」

勝貞は感動の面持ちとなった。

勝俊も感じ入ったようにうなずきながら、

「決して、上《うわ》っ面《つら》だけを見て判断してはならぬということじゃ」

勝俊は諭すように勝貞に言った。

「承知しました」

学びの喜びを勝貞は表情に表した。

「気持ちが昂ったのう」

勝成は疲れを感じた。

「父上、今日はこれくらいにしておかれませ」

勝俊の進言に、

「そう致そうかのう」

勝成は逆らわず応じた。

老いては子に従え、というものだ。

勝成は将軍徳川家光への書状を書こうと思った。たとえ布教目的でなくとも、ポルトガル人の来航を禁じるべきだと。ポルトガル人が来航する限り、それをあてにするキリシタンたちは後を絶たない。

五

布団《ふとん》に身を横たえると、すぐに睡魔が襲ってきた。

眠りに落ち、深い霧の中を彷徨い続ける。

ここは何処だ……。

立ち止まり、霧が晴れるのを待っていると、やがて日輪が差してきた。


備中国を流浪《るろう》する藤十郎は飢えていた。

加えて、身体に力が入らない。悪い物にでも当たったのか、性質《たち》の悪い病に罹《かか》ったのか。熱もあり、身体が重い。

名も知らぬ土地、もちろん身寄りも友とてもいない藤十郎は、病と飢えという敵と戦わねばならなかった。

己を元気づけるため、とにかく何か口に入れようと、藤十郎は周囲に視線を彷徨わせた。畑の中にぽつんと民家がある。鑓を杖《つえ》代わりにして歩み寄ると、木戸から中に入り、母屋《おもや》の裏手に回った。台所があり、覗《のぞ》くと板敷に置かれた大皿に餅《もち》が盛ってある。

堪《たま》らず、駆け寄ろうとしたが、大きくよろめいてしまった。鑓を戸口に立て掛け、腹ばいとなって台所を進んだ。

幸い、誰もいない。

「施されるぞ」

言い訳めいた言葉を口に出すと、藤十郎は両手で餅を掴《つか》み、食べ始めた。

夢中になって貪《むさぼ》る。一個、食べると食欲が更に喚起される。

「こら！」

いきなり、背中から声をかけられた。

後ろから近づく人の気配も感じられなかった。戦場なら、間違いなく討ち取られていただろう。もっとも、小西、加藤、立花家を渡り歩いた挙句に浪々の身に戻った藤十郎の首級《しるし》など、何の値打ちもなくたとえ討ち取ったとしても恩賞になど与《あず》かれまいが……。

「ううっ」

驚きで餅が咽喉に詰まった。

それでも振り返ると、

「盗人《ぬすっと》め」

男がこん棒を持ち、両目を吊《つ》り上げて立っていた。粗末な服を身にまとい、歳《とし》の頃は五十くらいだ。この家の主の農民であろう。

「す、すまぬ」

と、詫《わ》びたつもりだが、餅を咥えたままとあって言葉にならない。

「おめえ、何者だ」

男に問われ、答えようとしたが目が霞《かす》み、身体中から力が抜けた。

そして、真っ暗になった。


どれくらい経《た》ったのだろう。


「うう」

藤十郎は呻《うめ》きながら目を開けた。

「お目覚めですね」

男の声が聞こえた。

「ここは……」

藤十郎は周囲を見回した。男が答える前に、

「あ、そうか。おれは盗みに入って餅を食らい、挙句に気を失ったのだな」

呟きながら半身を起こした。

「よほど、腹が空《す》いておったのじゃな」

男は笑った。

幸いにして怒ってはいないようだ。

「正直、水腹だった。この三日くらい、何も食べておらぬ」

言った途端に腹の虫がぐうっと鳴った。

「待ってろ、粥《かゆ》でも用意しちゃる」

親切にも告げると男は立ち上がろうとした。

「待て……ここは、百姓家か」

盗み食いをした後ろめたさと恥ずかしさで一杯になりながらも、藤十郎は問いかけた。

「ここは窯場じゃ」

男は答えた。

「窯場か……」

わけもなく藤十郎は、ほっとするような気持ちになった。程なくして男が盆に土鍋《どなべ》と碗《わん》を乗せて戻って来た。

「ゆっくり食べろ。でねえと、腹を下すでな」

男は土鍋から碗に粥をよそい、藤十郎に差し出した。

湯気の立ち昇る粥を受け取ると藤十郎の顔にはおのずと笑みがこぼれた。男は藤十郎が思う様食べられるよう気遣ってか、部屋を出ていった。

ふうふうと吹きながら、ゆっくりと粥を食べる。塩味に梅干しが添えてあるだけの素朴な粥であったが、こんな美味《うま》いものはないと感動した。ふうふうと吹き舌を火傷《やけど》しながら粥を食べ進んだ。

すきっ腹で過ごしたせいで、胃の腑《ふ》が小さくなっているのか、腹が満たされる。そんな我が身の情けなさに涙が溢《あふ》れてきた。

「おれは一体……」

何をやっているのだろう。

我が身の零落ぶりに言葉が出てこない。父忠重に啖呵《たんか》を切って刈谷城を出て以来十年余りの歳月が流れた。その間、何をしていたのだろう。

今の有様を親父《おやじ》が見たら何と言うだろう。

嘲笑《あざわら》い、思いつく限りののしりの言葉を浴びせるに違いない。

しかし、今の己の有様ではとても抗弁などできない。

重いため息しか出てこない。

「さて……」

行くか。

あてなどあるはずもないのだが……。

立ち去るに当たり、この家の主人に改めて詫びと礼をしようと思い、母屋を出て裏手に構えられた窯場を覗いた。

「すまぬ……悪気はなかったのだ」

つい、言い訳をしてしまう。

男は窯の前で座ったまま振り返り、

「腹が減っていたら、ちゃんと断ればいいんだ。ま、そんな余裕もなかったのかもしれんがね」

と、言った。

「そんなところだ」

藤十郎は頭を掻いた。

「おまえさん、お侍かね」

男の問いかけに、

「ああ、こんな様《ざま》だがな。ま、その内、戦があったら一働きをして、礼はする」

藤十郎は水野六左衛門と名前を名乗った。

主人は木兵衛《もくべえ》と名乗り、

「戦に出ると言っても、死ぬかもしれないぞ」

「そりゃ、そうだが……」

藤十郎は黙り込んだ。

「それにな、もうどこを探しても国うちには戦はないぞ。太閤さまのご命令で西国のお大名は朝鮮国、明国と戦をしとるけえな。それとも、あんた、朝鮮に渡るかね」

木兵衛は肩を揺すって笑った。

「朝鮮か……それもいいかもな」

いっそ、朝鮮に渡って戦い、その後、明国で大暴れをしてやろうか。渡唐天神に守られているおれだ。唐土で鑓働きをするのが定めなのかもしれぬ、と都合のいい考えを抱いた。

それには、船が必要だが……。

すると、藤十郎の心中を察したように、

「朝鮮に渡る船はねえぞ」

木兵衛は言った。

「海賊にでも頼むか」

「海賊も行かねえな。何しろ、凄《すご》い戦になっとるそうじゃからな、海に出ても荷を奪う船もねえ。それどころか、戦の巻き添えを食って船を沈められるのがおちさ」

「それもそうか」

「どうしなさる」

「どうするかな」

藤十郎は腕を組んだ。

「しばらくうちにおったらええわ」

木兵衛に勧められ、

「そうさせてもらおうか」

素直にそんな気持ちになった。

戦ができないのだから仕方がないと思う反面、窯場に腰を落ち着けてみると、なぜか安らぎを覚えたのだ。

土と格闘することへの興味かもしれない。

「木兵衛、あ、いや、木兵衛殿、おれを弟子にしてくれないか」

藤十郎は頭を下げた。

「おいおい、弟子入りなんて……わしはそんな立派なもんじゃねえよ」

木兵衛は強く右手を左右に振った。

「そこを何とか……人助けと思って、なあ」

藤十郎は両手を合わせた。

「まあ、弟子などでなく、手伝いということなら、構わねえよ」

木兵衛に許され、

「ありがたい、木兵衛殿」

藤十郎は頭を下げた。

「木兵衛殿はやめてくれ。木兵衛でいい」

「主人を呼び捨てにはできぬ」

「なら、木兵衛さんでいいか」

木兵衛は笑った。

こうして、藤十郎は木兵衛の世話になることにした。木兵衛の窯場は備中国川上郡成羽《なりわ》にあった。見知らぬ土地の窯場で藤十郎は土と汗にまみれて働き始める。やったこともない仕事に戸惑いの連続であったが、攻め太鼓も法螺貝《ほらがい》も聞かれない平穏さは、藤十郎から牙《きば》を抜き、一年もするとすっかり窯場に馴染《なじ》んだ。

出入りの村人と酒を飲んで語り合い、村祭りでは踊り明かした。

初めてろくろを回し、窯で焼き上げた茶碗を手にした時は大将首を挙げたような高揚感に包まれた。決して出来の良い茶碗ではない。形は崩れ、茶碗なのか丼《どんぶり》なのかわからないような代物《しろもの》だ。それでも、何とも言えぬ充実感に浸れた。

「物を造るとは、実に尊いものだ」

しみじみと藤十郎は実感した。

これまで、壊すことばかりをしてきた己《おの》が半生を悔いた。

福山城内の文庫にある座敷で勝成は流浪の果てに出会った窯場の思い出を語り終えた。お手製のいびつな茶碗を撫《な》でながら、懐《なつ》かしそうに目を細める。

「お爺さまが、領内で物造り、殖産を殊《こと》の外振興されるのは、備中の窯場で過ごした日々に由来するのですね」

目を輝かせ、勝貞が言った。

勝成は、「そうじゃ」と答えてから、

「いくら合戦で荒れ果てようが、その土地に民が生きる限り、国は滅びぬ。大地に根差した民の手によって国は育《はぐく》まれ、栄えるのじゃ。万石の領地を得るのとは無縁、一粒の米、一個の茶碗を造る喜びを知る者が国の礎《いしずえ》となる、と心得よ。戦ばかりではない。嵐《あらし》に襲われようが飢饉《ききん》となろうが、民は一杯の酒、一碗の麦、一時の遊興を糧《かて》に逞《たくま》しく生きる。勝俊、勝貞、そのこと、とくと頭に入れておけ」

双眸《そうぼう》をかっと見開き、くどさと強い語調で語り終えた。

勝俊と勝貞は平伏をした。

三人の祐筆たちも筆を置き、両手をつく。

「いかぬ。つい、小言となってしまったな。歳のせいじゃ、許せ」

場を和ませようと勝成は笑い声を放った。

勝俊が面を上げ、

「父上、母上との縁をお語りくだされ」

と、頼んだ。

勝成は目を伏せてから、

「お登久とは……」

と、呟いてからその事は詳しくは話せないと照れ隠しのためか声を大きくした。それでも、勝俊にさらに促された勝成は渋い顔で語り出した。

「木兵衛の窯場で暮らし、何年か過ぎた頃じゃった。成羽の城下に木兵衛と出来上がった焼き物を売りに行った。月に一度、城下の往来に並べて売っておったのじゃ」

城下の隅には、焼き物に限らず、青物、着物、酒、魚などの露天街があった。ある日、食い詰めた牢人《ろうにん》たちが露天街で暴れた。総勢十人程の集団で露天の稼ぎを奪い始めたのだった。鑓や太刀で脅し、根こそぎ奪い去ろうとした。木兵衛は、

「嵐に遭ったと思えばええ。命あっての物種じゃけえ」

と、逆らわず銭を渡そうとした。

藤十郎も木兵衛の意に従い、暴徒の好きにさせていた。

が、

「なんだ、この我楽多」

　牢人が並べた焼き物を鼻で笑い、足蹴《あしげ》にし鑓で砕き始めたとき、藤十郎は腹の底から怒りがこみ上げてきた。封印していた武者の血が騒ぎ、気が付いた時には牢人の手から鑓を奪い取っていた。

「許さん！」

　喧噪《けんそう》を切り裂く、裂帛《れっぱく》の気合いと共に藤十郎は牢人たちに襲いかかった。群がる十人の顔面を鑓の柄で殴り、起き上がったところを突いて回った。首、胴を刺された牢人たちは血の海に沈んだ。

　あっという間の出来事、周囲の者は何が起きたのか判然としないまま、牢人たちの亡骸《なきがら》を見て悲鳴を上げた。

「そこへ、三村《みむら》殿が通りかかったのじゃ」

　福山城内の文庫で勝成は目をしばたたいた。

　備中国川上郡成羽の国人領主、三村親成《ちかしげ》は勝成の見事な鑓働きを高く評価し、素性も確かめずに召し抱えたいと申し出た。

勝成は拒んだ。

二度と武者には戻らない、戦場には出ないと思っていたからだ。

だが、断ってから後悔の念に苛《さいな》まれもした。

牢人たちを退治したことで、身体《からだ》の中に閉じ込めていた武者の血が呼び起こされてしまったのだ。焼き物を造作する間、心ここにあらずとなり、失敗を繰り返した。

勝成の心の葛藤《かっとう》は木兵衛にも伝わった。木兵衛は三村親成に仕えるよう強く勧めた。

「木兵衛はわしが牢人に焼き物を壊された怒りで鑓を取ったのを見て喜んでくれた。民の気持ちがわかるお武家さまとなってくれた、これからは民を守る戦をしてくだされ、と送り出してくれたのじゃ」

勝成は溢れる涙を指でそっと拭《ぬぐ》った。

勝俊と勝貞は黙って話の続きを待った。

「そうして、三村親成殿の客将となった。三村家にはわし同様の居候《いそうろう》がおってな、それが藤井道斎殿、すなわちお登久のお父上じゃ。道斎殿は親切でな、独り身のわしの身の周りをお登久に世話をさせた。お登久は気の回る働き者でな、着物の綻《ほころ》びを繕ってくれたり、好物の料理を作ってくれたり、と、まあ、痒《かゆ》い所に手が届くような気働きをしてくれた。となるとそこは男と女じゃ……」

それ以上は語らず、

「何時《いつ》の間にか赤子が産まれた。長吉、つまり、勝俊、そなたじゃ」

照れ隠しのためか、勝成は声を放って笑った。勝俊も調子を合わせて笑い、やがて、勝貞も祐筆たちも愉快そうに笑った。

藤井は自分の身分では不足だと、お登久を三村の養女としてもらい、勝成と婚礼させた。

「三十五で妻と子を得、わしは家族というものを知った。このまま成羽の地で親子安寧に暮らそうかと思ったぐらいじゃ……しかし、わしの悪い癖かのう。またしても、武者の血が騒ぐ大事が出来《しゅったい》したのだ。大事とは太閤の薨去《こうきょ》よ」

秀吉の死は世を変えると藤十郎は思った。

朝鮮での戦は終わるだろう。秀吉の嫡男《ちゃくなん》秀頼は幼い。当然、政《まつりごと》を担《にな》えず後見する者が必要だ。そして、後見人が秀吉死後の天下人となる。

秀吉の後継を巡って天下は揺れ動くに違いない。大きな合戦が起きる。これまでに経験したこともない大合戦だ。

そう思うと、藤十郎は居ても立ってもいられなくなった。都に戻りたい。備中成羽での平穏な暮らしに飽いたからではない。武者の血がそうさせるのだ。神仏によっても、到底鎮《しず》めることのできない猛き血だ。

「三村殿、お世話になりながら、申し訳ない。思うところあって、御当家を去りたいと存じます。大恩を受けながら……」

城内の広間で藤十郎は両手をついた。

上段の間に座す三村は無言で藤十郎を見返した。お登久が産着《うぶぎ》にくるまれた長吉を抱き、隅で控えている。赤子をあやしながらも藤十郎の決意に耳を傾けていた。

「一度しか聞かぬ。貴殿、水野六左衛門を名乗っておるが、まことは三河刈谷城主、水野和泉守《いずみのかみ》殿の一子、藤十郎殿であるな」

三村は静かに確かめた。

「いかにも、わたしは水野藤十郎勝成です。これまで、殿を欺《あざむ》いたこと、併せてお詫び申し上げます」

藤十郎は板敷に額をこすりつけた。

水野藤十郎とわかり、三村は言葉遣いを改めた。

「やはり……そうでしたか。いや、貴殿の評判は耳にしておりました。話に聞いた凄《すさ》まじい働きぶり。なるほど、備中の片田舎で終わるご仁ではありませぬな」

「言い訳になりますが……」

藤十郎は面を上げた。

「そう硬くならず、ざっくばらんに話してくだされ」

三村は言った。

では、と藤十郎は破顔しあぐらをかいた。

「正直、おれは、食い詰めて木兵衛の窯場に世話になった。そこで、はじめて人らしい暮らしを味わった。そして、何年か過ぎ、三村殿のお世話になることができた。三村殿はおれの素性を確かめもせず、おれの鑓働きを見て客将にしてくださった」

語る内に熱いものが藤十郎の胸にこみ上げてきた。咽喉が詰まり、嗚咽《おえつ》が漏れる。

それでも、話を続けた。

「藤井道斎殿を知り、お登久と結ばれ、長吉を授かった……」

名前が出た途端に、赤子が泣き出した。藤十郎の胸は張り裂けそうになった。両目から涙が流れ落ち、板敷を濡《ぬ》らした。三村は、それ以上は聞かなかった。

お登久は藤十郎が成羽を去るのを許してくれた。

「但《ただ》し、お父上さまの忠重さまと仲直りをしてください」

お登久は真摯《しんし》な眼差《まなざ》しで頼み込んだ。
藤十郎が返事を躊躇《ためら》っていると、
「お父上さまに長吉を、孫を抱いて欲しいのです」
お登久は泣き止《や》んだ長吉の顔を覗き込んだ。
長吉は笑っていた。
まるで、お爺さまに抱かれたいと言っているようだった。

第五章　名君——関ヶ原の合戦　大坂夏の陣

一

「お爺《じい》さま、お父上の忠重さまと和解が成った時、さぞや感慨深いものがございましたでしょう」

　勝貞は勝成の心境を慮《おもんぱか》り、真摯《しんし》な目で問いかけた。三人の祐筆《ゆうひつ》たちも、勝成の人生における大きな節目であるだけに、一言も聞き漏らすまいと、身構えている。筆を持つ手が震えている者もいた。

「それがのう……」

　勝成は往時を思い出すように目をしばたたかせた後、

「特別な思いというものはなかった。十五年ぶりの親子再会、わしも親父《おやじ》殿に親不孝をわびよう、流浪《るろう》の間の手柄を語ろう……いや、何よりもお登久と長吉のことを喜んでもらおうと思っておった。じゃがな、いざ親父殿と面と向かってみると、何をしゃべっていいのか、わからなかった。ろくに言葉を交わさなかったな。親父殿もどんな言葉をかけていいのか、わからなかったようだ」

と、言った。

感動の親子対面の場を期待していたのだろう。勝貞は言葉を返せず、表情も曇った。祐筆たちも緊張の糸が切れたようで、天井を見上げる者、小さく息を吐く者、うつむく者、それぞれ気持ちを切り替えていた。

微妙な空気が漂い、勝俊が言葉を挟んだ。

「父上と忠重さまの間は家康公が取り持ってくださったのですな」

「さようじゃ」

勝成が返事をしたところで、

「備中から都に上られ、家康公の下に向かわれたのですか」

勝貞が問いかけた。

「いいや、そうではなかったのじゃ」

勝成は語り始めた。

藤十郎は都に戻った。

慶長四年（１５９９）の四月、約十四年ぶりの都である。昨年の八月に太閤《たいこう》秀吉が死に、後事を託された加賀大納言《だいなごん》前田利家《としいえ》も先月後を追った。利家と共に豊臣政権を支えていた実力者徳川家康は豊臣政権の政庁である伏見城の対岸に構えられた向島《むかいじま》城に滞在している。福島正則《まさのり》、加藤清正、細川忠興《ただおき》らから命を狙《ねら》われた石田三成を匿《かくま》った家康であったが、近頃は家康自身に対しても暗殺の噂《うわさ》が流れ、予断を許さない状況にあった。

そんな噂を耳にした藤十郎は具足に身を固め、家康警護の任に就いていた。就いていたといっても、家康の許しを受けたわけではなく、自分勝手に自分で決め込んで警護しているだけである。

しかしながら、素性の知れない鎧《よろい》武者が城に近づけば、刺客と疑われ、その場で討ち取られるか捕えられ、拷問《ごうもん》にかけられるのが落ちだ。

結局、遠目に城を見ているだけなのだが、一体、何をしているのだと我ながら情けなくなってくる。

そうだ、陣借りをさせてもらおう。

こそこそせず、家康に面談を求めればいい。そう腹を括《くく》ると、藤十郎は鑓《やり》を担《かつ》いで城門に向かった。堀に架かる橋の手前で番士たちに行く手を阻《はば》まれる。

「水野藤十郎、徳川内府殿にお味方申す！」

戦場を離れていたとはいえ、よく通る声で告げた。

あまりにも堂々たる藤十郎の態度に番士たちはたじろいだ。お互いの顔を見合わせ、どうしようかと態度を決めかねている。

「内府殿に御意を得たい」

藤十郎は大手を振って橋の真ん中を歩いた。番士たちは慌《あわ》てて鑓を向け、藤十郎を囲んだ。

「退《ど》け！」

声を荒らげ、藤十郎は城内に入ろうとする。

「曲者《くせもの》」

番士が叫び立てた。

「何が曲者ぞ。内府殿に確かめよ、我は三河刈谷城主水野惣兵衛忠重の一子、藤十郎勝成、内府殿の従兄弟《いとこ》じゃ」

藤十郎は鑓を置き、橋の上であぐらをかいた。

結局、藤十郎は城内本丸の一室に通された。

待つ程もなく、家康がやって来た。鎧直垂《ひたたれ》に身を包んだ家康は、以前にも増して恰《かっ》幅《ぷく》が良くなっている。髪は白いものが目立つが肌艶《はだつや》はよく、肥満した身体《からだ》と相まって天下一の大将の風格を醸《かも》し出してもいた。

「しばらくです」

藤十郎は挨拶《あいさつ》をした。

藤十郎の前にどっかと座ると家康はしげしげと見返し、

「本物のようじゃな。うむ、苦労して少しは丸うなったか」

と、笑い声を上げた。

「内府殿もお健やかなご様子、何よりでございます」

「わしはあと二年で還暦じゃ。そなたはいくつになった」

「三十六です。刈谷を出奔し十五年の歳月が流れました」

「十五年もの間、何をしておった……あ、いや、九州で暴れ回っておったのは存じておる。じゃが、太閤殿下が唐入りを始められ、日本での戦はなくなった。すると、そなたの名も聞かなくなったぞ」

家康は目を凝らした。

「山陽道を流浪しておりましたが、備中でしばらく腰を落ち着けていました」

備中成羽の国人領主三村親成の食客となり、妻子を持ったことを語った。

「そうか、妻と子をな……」

何度もうなずき家康は笑みを拡《ひろ》げた。

が、すぐに表情を引き締めて言った。

「備中に妻子を置き、わしに陣借りをしに来たのか」

「内府殿を天下人にしようとやって来ました」

藤十郎は胸を張った。

「大風《おおぶ》呂《ろ》敷《しき》を拡げおって」

ニヤリとしてから、家康は天下の情勢は風雲急を告げていると前置きをして、続けた。

「わしは太閤殿下から秀頼公の行く末と天下安寧を託された。だから、秀頼公に敵対する者は討つと決めている」

その表情からは微《み》塵《じん》も揺らぎが感じ取れない。

「内府殿、陣借りをさせてくだされ。誰よりも働いてみせる」

真摯な態度で藤十郎は頼んだ。

家康はうなずき、

「藤十郎、その歳《とし》になり、いまだ鑓を担いで戦場を疾駆したいのか。一番鑓、大将首……その結果もたらされる恩賞にありつきたいか」

「はい」

短く答え、家康の真意を図るように見返した。

「妻と子を得て、人並みの暮らしを味わったのであろう」

「備中にて、戦とは無縁の数年を過ごしました。このまま平穏な暮らしが続けばよいと思ったものです。長吉……生まれたばかりの赤子ですが、長吉の産声《うぶごえ》を耳にした時は、心の底から喜びが湧《わ》き出、全身が震えました。戦場での武者震いのような猛《たけ》りではない、温《ぬく》もりに打ち震えたのです。ですが……」

言葉を止めた藤十郎の心中を読み取ったかのような家康は、

「太閤殿下が薨去《こうきょ》され、必ず天下に大乱が起きると、武者の血が騒いだか」

と、笑った。

「おっしゃる通りです」

藤十郎は本音を漏らした。

「しょうのない奴《やつ》め」

苦笑混じりに家康は返したが目元は緩んでいる。

「陣借り、お願い致します」

改めて藤十郎は申し入れた。

「それは構わぬが、そなた、惣兵衛殿を訪ねたのか」

家康は言った。

「いいえ」

ばつが悪そうに首を左右に振る。

「和解せよ。わびを入れるのじゃ」

穏やかな声音でありながら、家康は有無を言わせない強引さで命じた。

「父は承知せぬと存じます」

藤十郎は言い訳めいた口調で返した。

「惣兵衛殿が許すかどうかはわからぬ。じゃがな、謝れ」

家康は重ねて命じた。

「ならば、刈谷に……」

とりあえずその場凌《しの》ぎに言ったのだが、

「それには及ばぬ、惣兵衛殿は伏見に在陣しておられる。使いを出す。ここで会うがよい」

家康は言った。

惣兵衛は徳川家の忠臣だった石川数正と共に秀吉に寝返った。それが、秀吉が死んだ途端に家康についておるとは。相変わらずの変わり身の早さだ、と内心で苦笑した。

「よろしくお願い致します」

藤十郎は家康に任せた。

別室に移り、惣兵衛を待つ。

成羽を出る時、お登久に約束したのだ。長吉を惣兵衛に抱かせる、と。あれは、成羽を出る際の口実に使ったわけではない。本気であった。ならば、惣兵衛と会うのが当然だ。

しかし、再会が現実となろうとしてみると、大いなる戸惑いを感じる。惣兵衛はいくつになった……たしか、五十九だ。老齢に差し掛かっているが、いまだ好々爺《こうこうや》とは程遠いだろう。

事によると、会うなり、藤十郎を斬《き》るかもしれない。家康が仲に入っているからといっても、それをやりかねないのが惣兵衛だ。

そうなったら、斬られるか。

そりの合わなかった親と子、お為《ため》ごかしで和解しても、仕方がない。

藤十郎は落ち着かないまま、時が過ぎていった。湯漬けが用意されたが手をつける気にはなれない。

やがて、廊下を複数の足音が近づいてきた。

さすがに藤十郎も居住まいを正した。戸が開き、甲冑《かっちゅう》武者が入って来た。惣兵衛ではない。

「兄上」

男は語りかけてきた。

藤十郎は見返す。

「惣五郎《そうごろう》……惣五郎であるな」

藤十郎の胸は懐《なつ》かしさで焦《こ》がれた。次弟、惣五郎忠胤《ただたね》である。

「お元気そうで、何よりと存じます」

惣五郎は藤十郎の前に膝《ひざ》をつき、手を取った。その時、家康が入って来た。惣五郎は藤十郎の手から自分の手を解《ほど》き、藤十郎の斜め後ろに控えた。家康は上座に座し、

「惣兵衛殿、入られよ」

と、廊下に呼ばわった。

程なくして惣兵衛が入って来た。藤十郎は無言で一礼した。惣兵衛は藤十郎を見ようとはせず、藤十郎の横に座した。目の端に映る惣兵衛は相応に年齢を重ねている。髪は白くなり、顔は皺《しわ》が増え、具足がだぶついていた。

家康は温和な笑みを浮かべ、三人を見回す。

「藤十郎がわしの身を案じてくれ、遥々《はるばる》備中から駆けつけてくれた。水野一党が力を合わせ、わしを助けてくれるとなると心強いぞ」

惣兵衛は黙っている。

「さて、十五年ぶりの再会であろう。お互い、積もる話もあろう。ゆるりと話をしてゆくがよい」

家康は出ていった。

部屋の中はよそよそしい空気が漂った。惣五郎は藤十郎に語りかけたそうであるが、惣兵衛が口を閉ざしているため、しゃべることができない。いざ会ってみると、藤十郎も何からどう切り出してよいのか気持ちの整理がつかない。

しかし、いつまでも黙りこくっているわけにもいかない。

「父上……お久しゅうございます」

藤十郎は惣兵衛の方を向いて語り掛けた。

惣兵衛は口をへの字に引き結び、

「うむ、おまえも達者そうであるな」

ぶっきらぼうに返事を投げかける。

これをきっかけとし、惣五郎が藤十郎に、

「十五年、兄上は以前にも増して、猛将となられたようですな」

「そなたも、すっかり武者らしくなったではないか」

「十五年前と申せば、わたしは初陣《ういじん》すら飾っておりませんでしたので……これからは、兄上を手本と致したいと存じます」

惣五郎は笑みを拡げた。

「おれを手本にしたら、勘当されるぞ」

藤十郎が言うと惣五郎は声を上げて笑った。惣兵衛は苦虫を嚙《か》んだような顔のまま押し黙っている。

「父上、実は妻を娶《めと》り、子を成した次第でござります」

備中成羽の国人領主三村親成の食客となり、お登久と夫婦となり、長吉が誕生したことを話した。

「おめでとうございます」

惣五郎は祝福してくれたが、

「ならば、敵となるやもしれぬな」

惣兵衛は嫌なことを言った。

「父上、何を申されるのですか。兄上は水野家に帰参なさるのです。内府殿も申されたではありませぬか。水野家が結束して、助勢せよ、と」

惣五郎が抗議をすると、

「そなたは黙っておれ」

惣兵衛らしい頭ごなしな物言いである。藤十郎は懐かしさを覚えた。

「三村とか申す国人、毛利に従うのだろう。毛利はこの先、内府殿の敵となる可能性が高いのじゃ」

堪《こら》えられず惣五郎が口を挟んだ。

「兄上は水野家に帰参なさるのです」

「うるさい！」

惣兵衛は怒鳴った。

「父上、おれは妻と子を備中に置き、都にやって来た。毛利とはなんの関りもない」

藤十郎の答えの真偽を探っているのか、惣兵衛は険しい目つきのままだ。

「おれをお疑いなら、斬ってくだされ」

惣兵衛から視線を外さず言った。

惣五郎が間に入る。

「父上、いい加減になさりませ。兄上が毛利につくのなら、わざわざ、都まで一騎駆けにしてこられぬではありませぬか」

顔を真っ赤にして藤十郎を庇《かば》い立てた。

惣兵衛は口の中をもごもごとさせていたが、

「好きにせい」

と、吐き捨てた。

惣五郎が、

「帰参が叶《かな》いましたぞ」

と、笑みを浮かべた。

「疲れた。先に寝る」

と惣兵衛は部屋から出ていった。

藤十郎と惣五郎は息を吐いた。

「父上は、内心ではうれしく思っておられますよ。頑固一徹なお方ゆえ、歓迎する体を取れないのですがね」

　惣五郎は言った。

「昔と変わらぬな」

　藤十郎は言った。

「西国では見事な鑓働きをなさったそうですな」

　惣五郎は興味津々《しんしん》の目をしている。

「猪武者《いのししむしゃ》ぶりを発揮しておったぞ」

　自嘲《じちょう》気味な笑みを藤十郎は返した。

「わたしは、兄上が引かれた強弓《ごうきゅう》を引いてみたのです」

「そうか」

「だめです。いつか、引けるようになろうと修練を積んでおります。矢場では的を射ることができるのですが、戦場ではうまくまいりませぬ」

「場数を踏めばできるようになるさ」

　藤十郎は言った。

　藤十郎と惣五郎は十五年の時を隔てて、兄弟の邂逅《かいこう》を楽しんだ。話は合戦ばかりか、若き日を過ごした刈谷での思い出にも及んだ。

「と、まあ、父上との和解というか、再会はかくの如《ごと》しであった。家康公と惣五郎のお陰で、ともかくも和解の場を持つことができた」

勝成は苦笑混じりに言った。

勝俊が、

「わたしは、お爺さまにお会いしとうございました」

感慨深そうなため息を漏らした。

「わしも、長吉を父上に抱いてもらいたかった。父上とて、孫は可愛《かわい》かったろう」

藤十郎はため息を吐《つ》いた。

「父上は和解して、親子の語らいをする暇《いとま》もなく、惣兵衛様に先立たれたのですな」

「父の死は和解の一年余り後のことであった。じゃが、その間、わしは伏見におって家康公の警護に当たった後、家康公に従って会津の上杉景勝《かげかつ》討伐に赴いた。父上と惣五郎は刈谷城で留守を守っておったのでな、顔を合わすことさえもほとんどなかった」

藤十郎は言った。

慶長五年（１６００）、六月、家康は五万五千の大軍を率いて奥羽会津若松城の上杉景勝討伐に向かった。そして家康が畿内を留守にしている間に石田三成が兵を挙げた。時局は一気に東西決戦へと向かった。

「父上の訃報《ふほう》が届けられたのは、下野国《しもつけのくに》、小山《おやま》の家康公の陣小屋においてであった。慶長五年七月二十四日、いや二十五日であったか……」

勝成が言うと勝貞は目を凝らした。

「父上が……」

刈谷城を守る惣五郎からの書状を握り締め、藤十郎は天を仰いだ。

前日の七月二十四日、石田三成挙兵の報を受け、今後の対応をいかにすべきか家康は諸将の意見を聞くため軍議を開いたのである。五万五千の軍勢で、福島正則、黒田長政、細川忠興、山内一豊《かずとよ》といった豊臣恩顧の大名が多数参陣している。彼らは三成憎し、の念を抱いてはいるが、三成は秀頼を神輿《みこし》に担ぎ上げる可能性がある。

そうなれば、豊臣恩顧の彼らは雪崩《なだれ》を打って敵に回るかもしれない。家康としては彼らの心を繋《つな》ぎ留め、三成打倒に結束させねばならない。軍議の重要さは藤十郎にもわかり過ぎるくらいにわかっている。軍議の場では声を大にして家康の指揮下、三成を打倒すべし、と叫び立てようとした矢先の悲報であった。

軍議の前、自分の決意を伝えるべく藤十郎は家康を陣小屋に訪れた。広間の隣室で床几《しょうぎ》に腰かけ向かい合ったところだった。

家康は藤十郎の異変に気が付いた。目で何があったのかを問いかけてくる。

「父が殺されました」

感情を押し殺し、藤十郎は書状を家康に見せた。家康はさっと書状に目を通すと、黙って藤十郎に返した。

「石田治部《じぶ》め……姑息《こそく》な才槌頭《さいづちあたま》めが」

悔しさを噛み締め、藤十郎は腹の底から悪態を吐いた。

「直ちに、刈谷へ戻れ」

家康は気遣ってくれた。

「そのお気遣いはご無用でござります。おれは、内府殿に従っております。私事で引き返すわけにはまいりませぬ」

言いながら、おれは家康におもねっているのか、それとも武将の矜持《きょうじ》だと見栄《みえ》を張っているのか、降って湧いた父の訃報に、藤十郎は複雑な思いが胸に渦巻いた。

「わしのことは気にかけるな」

家康は鷹揚《おうよう》に返した。

「いいえ、おれは、内府殿に従います。そう決めた」

断固とした意志を示すべく藤十郎は腕を組んだ。

藤十郎は、

「親父殿、石田三成を討ち取り、無念を晴らすぞ」

と内心で惣兵衛に語りかけた。

「うむ、よう申してくれた。わしはな、惣兵衛殿のためにも必ず石田治部めに勝つ！」

沈着冷静な家康が眦《まなじり》を決し、怒髪天を衝《つ》く勢いを示した。打倒石田三成の闘志が藤十郎の胸にもめらめらと燃え盛った。


家康は上杉景勝討伐を中止し、石田三成討伐へと軍勢を西へ返した。

小山での軍議の場で福島正則が真っ先に家康に従うことを宣言し、山内一豊などは居城である掛川城と兵糧《ひょうろう》を家康に差し出す、とまで忠誠を誓った。藤十郎の出る幕はなかった。

福島正則は秀吉に小姓として仕えた子飼いの武将、山内一豊は秀吉が木下藤吉郎であった頃から配下にあって軍功を挙げてきた譜代中の譜代である。家康に忠義を見せたのは、三成憎しなのか、家康勝利に賭《か》け、勝利後の恩賞に期待したのか。

両方なのかもしれない、と藤十郎は人の心の機微を思った。

家康は次男の結城《ゆうき》秀康《ひでやす》の軍勢を上杉の備えとして残し、西上にむけ軍勢を返した。江戸に戻った家康は全国の大名に書状を送り、味方につくよう要請をしている。

藤十郎は刈谷城に戻った。

既に惣兵衛は荼毘《だび》に付されていたため、仏間で仏壇に祀《まつ》られた遺骨と対面をした。具足姿のまま、骨となった父親と対する。享年《きようねん》六十、歳廻りからすれば死別してもおかしくはないし、戦国乱世を生きる武将なれば、死とはいつも隣合わせである。

それでも、あまりにも唐突な別れだった。

勘当されてから十五年を経てようやく和解がなり、その矢先だ。昔のおれではないと示してやる前に冥途《めいど》へ旅立たれた。憎しみ合った親と子であったが、それだけに和解してからの親子関係には強い絆《きずな》が築かれると期待していた。

惣兵衛は刈谷城を守り、藤十郎の軍功を待っていてくれたのだ。

「親父殿……」

両手を合わせる。

涙は出てこない。悲しくないはずはないのだが泣けない。悲しみに憎悪《ぞうお》が勝っているのではない。言葉では言い表せない気持ちが麻の如くもつれ合い、心が動かないのである。

様々な思い出が脳裏に浮かんでは消えるのだが、現れる惣兵衛はいつも怒っている。それでも、位《い》牌《はい》を眺めている内に、幼い日、惣兵衛から肩車をされたことが思い出され、ふと笑みがこぼれた。

「親父殿、長吉を……」

長吉を抱いてもらいたかった。

願いが叶えられず、心の中でお登久に申し訳ないと詫《わ》びた。

そこへ、

「惣五郎、入ります」

と、弟の惣五郎が断りを入れて入って来た。鎧直垂に身を包んでいる。惣五郎は惣兵衛の位牌に一礼すると、藤十郎に向いた。

「お疲れさまです」

「うむ、留守中、苦労をかけたな」

藤十郎の言葉に惣五郎は軽く頭を下げ、惣兵衛が殺された経緯を改めて語り始めた。

「父上を暗殺した加賀井《かがのい》重望《しげもち》は、石田治部の密命を帯びておったようです。父が西軍に味方しなければ、命を奪えと……」

惣五郎は唇を噛み、

「わたしとしましたことが、動転してしまい、その場で加賀井を討ち取ってしまいました。本来なら取り押さえるに留め、加賀井の口を割らせるべきでした。石田三成の卑劣極まるやり口を天下に示すべきでした。その上で兄上に加賀井の処断を仰がなければならなかったのです。不心得でござりました……」

反省の弁を並べ立てる内に惣五郎は言葉を詰まらせ、嗚咽《おえつ》を漏らした。

「致し方あるまい。目の前で父上を殺《あや》められたのだ。おれだって、いや、おれなら瞬《まばた》き程の躊躇《ためら》いもなく、加賀井の首を刎《は》ねただろう。それにな、今更、石田三成の悪行を言い立てたとて仕方がない。最《も》早《はや》、三成が悪人だろうが善人だろうが、討ち果たすまでのことじゃ」

藤十郎は泣き崩れる惣五郎の肩にそっと手をかけた。惣五郎は面を上げ、目頭を指で拭《ぬぐ》った。

「親父殿の死について、もう少し聞かせてくれ。親父殿と加賀井は宴《うたげ》を催しておったのだな」

藤十郎の問いかけに、

「堀尾《ほりお》吉晴《よしはる》殿が刈谷城を訪れました。内府から与えられた隠居領地、越前府中に向かわれる途中に立ち寄ってくださったのです」

堀尾吉晴は秀吉の股肱《ここう》の臣、尾張の国人領主の家に生まれ、信長が尾張統一をすると傘下《さんか》に入った。信長は吉晴を木下藤吉郎を名乗っていた秀吉につけ、吉晴は秀吉に従って数多《あまた》の合戦に従軍する。

秀吉の躍進に従って吉晴も累進《るいしん》を重ね、小田原征伐後、関東に移封された家康の旧領、遠江《とおとうみ》浜松で十二万石の大名に取り立てられた。秀吉死後は石田三成、前田利家と家康の間を周旋したが、利家が死ぬと家康に接近、昨年の十月隠居すると家康から越前府中に五万石の隠居領を与えられたのだった。

「父上は堀尾殿を歓待し、宴を催しました。加賀井も加わり、当初は和やかに飲み食いをしておったのです。それが宴もたけなわとなったところで、突如として加賀井が声を荒らげました。悪酔いしたのかと、我らも宥《なだ》めにかかったのですが、加賀井は激高して脇差《わきざし》を抜き、止める間もなく父上を襲いました。無防備であった父上は、加賀井の斬撃《ざんげき》を避けられず……異変に遭遇した堀尾殿は果敢にも加賀井を取り押さえようとして深手を負われながらも、我らとともに、加賀井を討ち取ったのです」

藤十郎に惣兵衛の最期《さいご》を正確に伝えようと惣五郎は淡々とした口調で説明を終えた。

「加賀井が乱心などではなく、三成の意を受けていたとどうしてわかった」

藤十郎も冷静に問い返した。

「加賀井の亡骸《なきがら》から三成の密書が見つかったのです」

惣五郎は細かく折り畳んだ密書を示してから、拡げて揉《も》み、藤十郎に差し出す。

なるほど、三成は加賀井に惣兵衛の寝返りを誘い、乗らなければ命を奪え、と命じていた。

「書状にありますように、加賀井は三成に頼まれ、父を味方にせんとしておったようです。我らが三成につけば、清洲の福島正則殿は孤立します。岐阜中納言さまは三成の姦計《かんけい》にはまり、西軍に与《くみ》してしまいましたのでな」

「すると、三成は尾張までに勢力を伸ばし、家康殿を迎え討つ気なのだな」

藤十郎は言った。

「そのようです。既に、美濃大垣城に入っております」

「加賀井の者どもも大垣城におるのだな」

野太い声で藤十郎は言った。

「倅《せがれ》がおるようです」

「何としても大垣城を落すぞ。それが親父殿へのせめてもの手向《たむ》けとなる」

「おおせの通りです」

惣五郎も決意を物語るかのように目を凝らした。

それから、

「兄上、こんな時に何でございますが、父上は兄上が刈谷を出奔されてから、本当に案じておられましたぞ」

惣五郎は言った。

「ふん、親父殿のことだ。勘当し、奉公構《かま》いにしたにもかかわらず、合戦に陣借りをしておるおれのことを気に食わぬとお考えになっておったのだろうて」

素直には弟の言葉が入ってこない。和解した後、ろくに話もしない内に惣兵衛と死別してしまった。もはや惣兵衛への憎しみはないし、わだかまりもない。惣兵衛へのひねた気持ちはないが、惣兵衛が陣借りをしていた頃の自分を案じていたとは、いくらなんでもお為ごかしとしか思えない。

「兄上には信じられないかもしれません。それに、父上が兄上を案じる言葉を口にされたわけでもありませぬ。ですが、九州での一揆《いっき》があるたび、あるいは朝鮮での合戦話を聞くたびに、父上は心配そうな顔をなさっておられたのです」

しみじみと惣五郎は言った。

それには答えず、

「して、大垣城の軍勢はどれくらいだ」

と、問いかけた。

「三万ほどでしょうか。三成め、思いの外に東軍の軍勢が揃《そろ》ったのに泡を食っておるようですぞ」

惣五郎は言った。

「三成も大垣城だな」

藤十郎は勇んだ。

「兄上、何を考えておられますか」

惣五郎は危ぶんだ。

「決まっておろう。今夜にも軍勢を進め、大垣城に攻め寄せる。兵は千もあればよい。三成の目が清洲の東軍に向いておる隙《すき》に、大垣の西から回り込む。むろん、夜襲じゃ」

藤十郎は生き生きと目を輝かせた。

「いけませぬ。内府のご指示を待たねばなりませぬ」

必死の形相で惣五郎は止めにかかった。

藤十郎は怖い顔をしていたが小さく息を漏らし、

「わかっておる。おれとて、千やそこらの軍勢で西軍の本拠を攻め立てようとは思ってはおらぬわ。最早、陣借りの身ではない。刈谷の城と将兵、それに領民を預かる身じゃ。そんなことをしたら、あの世から親父殿が戻って来て、猪武者めと大目玉を食わせるであろう。だがな、時がこの戦を決するぞ。三成は刈谷を味方にするのに失敗し、尾張まで軍勢を進めるのは断念しただろうが、西軍に馳《は》せ参じる者は日を追うごとに増えている。それにな、西軍は大坂城を握っておる。秀頼公を御旗《みはた》に掲げ、参陣したなら、どうだろう」

藤十郎が言うと、

「それは……」

惣五郎は言葉を詰まらせた。

「今、清洲に参集しておる豊臣恩顧の者、福島正則、黒田長政、細川忠興らは、どうするであろうな。秀頼公に刃《やいば》を向けることなどできようか」

藤十郎の言葉に、

「西軍に寝返るやもしれませぬ」

惣五郎の見通しにうなずき、

「となると、東軍は負けじゃ。刈谷城は津波のような軍勢に一飲みにされる」

藤十郎は大声で笑った。

「兄上……」

惣五郎は天を仰いだ。

「そうなる前に、西軍に戦を仕掛けるべきなのだ」

「福島殿らは内府の到着を待っておられます。内府が早く腰を上げてくだされればよいのですが」

「内府は江戸から動かぬか」

藤十郎は言葉を止めた。

「福島殿は気性の激しいお方です。内府、何をなさっておられるのでしょう」

惣五郎は訝《いぶか》しんだ。

「内府は慎重なお方だ。東軍の諸将の気持ちを確かめておられるのだろうよ」

「福島殿はいつまでも待たされている内に、しびれを切らすかもしれませぬ」

「その辺のところだな」

藤十郎が思案をしたところで、家臣がやって来た。家臣の報告によると清洲城のお味方が岐阜城を攻めたということだ。

「福島殿、しびれを切らしましたな。それにしましても、岐阜城はかの織田信長公が築かれた難攻不落の城でございます。三成も援軍を出すでしょうし、合戦は長引くでしょうな」

　惣五郎の見通しに藤十郎はうなずきつつも、

「それにしても、岐阜中納言秀信《ひでのぶ》公、いよいよという時に三成に寝返るとはな。内府の軍勢に参加して上杉討伐に行かれるはずだったのだぞ」

　藤十郎は言った。

「それが、軍装が調うのに手間取り、参陣の機を逸しられたのだそうです」

「そんなくだらんことでか。まったく、情けないのう。冥途の信長公はさぞや嘆いておられよう」

　藤十郎は言った。

「さもありなんですな」

　遠慮がちに惣五郎は言った。

「さて、我らも出陣の支度を調えるぞ」

「承知しました」

惣五郎は腰を上げた。

ところが、夕暮れとなったところへ岐阜城が陥落したとの報告がもたらされた。

「兄上、岐阜城が落ちたそうですぞ」

惣五郎は言った。

「早いな」

意外な思いである。

惣五郎によると、織田秀信は福島正則たち東軍の軍勢を木曽《きそ》川を挟んで迎え討ったということだ。

「馬鹿《ばか》な……どうして、はなから岐阜城に籠城《ろうじょう》しなかったのだ。大軍相手に野戦を挑むとは、戦を知らぬにも程があるぞ」

藤十郎が嘆くと、

「まさしく、その通りですな。秀信公、信長公の血を引かなかったのでしょうか」

敵ながら惣五郎が嘆くには、かつての主《あるじ》織田信忠への思いもあってのことだろう。

複雑な心境を窺《うかが》わせる。

「三成はどうしたのだ」

藤十郎が問いかけると、

「大垣城を動かなかったそうです」

惣五郎は三成を嘲《あざけ》るような笑い声を上げた。

「情けないのう。それで西軍の大将が務まるものか。ともかく、これで、内府は動く。江戸から進軍をなさるぞ」

「であれば、決戦の地は美濃でござりますか」

「美濃の大垣辺りか。岐阜城が落ちたことで、三成の目算は外れた。三成は尾張を確保し、三河で内府と合戦に及ぶつもりであっただろう。それが大垣から東に行くのを阻まれたのだ」

藤十郎は家康の勝利を確信した。

「福島殿もこれで、退けなくなりましたな。もし、三成が秀頼公を奉戴《ほうたい》したとしても、秀頼公を奪い返すという名目が立ちます」

惣五郎は言った。

「その通りよ」

藤十郎は面白くなってきたと手をこすり合わせた。

「加賀井の倅、大垣城におるのであろう。なれば、おれは大垣城を攻め落とす」

「兄上ばかりではございませぬぞ。私をはじめ水野の一党、父上の弔い合戦に強い決意を抱いておりまする」

「その通りじゃ。おれはな、加賀井の倅を討ち果たす。そうして、真《まこと》の親父《おやじ》殿の後継者となってみせるぞ」

藤十郎は言った。

「まさしく、その通りです」

惣五郎も勇み立った。

ふと、

「兄上、奥方と若君を備中に残されて参られたのですな」

「うむ」

「お呼びになられてはいかがですか」

「それは、落ち着いてからだ」

しかし、お登久と長吉のことが案じられる。備中は毛利の領国、毛利は三成についた。いや、ついたどころか、三成によって西軍の大将に担ぎ上げられたのである。

ひたすら、無事を祈るだけだ。

「今はおれのことより、水野家のこと、そして東軍の勝利だ。戦に勝たねば、水野家も刈谷の城もない」

藤十郎の考えに、

「まさしく」

即座に惣五郎も応じた。

岐阜城が落ち、家康はようやく重い腰を上げた。

次男の結城秀康を上杉景勝の抑えとし、嫡男《ちゃくなん》秀忠には三万八千の軍勢を預け、中山《なかせん》道《どう》を西に向け進軍させた。家康は三万を率いて、東海道を西上、美濃赤坂に向け進軍している。

但《ただ》し、藤十郎は家康の動きを知らない。藤十郎が無視されたわけではなく、家康は東軍にも行軍を秘し、粛々と軍を進めていたのだった。

刈谷衆を率いて藤十郎は東軍が集結する赤坂に参陣した。

赤坂は小高い丘陵となっており、眼下に大垣城が見下ろせた。網の目のように流れる杭瀬《くいせ》川に囲まれた平城が、石田三成が率いる西軍の前線基地となっている。

城内に溢《あふ》れる旗指物、兵たちを見ると藤十郎は弥《いや》が上にも気持ちが高揚した。九州各地の国人一揆との合戦に加わって以来、十年ぶりの戦場だ。

上杉征伐で思う様に鑓《やり》働きができると思っていたが、干戈《かんか》を交える前に三成挙兵の報が届き、戦場に出るのはお預けとなったのだ。今度こそ、と藤十郎は勇み立った。

「兄上、いよいよですな」

惣五郎も目の色を変えている。

「わが水野勢は表門を受け持つ。内府殿が着陣なさったら、了承を頂く」

藤十郎が決意を話したところで、井伊《いい》直政《なおまさ》が訪れた。後の世に酒井忠次、本多忠勝《ただかつ》、榊原康政《さかきばらやすまさ》と共に徳川四天王に数えられる、家康股肱の臣だ。

おそらくは、家康の着陣予定日を報《しら》せにきたのだろう。

「内府殿、間もなく着陣なさるのですな」

藤十郎の問いかけに直政はうなずいたもののその日付は言わず、

「藤十郎殿、内府さまのご意向を伝えに参りました」

と、告げた。

藤十郎と惣五郎は身構える。

「水野勢は、曽根《そね》城の防衛を手伝って頂きたい」

「曽根城じゃと……」

藤十郎は目をむいた。

曽根城は大垣城から北に二里程離れた枝城であり、主戦場ではない。水野勢が寡勢《かぜい》ゆえ、副次的な戦闘に回れということか。

舐《な》められたものだ。

「そのご命令、直《じか》に内府殿よりお聞かせ頂きたい」

言うや、藤十郎は床几を立ち、陣小屋を出た。惣五郎も従う。

「待たれよ」

啞然《あぜん》として直政は呼び止めたが、藤十郎の耳には届かなかった。

すると、

「ひるまれたか」

背後から、直政が声をかけてきた。藤十郎が最も嫌う屈辱の言葉である。怒りを呑《の》み込み、直政を振り返る。握った拳《こぶし》が震え、呼吸が苦しくなった。

直政は藤十郎を正面から見据え、話を続けた。

「曽根城を守る西尾光教《みつのり》殿は大垣城の最前線で孤軍奮闘しておられます。敵方にあって最も精強なる島津勢に攻め立てられておるのです。島津と五分に渡り合えるは藤十郎じゃ、とは内府さまのお言葉ですぞ」

「なるほど、島津か……」

九州を流《る》浪《ろう》していた時、島津の戦ぶりはたびたび耳にしていた。秀吉の大軍動員と調略で屈服させられたが、個々の戦闘では秀吉勢を破っている。

敗勢を装《よそお》い後退しつつ敵を釣り出し、伏兵を配置した左右から攻撃する、そして退却していた味方も一転して反撃に転ずるため、敵は三方から包囲攻撃されることになる、いわゆる、「釣り野伏せ」の戦法は秀吉勢に恐怖を与えた。

俄《が》然《ぜん》、戦闘意欲に駆られた。

「承知致した。内府殿が着陣なさる前に島津勢を蹴《け》散《ち》らしてご覧に入れる」

藤十郎は拳を振り上げた。

水野勢は曽根城の救援に赴いた。

島津相手に激しい戦が出来ると血を滾《たぎ》らせた藤十郎だったが、島津勢は干戈をまじえることをせずに大垣城に引き上げてしまい、すんなりと曽根城に入城できた。援軍に駆けつけた水野勢を曽根城主西尾光教は歓迎してくれたものの、藤十郎は燃え盛った血を鎮《しず》めるのに苦労した。

同時に井伊直政への不信感が募る。やはり、水野勢を大垣城攻めから外すための処置だったのではないか、という疑念が鎌首《かまくび》をもたげてきたのだ。

直政に会おうかと思ったところに、九月十四日、ついに徳川家康が赤坂に着陣したという報せが届いた。

赤坂の家康の陣小屋に惣五郎と共に赴いた。

夜更《よふ》け、冷たい雨がそぼ降っている。

家康は藤十郎を見るなり、手招きをした。脇に井伊直政が控えているだけで他に誰もいない。藤十郎と惣五郎のために床几が据えられた。

「藤十郎、奮闘してくれておるそうじゃな」

まず家康は賞賛の言葉を投げてきた。直政も静かにうなずく。

この狸《たぬき》、何を考えておるのだ。

ついつい、何か魂胆あってのことだろうと勘繰ってしまう。

「内府殿のお言葉はありがたく思いますが、はっきり言っておれは何の働きもしておりませぬ」

へそ曲がりの本領を発揮して逆らった物言いをした。

家康は表情を和ませ、

「これは藤十郎らしくもない遠慮がちな物言いよな。さては、刈谷城主となり、謙虚になりおったか。そなたの活躍は直政から聞いた。あの屈強な島津勢を追い払ったそうではないか」

藤十郎は直政を見つつ、

「水野勢は島津勢と一戦も交えておりませんぞ」

声を大きくした。

すると直政が、

「曽根城を攻め立てておった島津勢は藤十郎殿の勇猛さに恐れを成し、大垣城に引き上げたのです。いわば、戦をせずして敵を打ち負かしたようなものではありませぬか」

薄気味悪い程に藤十郎を持ち上げる。

内心、鼻白んでしまった。

「直政の申す通りじゃ、藤十郎、そなたの大将としての器量、忠重殿譲りであるな」

家康も言葉を添えた。

益々《ますます》、何か企《たくら》みがあると藤十郎は疑いを深めた。それなら、こちらが先手を打とう。

「そこまで信頼して頂けるとは、武将としての望外の誉れでござります。それであるのなら、大垣城攻め、水野勢には表門を任せて頂きたいと存じます」

どうだと、家康と直政に申し出た。

散々、水野勢を持ち上げたのだ。

家康も拒絶できまい。

すると、

「よかろう」

あっさりと家康は許可した。

意気込んでいただけに拍子抜けである。

「ありがたき幸せ」

藤十郎は勇んだ。

「それでは水野勢は大垣城攻めに残るということでよいな」

妙な言い回しを家康はした。

「残る……」

藤十郎は首を捻《ひね》った。

その時、慌《あわ》ただしい足音と草摺《くさず》りの音と共に伝令が駆け込んで来た。

「石田勢、関ヶ原を行軍中です」

伝令の報告を受け、

「出陣の陣触れを出せ」

家康は伝令に命じた。

藤十郎は訝し気な目で直政を見た。

「三成ら西軍主力は、内府さまが赤坂に着陣なさり、大垣城での籠城を不利と見たようです。大垣城を出、西へ向かっております。三成は居城である佐和山城に一旦《いったん》入るのかもしれませぬな」

したり顔で説明を加える直政に、

「それを早く申してくれ。敵がおらぬ大垣城を攻めても仕方がないではないか」

と、藤十郎は文句をつけてから直ちに出陣の準備をしようと床几を立った。

「藤十郎、そなたは大垣城攻めに残るのだ」

家康は乾いた口調で命じた。

「……」

不満顔で藤十郎は家康を見返した。

「文句があるようじゃがな、大垣城にも敵勢は残る。関ヶ原を望む松尾山に小早川秀《こばやかわひで》秋《あき》が一万五千の軍勢で陣取った。南宮山《なんぐうさん》には毛利勢が陣取っておる。それら軍勢と三成や宇喜多秀家、島津義弘《よしひろ》らが関ヶ原で布陣すれば、我らは包囲されてしまう。大垣城の残存勢力に出てこられては、まさしく袋の鼠《ねずみ》じゃ」

家康は淡々と経過を説明した。

「それはわかります。わかりますが……」

主戦場は大垣城から関ヶ原となる。

武者としては、関ヶ原でこそ鑓働きが出来るというものだ。血気にはやる藤十郎の不満を見て取った家康は、

「忠重殿の仇《かたき》を討ちたくはないのか」

と、告げた。

「加賀井の一子、弥八郎《やはちろう》は大垣城におりますぞ」

直政が言い添えた。

そうだ。加賀井重望の息子弥八郎は大垣城にいる。

藤十郎の横で草摺りの音がした。

目の端に惣五郎が拳を握り締め、全身を震わせているのが映った。惣兵衛が加賀井に殺されたのを目の当《ま》たりにした惣五郎であれば、弥八郎への復讐《ふくしゅう》をさし置いて他の戦場に赴くことは出来ないという思いなのだろう。

藤十郎も弥八郎を討ち取りたい。

それでも、決戦場である関ヶ原に参陣したいと武者の血が騒いだ。

「内府殿は何処《どこ》に陣を構えるのですか」

藤十郎の問いかけに家康は直政に顎《あご》をしゃくった。直政は紙を楯机《たてづくえ》に広げた。赤坂、大垣城から関ヶ原にかけての絵図である。家康は軍配で絵図面の一点を指し示し、

「ここじゃ」

と、告げた。

「南宮山の麓《ふもと》ですか……しかし、南宮山には毛利勢が陣取っておりますぞ。毛利勢が山を下り、襲いかかれば……」

藤十郎が危ぶむと、

「毛利は動かぬ」

自信たっぷりに家康は答えた。

「ですが、毛利輝元《てるもと》殿は三成から西軍の大将に担《かつ》がれております。輝元殿は大坂城にあるようですが、手勢が動かぬとは解《げ》せませぬ」

当然の疑問を呈したが家康はそれには答えず直政に確かめた。

「金吾《きんご》は松尾山に登ったな」

直政ははいと首肯し、絵図面に記された松尾山を指差した。

金吾とは小早川秀秋のことである。秀秋は左衛門督《さえもんのかみ》を経て中納言《ちゅうなごん》に成ったため、左衛門督の唐名、金吾にちなんで金吾中納言と通称されている。

秀秋は秀吉の正室高台院の実家、木下家に生まれた。高台院の兄、木下家定《いえさだ》の五男で秀吉の養子となった。天下人のもとに養子入りしたことで大名に取り立てられ官位も昇進、七年前の文禄《ぶんろく》二年（１５９３）に小早川隆景《たかかげ》の養子となった。朝鮮出兵に際しては名目上の総大将に任じられたが、秀吉から大将にあらざる行いをしたとして帰国を命じられ、筑前の所領を召し上げられて減封の上、越前に転封させられた。

秀吉死後、家康の尽力で筑前、筑後に戻され今は、五十九万石の大領を有する大名だ。

関ヶ原を東西に横切る中山道を見下ろす松尾山は軍略上の要衝である。

「金吾中納言殿は西軍に加わり、鳥居元忠殿が守る伏見城を攻めました。れっきとした西軍ではありませぬか。軍勢はいかほど……」

と藤十郎は直政に視線を向ける。

「一万五千程じゃ」

さらりと直政は答えた。

「一万五千の軍勢が関ヶ原の要衝に陣取っておるのです。毛利勢と呼応して山を下れば、東軍は横腹を突かれ、成す術《すべ》はありませぬぞ」

と、危険を訴える藤十郎に対して、

「金吾はわが方に味方する」

さらりと家康は言ってのけた。

「そのわけは……」

納得がいかない藤十郎であるが、家康は答えてはくれなかった。

「ともかく、藤十郎、水野勢は大垣城攻めを行うのじゃ」

家康は命じた。

ここまで言われては承知しないわけにはいかない。惣五郎も床几を立ち、片膝《かたひざ》をついた。

雨脚が強くなり、陣小屋の屋根を強く打った。

その夜の内に、水野勢は松平康長《やすなが》、西尾光教、津軽為信《ためのぶ》、松下重綱《しげつな》らと共に大垣城を攻めた。土砂降りにもかかわらず、果敢に攻め立て夜明けまでには三の丸を攻め落とした。

この勢いで一気に本丸まで攻め込みたい藤十郎であったが、関ヶ原方面で戦端が開かれたという報が入り、二の丸に火を放っただけで、攻撃の手を止めた。
家康の思惑が外れ、南宮山に陣取った毛利勢が家康本陣に攻めかかったなら、藤十郎は助勢に駆けつける腹づもりであったが、昼を過ぎても毛利勢に動く気配はない、という報せである。

その内、

「お味方勝利！」

という伝令が届いた。

朗報だが大垣城攻めの将兵たちには、狐《きつね》に摘まれたような心持の者が多く微妙な空気が漂い、沈黙に包まれた。東西両軍合わせて十五万という大戦である。一日どころか半日余りで決着がついたとは半信半疑なのだ。

しかし、続々ともたらされる報告により、合戦の実像がわかるようになり、東軍大勝は疑いないものと判明した。大垣城攻めの軍勢は歓喜に沸いた。

家康が言ったように、南宮山の毛利勢は動かず、松尾山の小早川秀秋は東軍についた。小早川勢は西軍の大谷刑部《おおたにぎょうぶ》勢に攻めかかり、大谷勢を壊滅させた。これにより、西軍は崩れ、東軍に攻めかかられて潰走《かいそう》したのだった。

呆気《あっけ》なくも、天下分け目の大決戦は家康の勝利に終わった。

東軍勝利、西軍敗北の報は大垣城の西軍にももたらされた。東軍の只中《ただなか》にぽつんと取り残された大垣城の士気が低下したのは否《いな》めない。東軍は力攻めはせず、調略による内応を誘った。

予想通り、大垣城からは内応が相次ぎ、ついに二十三日、守将である福原長堯《ながたか》が降伏、城を明け渡した。

敗残の大垣城に残ったのは僅《わず》か三十人程であった。その中に加賀井弥八郎がいた。弥八郎は藤十郎の前に突き出された。惣五郎はいきり立ち、首を刎ねよと強い口調で言い立てた。

親の仇の息子を前に藤十郎の復讐心は醒《さ》めていた。弥八郎自身が惣兵衛を手にかけたわけではない。今は哀れな敗残兵である。

「どうか、命ばかりは……」

不意に弥八郎は哀れみを請《こ》い、泣き叫んだ。

その姿を見ると藤十郎の気持ちは俄《にわ》かに波立った。

黙って床几を立つと太刀を抜き放つ。

抜き身に恐怖に引き攣《つ》った弥八郎の顔が映り込んだ。

お助けくださいと両手を合わせる弥八郎の前に立つと藤十郎は渾身《こんしん》の力を込め、首を刎ねた。

「涙が溢れた……止めどもなくな」

福山城の書院で勝成は嘆息した。

勝貞は貰《もら》い泣きをしている。

「親父殿の死を聞いた時、骨を拝んだ時にも泣かなかったのじゃがな……人は不思議なものじゃ。加賀井の倅を討ち取った時も悲しかったわけではない。無様に命乞《いのちご》いをする弥八郎に腹が立って首を刎ねた。ところが……首級《しるし》を手にあの世の親父殿に捧《ささ》げた時、悲しくもないのに涙が溢れた。涙が出ると、嗚咽がこみ上げてきた。それこそが父子の絆というものか、親父殿の血を受け継いでおるということか……ともかく、大垣城は落ちた」

最後は淡々と勝成は話を締め括《くく》った。

「家康公からは、さぞやお褒め頂いたのでしょう」

勝俊が問いかけると、

「家康公はけちじゃ」

頭を振り、勝成は苦笑を漏らした。

加増はならず、三万石の領地は全く増えなかった。その代わりというか、官職名を名乗ることが許された。

「正直、わしはな、何の守《かみ》であろうがどうでもよかった。家康公からは親父殿と同様、和泉守を勧められた。しかし、わしは、へそ曲がりというか、それを受けなかった。親父殿への反発ではない。すでに親父殿とはともかくも和解が成り、冥途へと旅立った親父殿を憎くも思っておらなかった。ただ、同じ官職名では何となく嫌だったのだ」

勝成はうまく説明できないが、と断ってから、

「日向守を名乗らせてもらった。家康公も惣五郎も唖然となり、反対しおった。日向守と申せば、明智光秀が名乗っておった官職名だからな」

勝成はふぐふぐと笑った。

「父上らしいですな」

勝俊も笑う。

「敢《あ》えて謀反人《むほんにん》の官職名を名乗られたのですな……」

勝貞には理解できないようだ。

「結局、家康公はお許しくださり、後日、鑓を下さった。明智光秀が所持しておった鑓だそうじゃ」

果たして本当に光秀の鑓だったのか真偽は不明であったが、天邪鬼《あまのじゃく》の勝成に合わせた家康の好意であろうと勝成はありがたく拝領した。

経緯を締め括るように勝俊は言った。

「鬼日向誕生でござりますな」

勝成は笑顔でうなずき、勝貞は頼もしそうに祖父を見やった。

「加増がなかったからと、家康公をけち呼ばわりをしては不遜《ふそん》じゃな。東照大権現《とうしょうだいごんげん》さまの罰が当たる。つい数年前までは野垂れ死んでもおかしくはなかったわしが刈谷三万石の領主となれたのは家康公の後押しがあったからじゃ。加増がなくとも、不満は申せなかった」

勝成は勝俊に視線を預けた。

勝俊は表情を和らげて、

「関ヶ原合戦の後、家康公の下、天下が落ち着いたところで、父上は母上とわたしを刈谷に呼んでくださいましたな。幼な心に瀬戸と刈谷の海の違いを感じたものです」

勝俊は瞼《まぶた》を閉じた。

「しばらくは刈谷の城を新たに造作し、城下町の整備に当たった。関ヶ原で、家康公は天下を取ったが、大きな課題が残っておった。申すまでもなく大坂城と秀頼公じゃ」

勝成は表情を引き締めた。

「関ヶ原から十四年、待たれたのですな、家康公は……」

勝俊は家康の深謀遠慮に深く感じ入っていた。

二

「家康公が豊臣家を滅ぼしたのは、徳川の天下にとって豊臣家が邪魔だったからですか」

かねてよりの疑問ですがと、勝貞は言い添えた。

「そうじゃ」

勝成は即答してから迷う風に視線を揺らし、語り始めた。

「と、わしもそう長年に亘《わた》って思っておった。疑いを抱くこともなくな。家康公とて死は免れぬ。ご自分の目の黒い内は安泰であったとしても、秀忠公の世になったらどうだろう。巨大なる城を本拠とし、無尽蔵の黄金を蓄える太閤の忘れ形見を担ぎ上げて徳川の天下をひっくり返す大名が現れるかもしれぬ。災いの種は摘んでおくべきだと、討伐の兵を挙げられた、と家康公の心中を推し量っておった……島原の一揆討伐をするまではな」

勝成は言い添えた。

すると勝俊が、

「キリシタンですか」

と、推察した。

「その通りじゃ。キリシタンの問題を家康公は解決しようとしたのじゃ」

「太閤殿下はキリシタンに禁令を出しましたが、南蛮との交易はお認めになられ、南蛮交易による利を得て明国を制覇せんとし、加えて天竺より東に根を張った南蛮の勢力を放逐しようとなさった、のでしたね」

勝貞は言った。

「まさしく。しかし、さすがの太閤も病には勝てず、その死によって明国制覇の野望は潰《つい》えた。明国の弱体化と共に、日本には数多のキリシタンが残された。家康公も当初は交易による利を求め、キリシタンの教えには目を瞑《つぶ》っておられた。それが、見過ごせぬ事態が起きた。それはな、オランダ船の漂着じゃ」

勝成は言った。

関ヶ原の合戦の半年前、オランダ船が豊後《ぶんご》国臼杵《うすき》に漂着した。その乗組員と会見した家康はウイリアム・アダムズとヤン・ヨーステンを気に入り、外交顧問とした。イギリス人アダムズは三浦按針《あんじん》という日本名を名乗り、日本に溶け込んだ。

「三浦按針とヤン・ヨーステンを家康公は顧問に迎えたのだが、日本にいた伴天連たちは二人を処刑するように主張し、ルソンのイスパニア総督は二人のことを家康公に悪《あ》し様《ざま》に申したそうじゃ。二人の言うことを聞いてはなりませぬとな。ところが聡明《そうめい》な家康公は、伴天連たちやイスパニア総督の、自分たちと敵対しているオランダやイギリスの影響を排除したうえで、伴天連教を利用して日本を支配しようとする邪心を見抜いておったのだ。ただ、その時に直ちにキリシタンを排除なさったわけではない。排除なさったのは岡本大八の一件があったからなのだ」

勝成は岡本大八事件と称された醜聞に言及した。

慶長十四年（１６０９）、長崎で肥前日野江《ひのえ》の領主有馬晴信が、マカオ総司令官の乗るポルトガル船を撃沈した。マカオに派遣した晴信の朱印船の乗組員が、マカオの総司令官の武力行使によって多数殺された一件への仕返しであった。

この事件の後、晴信はポルトガル船襲撃の功績として龍造寺に奪われた旧領回復を家康に願い出ていたが、一向に家康からの回答はなく、苛立《いらだ》ちを募らせていた。

その晴信のところに家康の側近、本多正純《まさずみ》の家臣岡本大八が近づいてきた。晴信は正純に旧領回復願いの仲介をするという大八の虚言を信じ、正純に働きかけるための巨額の賄賂《わいろ》を大八に贈った。しかし、大八は一向に動かず、業《ごう》を煮やした晴信は正純に直接談判におもむき、大八が賄賂を騙《だま》し取っていたことが発覚したのだ。

これにより、大八は断罪されたが、大八の口から晴信が長崎奉行暗殺を謀《はか》っていたことが発覚し、晴信も改易に処せられた。

晴信、大八共にキリシタンであったこともあり、家康はキリシタン禁令発布に踏み切った。

「そのキリシタンどもは、大坂や畿内で信仰を続けた。秀頼公は公儀がキリシタンに禁令を出したのを承知で、キリシタンの布教に目を瞑っておった。秀頼公や淀《よど》殿には、誇りがあったのじゃ。家康公の家来ではないとな。それゆえ、江戸の公儀の命令には服さないという意地を貫こうとなさったのだ」

勝成は言った。

「それをいいことに、キリシタンどもは大坂に集まったのですな」

勝俊は苦々し気に言った。

「家康公は用意周到なお方であった。勘繰り過ぎかもしれぬが、キリシタンどももも豊臣家と共に滅ぼそうとなさったのかもしれぬな」

勝成の考えに、

「では、大坂方が伴天連教を許しているのを咎《とが》めなかったのも家康公の深謀遠慮というわけですか」

勝貞は問い返した。

「そう考えて間違いあるまい」

勝成は認めた。

そして、続ける。

「岡本大八の一件で、家康公は日本全国に伴天連教の禁令を発せられた。その時、九州の大名どもは従った。島原の乱の元凶となった松倉家の先代も伴天連教を捨てたのだ。家康公は、豊臣家がそれに従わないと見定められたのだ。豊臣家は徳川のため、そして日本のために滅ぼされた。この意味がわかるか」

勝成は険しい顔となり、勝貞に問いかけた。

「豊臣家があっては、キリシタンども、南蛮どもが秀頼公を担ぎ出し、日本を奪わんとするかもしれませぬ、そのことを家康公は危ぶまれたのでござりますか」

勝貞が答えると、

「その通りじゃ」

勝成はよう申したと勝貞を誉《ほ》めた。

勝貞は頬を紅潮させた。

勝俊が、

「父上が大坂の陣に参陣をなさった時、そのような家康公のお心の内を察しておられたのですか」

勝成は首を左右に振った。

それから、照れ笑いを浮かべ、

「そんなことを斟酌《しんしやく》する気持ちなど、頭の片隅にもなかった。わしにあったのは、恩賞、すなわち、領土じゃ。何としても大領が欲しかった。豊臣家との合戦が終われば、大きな合戦がなくなるのは必定じゃ。となると、この合戦を逃しては恩賞には与《あず》かれぬ、と自分のことばかりを考えておった」

「戦国武者としては当然のことと思います」

勝貞は言った。

「わしは勇んだ。豊臣家は莫大《ばくだい》な金銀を蓄えていたが、領土は摂河泉を中心として六十五万石あまり。だから、召し上げたとしても、恩賞は知れているからな、一方徳川勢は二十万を超える大軍だ」

　分けられる領地はかぎられており、恩賞はさほど期待できないとあって、味方の士気はそれほど高くはなかった。

「だからわしは、何としても大将首を挙げてやろうと思った。それにな、恩賞に加えて後藤又兵衛との因縁もあった」

　後藤又兵衛は大坂城に入り、大将として真田《さなだ》信繁《のぶしげ》と共に大坂方を統率していた。

「又兵衛とは豊前での因縁があった。わしは、何としても、又兵衛を討ち取ってやろうと捲土重来《けんどちょうらい》を期しておったのだ」

　勝成は言った。

「二十年以上にわたる因縁でございますな」

　勝俊が言った。

「その通りじゃ」

　勝成は顎を掻《か》いた。

「さもありなんです」

勝貞も目をきらきらと輝かせた。

「ならば、大坂の陣について語ろうかのう」

勝成は言った。

三

慶長二十年（１６１５）四月、大坂夏の陣である。

藤十郎は京都二条城の本丸御殿に設けられた家康の本陣に呼ばれた。

前年の十月、大坂方は挙兵し、豊臣秀頼の名のもと、全国の大名に大坂城に駆けつけるように求めたが、応じる大名はいなかった。太閤秀吉に仕えた豊臣恩顧の大名たちも、徳川優勢の時流には抗《あらが》えなかったのだ。僅かに福島正則が大坂屋敷の兵糧《ひょうろう》を豊臣方に奪われるのを黙認しただけだ。

それでも大坂城には秀吉が蓄えた莫大な黄金がある。恩賞目当てに全国から牢人《ろうにん》が集まり、軍勢は十万に膨れ上がった。この軍勢には数多《あまた》のキリシタンが含まれていた。幕府がキリシタン禁令を徹底する中、豊臣方では黙認されていたので、豊臣秀頼はキリシタンにとって希望の星であったのだ。

家康は二十万を超す大軍で大坂城を包囲したものの、難攻不落の要塞《ようさい》を攻めあぐねた。藤十郎も水野勢を率いて参陣し、博労淵《ばくろうぶち》に付け城を築いたものの、合戦らしい合戦はできないまま、十二月に和議が成立した。和議の条件は大坂城の本丸を残し、二の丸、三の丸を破却、惣堀《そうぼり》を埋め立てることだった。大坂方が懸念《けねん》していた豊臣家の国替えと秀頼の生母、淀殿が人質として江戸に住むことは回避された。豊臣側が絶対に譲れない二つの事項を家康が呑み、大坂方は譲歩したのである。

二十万の大軍でも陥落しなかった大坂城だったが、今や本丸だけの裸城と化している。大坂方は籠城を不利と判断し、打って出ての野戦を仕掛けてくるだろう。数に勝る幕府軍であるが敵は必死、死に花を咲かせる覚悟の者もいるに違いない。対して幕府軍は勝って当たり前、さほどの恩賞も期待できないとあって士気は高くない。

そんな幕府軍で藤十郎のみは目を爛々《らんらん》と輝かせて、家康に目通りをした。

家康は小部屋で薬を挽いていた。鎧直垂《よろいひたたれ》姿であぐらをかき、薬研《やげん》を前に置いて薬研車を押しては引いている。齢《よわい》七十四、髪も眉《まゆ》も真っ白、肌は干からび背も丸まり老齢を感じさせるが眼光の鋭さは一向に衰えていない。

漢方薬の匂《にお》いが鼻孔に忍び寄る中、甲冑《かっちゅう》に身を固めた藤十郎は家康の前に座した。

家康は薬研車を止め、藤十郎を見た。

「大御所さま、いよいよでござりますな」

藤十郎は逸《はや》る気持ちを抑えながら語りかけた。

「藤十郎、逸るなよ。当方の勝ちは決まっておるのじゃ。わしはな、三日の内には決着をつける。河内《かわち》方面と大和方面、紀州方面から大坂に攻め入る。裸城となった大坂城なんぞ物の数ではない。じゃが、敵も必死じゃ。籠城などはせず野戦に打って出よう。窮鼠《きゅうそ》猫を嚙《か》むのたとえ通り、敵は死を覚悟して立ち向かってくる。味方の損耗は甚だしいであろう。おまえには、大和方面の軍勢の先鋒《せんぽう》大将を命じる」

思いもかけぬ大役である。

「ありがとうございます」

感激で藤十郎の声は震えた。

今回の大坂攻めを以《も》って徳川の世は盤石《ばんじゃく》となり、日本から戦はなくなる。名実ともに戦国の世は終わるのだ。戦国時代終焉《しゅうえん》の大戦で先鋒大将を任されるとは、武将としてこれ以上の誉はない。無一文となって中国路を彷徨《さまよ》った牢人にとってはまさに夢物語だ。

家康は続けた。

「大和方面に差し向ける軍勢は三万五千程、総大将は忠輝《ただてる》じゃ。伊達《だて》政宗《まさむね》が後見する」

忠輝とは家康の六男で越後高田六十三万石の城主松平忠輝である。忠輝は伊達政宗の長女五郎八《いろは》姫を正室に迎えているため、政宗が忠輝の後見役となっているのだろう。

忠輝も政宗も藤十郎の水野家に比べるべくもない大大名で、従って、率いる軍勢の数も桁《けた》違いに多い。大軍を率いているだけではなく、伊達政宗は野心家である。二年前には家康の許可を得て家臣団をメキシコやスペイン、ローマに派遣した。スペインとの通商を求めての使節派遣であるが、キリスト教布教を条件にスペインから艦隊を派遣してもらって幕府を倒す野望を秘めている、という噂《うわさ》がまことしやかに流れた。

野心家の政宗なら企みそうなことだが、徳川の天下が定まろうとしている現在、それは夢物語だ。機を見るに敏な政宗は徳川の世をひっくり返せるとは思っていないだろう。家康の息子忠輝を擁し、今回の合戦で大きな武功を挙げるつもりなのだ。忠輝は越後から大坂に加増の上の転封を狙《ねら》っているのだ。豊臣家滅亡後の大坂城の主として将軍に次ぐ存在、事実上の西日本の支配者となるつもりではないのか。そして、その忠輝の背後に政宗がいる……。

政宗は忠輝を通じて幕府への力を強めるつもりだろう。そのためにも今回の合戦では大暴れをするに違いない。先鋒大将の藤十郎を無視し、軍規を乱しかねない。

「藤十郎、わかっておるな」

釘《くぎ》を刺すように家康は言った。

「むろん、わかっております。大坂勢を蹴散らし、一気に大坂城を攻め落として御覧に入れます」

胸を張り、藤十郎は自信の程を示した。

「たわけ」

舌打ちをして家康は顔を歪《ゆが》めた。

「はあ……」

藤十郎はきょとんとした。

「逸るなと申したそばからこれじゃ」

家康は壺《つぼ》から匙《さじ》で薬種を薬研に放り込んだ。

「合戦の場にあっては、気を昂《たかぶ》らせは致しますが、決して焦《あせ》ったりはしませぬ。飛び交う矢玉にうろたえはしませんぞ」

強い調子で藤十郎は返した。

薬研車を引こうとした家康は手を離し、藤十郎に語りかけた。

「そうではない。おまえはな、合戦となると、血が猛《たけ》って仕方あるまい。我知らず、一騎駆けをするであろう。大将自らが鑓を取り、戦場にて働くなどもっての外じゃ」

「おれだって、いつまでも若くはござらぬ。これでも五十路《いそじ》に入りましたぞ。親父殿に勘当されたときの水野藤十郎ではありませぬ」

藤十郎は目を凝らした。

「ふん、ここではもっともらしいことを申しておっても、いざ戦場に出たら、猛る己をどうにも宥《なだ》められまい。おまえの中におる暴れ馬を御することじゃ。馬上にとどまっているのが、大将としてのお前の一番の役目と思え。よいな。惣兵衛殿に代わってわしが釘を刺すぞ」

元来がしつこい家康であるが、今日は一段としつこい。伊達政宗と藤十郎が功名争いをする余り、幕府軍で内輪もめが生じるのを警戒しているのだ。

「大御所さま、おれにだって大将の自覚がござりますぞ」

藤十郎はうんざり顔で返した。

家康はまだ何か言いたそうであったが、口を閉ざし、薬研車を動かし始めた。

藤十郎は去ろうとしたが、ふと、

「大御所さま、大坂落城の後、秀頼公、千姫さま、淀殿の御身はいかがされますか」

と、問いかけた。

家康は薬を挽く手を止め、爪《つめ》を嚙んでから、

「秀頼にはいずこかの国を与えようと思う。淀殿は江戸に来てもらう。お千は秀頼に従うじゃろう」

淡々と述べ立てた。

「誇り高き淀殿がおめおめと生きながらえること、果たしてよしとするでしょうか」

藤十郎の問いかけに、

「太閤の血を絶やしたくはあるまい」

家康は答えた。

「秀頼公……まことに太閤の血筋なのですかな」

藤十郎はかねてより抱いていた疑問を投げかけた。家康は無表情で返した。

「そのような噂があるようじゃな。じゃが、秀頼が太閤の実子であろうとなかろうと、太閤の跡継ぎであり大坂城の主《あるじ》であるのは事実なのじゃ」

「血筋などさして重要ではない、とおっしゃるのですか」

「そうじゃ」

「おれは違うと思う。太閤の恩を受けた大名たちが関ヶ原以来、大御所さまに味方したのは彼らとて薄々、秀頼公が太閤の実子ではないと疑っているからではないのでし

ょうか」

藤十郎は家康の考えを聞きたい、と迫った。

「秀頼が太閤の胤《たね》なのかどうか、淀殿が答えを示してくれよう。太閤の血筋なら我が身に代えても生かす道を選ぶはずじゃ」

眼光鋭く家康は答えた。

「太閤殿下は一代にして天下人となったお方、豊臣の天下は太閤殿下一代の天下だと、徳川の臣下になってまで生きながらえたくはないと淀殿は思われるような気がしてなりませぬな」

という藤十郎の考えに、

「そう思うか……」

家康は呟《つぶや》いた。秀吉の血を引いていなくとも秀頼の命を奪うことを家康は躊躇《ためら》っているようだ。孫娘の夫ということ以外に、家康に秀頼の行く末を託した秀吉を裏切ることになり、晩年を迎え悪名を着るのが嫌なのかもしれない。

「大御所さま、豊臣家は滅びゆく定めでござりますぞ。今更、悪名を着ることを躊躇われるのですか」

「藤十郎、ずけずけと申すものよ」

苦い顔で家康は言った。

「それがなくなれば、おれではありませぬぞ」

藤十郎は声を放って笑った。

「図に乗りおって。それより、そなた、くどいようだが、大将自らが鑓《やり》働きなどするでないぞ」

噛んで含めるような物言いで家康は命じた。

「わかっております」

藤十郎は約束した。

さて、大決戦である。何としても、大坂城に一番乗りをしてやる。家康との約束を違《たが》える決意を藤十郎は胸に固く誓っていた。

五月四日、藤十郎は先鋒大将として大和路を進んだ。これまで率いたこともない大軍である。しかし、そのほとんどが水野家とは無関係の兵だ。しかも、水野勢は少人数、舐《な》められてなるものかといきりたくもなった。

総大将は家康の六男、松平忠輝、後見役は奥羽の大大名伊達政宗だ。二人とも大大名なので、当然、兵や鉄砲の数は水野勢とは比べ物にならない。

舐められてはならない。

弥が上にも藤十郎の闘志がかき立てられた。

そして、今回の戦は息子、長吉改め勝俊の初陣《ういじん》である。正確に言えば、昨年の冬の陣に勝俊は出陣したのだが、水野勢は付け城普請《ぶしん》と博労淵砦《とりで》に籠《こも》る大坂方の監視であったため、勝俊は鑓を持つことも弓を引くこともなかった。野戦が予想される今回の戦こそが初陣だと勝俊は勇んでいる。

大和から生駒《いこま》山を経て河内平野に出る道をたどって藤十郎率いる大軍が進行する。途中、秀頼の側近、大野治長《はるなが》の弟治房《はるふさ》が軍勢を率いて大和に攻め込んできた。ところが、こちらの大軍を見ると軍勢を引き上げてしまった。藤十郎率いる幕府軍を多勢と見て、大和から大坂に退却したのだろう。

明くる五日、生駒山を過ぎ河内平野に出た。

馬に揺られていると勝俊が馬を寄せてきた。

「父上、大野治房め、鬼日向の旗印に恐れを成し、尻尾《しっぽ》を巻いて逃げましたな」

意気軒高に語りかける勝俊は十八歳、藤十郎が初陣を飾ったのは十六歳であった。

「決して逸るでないぞ」

藤十郎はわが子を戒めた。

家康に言われた言葉を息子に伝えながら、己が若き日を思い出す。今更ながら惣兵衛の気持ちがわかる気がして苦笑が漏れる。惣兵衛は事あるごとに、「猪武者《いのししむしゃ》め」と藤十郎を罵《ののし》った。藤十郎は、嘲《あざけ》られれば嘲られる程、反発心が強くなり危険を顧みない鑓働きに邁進《まいしん》した。

そんな我が身の振る舞いを我が子になぞらせるべきではない。いっそ、この戦場において悪い手本として示してやろうか。

藤十郎が初陣を務めた高天神城の戦いの頃は、織田信長による天下一統が進められていたとはいえ、前途には無数の合戦があった。藤十郎は鑓働きに事欠かない舞台に恵まれていたのである。

だが、秀吉による天下一統を経て家康が幕府を開き、全国の大名を統制下においた。今回の戦で豊臣家は滅び、それと共に戦もなくなる。勝俊にとっては初陣であり、最後の合戦となろう。

戦国武者として生きる時代は終わったのだ。

そのことを勝俊に学ばせねばならない。

「父上、一番鑓をつけますぞ」

勝俊は言った。

「若造めが、思い上がるな」

厳しい口調で藤十郎は叱責《しっせき》した。

「……父上」

困惑し勝俊は絶句した。

励まされこそすれ、父から咎められるとは思ってもみなかったのだろう。

惣兵衛が藤十郎の一騎駆けを戒め、罵倒《ばとう》し続けたのは、大将としてのあるべき姿を教えようとしていたのだ。少なくとも、当初はそうであっただろう。

これからの世は、大将にとって、一番鑓よりも大切なことがあるのだ。

物見が大坂方の先鋒、後藤又兵衛率いる三千の軍勢が道明寺に向かって進軍してくると報告した。

「又兵衛か」

藤十郎はニヤリと笑った。

黒田家で陣借りをし、殿《しんがり》を争った時のことが脳裏に蘇《よみがえ》る。我こそが殿だと誇った又兵衛に藤十郎は又兵衛の残した陣羽織の切れ端を示し、間違いを正したのだ。これにより、又兵衛の憎しみを買い、大坂へ向かう船で讒言《ざんげん》により命を狙われた。

最後の合戦で因縁の相手とまみえるとは定めというものだろう。又兵衛が出てきたからにはおれが相手だ。いや、少なくとも水野勢で後藤勢を撃退する、早くも藤十郎は家康の命令を破ろうとした。

日は大きく西に傾いているが、初夏の日は長い。藤十郎は周囲を見回した。こんもりと盛り上がった山がある。野戦となった場合、軍略上の要衝となりそうだ。

「勝俊、軍勢をここに留める」

藤十郎は命じた。

勝俊は承知したものの、父の態度に只ならぬものを感じたのか目元を引き攣らせた。

「わしは、あの山に登る。おまえは、麓に陣を張れ」

告げると藤十郎は馬に鞭《むち》をくれ、後刻、小松山という名だと知った山に向かった。頂きに上る頃には薄闇《うすやみ》が拡《ひろ》がり、眼下に広がる平野が墨絵のようだ。西に視線を凝らすと、軍勢が進んでくるのがわかった。

「又兵衛を誘ってやるか」

急いで藤十郎は山を下り、待ち受ける勝俊に後藤勢に罠《わな》をかけるぞと嬉々《きき》として告げた。

「後藤勢に山を取らせる。我らは山の周囲に伏せるぞ。忠輝さまや他の軍勢にも伝令を走らせて告げて回れ。あの山の手前で軍勢を止めよとな」

藤十郎の命令に勝俊は即座に動いた。

「おれと違って勝俊は素直だ」

安堵《あんど》と同時に若干の物足りなさを感じたが、

「泰平の領主ならば……二代目ならば、あれでよい」

自分を納得させるように藤十郎は独りごちた。

藤十郎の狙い通り、後藤勢は小松山を占拠した。夜明けと共に、小松山を包囲した水野勢を先鋒とする幕府軍は鉄砲を放ち、弓矢を射かけ、攻め登った。

矢玉が飛び交う中、藤十郎は馬に乗り、明智光秀が所持していたという鑓を手に一騎駆けをした。勝俊には陣から離れるなと厳命しておいた。

大将自らが一番鑓を挙げたが、これは功名にならないどころか家康の命令に反した咎となるのは百も承知である。

乱戦の中、後藤又兵衛は伊達勢の鉄砲に撃たれ落命した。

総大将松平忠輝の本陣で実検に処された又兵衛の首級《しるし》を見て、

「又兵衛、よかったな」

と、藤十郎は呟いた。

恩讐を超え、戦国武者として死に花を咲かせた又兵衛を祝福した。

後藤勢を破った勢いで水野勢は誉田《こんだ》村に軍勢を進め、渡辺糺《ただす》、薄田兼相《すすきだかねすけ》率いる軍勢を破り、二人の首級を挙げた。

明くる七日、水野勢は乱戦の中、明石《あかし》全登《ぜんとう》の軍勢を撃破し、大坂城桜門に一番乗りを果たした。家康から一騎駆けはするなとくどいくらいに釘を刺された藤十郎であったが、罰せられるのを覚悟で永楽銭の旗印を掲げた。

高天神城の合戦の手柄で信長から許された旗印が三十四年の時を経て、落城寸前の大坂城に翻《ひるがえ》っている。

戦乱のど真ん中を疾風のように駆け抜けた藤十郎は薫風《くんぷう》にはためく旗を、感慨を込めて見上げ続けた。

家康は藤十郎の武功を渋面で賞賛した。後藤、渡辺、薄田、明石勢撃破と大坂城への一番乗りは評価せざるを得ない軍功である。それでも、大将自らが一騎駆けをするな、という戒めを藤十郎が無視したのは事実、そのため、武功第二とされた。それに伴い、刈谷三万石から大和郡山六万石に加増、転封となった。

軍功に合わない少禄《しょうろく》の加増なのは誰の目にも明らかで、二代将軍秀忠は内々に将来の十万石への加増を約束してくれた。

加増をあてにはせず、藤十郎は大和郡山藩主として民政に尽くしたが四年後、元和五年（１６１９）に秀忠は約束を守ってくれた。福島正則改易に伴い、備中西南と備後南部に十万石の所領を与えてくれたのだ。更には、禁止されていた新城造営、そして破却を進めていた伏見城の本丸と松の丸の一部建造物の移築も許された。

藤十郎は新城を西国鎮護の砦として、福山湾を埋め立てて造営した。城造りと同時に城下町を建設、刈谷、大和郡山から多数の職人を連れて来て、新田開発、鉱山開発、治水工事と産業振興に努めた。

戦がなくなった世、藤十郎は一心不乱に民政に取り組んだ。福山十万石の領地を戦場とし、鑓を筆と算盤《そろばん》に持ち替え、猪武者は領内を整備し領民が豊かに安全に暮らせるように尽くした。産業振興に当たっては土地を無償で提供し、地子《じし》を免除した。また、全国に先駆けて寛永七年（１６３０）、藩札を発行し、年貢《ねんぐ》に頼らない領国経営を行った。

藤十郎は、かつて食うに困って彷徨った山陽の地で名君と称《たた》えられるに至った。流《る》浪《ろう》の暮らしに終止符を打ってくれた、三村親成の一族を福山藩の重臣に取り立てその恩に報いた。

福山藩主としてまるで別人のようになった藤十郎だが、領内に虚無僧《こむそう》が立ち入るのは禁じた。虚無僧に身をやつして秀吉の刺客から逃れた苦い経験が虚無僧への警戒心を抱かせたのだ。それだけが、戦国武者の名残りのようだった。


「豊臣家は滅んだ」

感慨を込め、勝成は言った。

「わたしは、結局、何の働きもできませんでしたな」

恥じ入るように勝俊は言った。

勝成は勝俊を見返し、

「大坂夏の陣でわしは武者としての区切りをつけた。今だから申すが、小松山の後藤勢を攻めた時、わしは死んでもよいと、いや、ここが死に場所なのではと思っていたのだ」

讒言で煮え湯を飲まされた後藤又兵衛を相手に刺し違える覚悟であった。それが一騎駆け武者水野藤十郎勝成の最期《さいご》にふさわしいと思ったのだ。そう思った背景には、戦後、乱世の終焉ののち、泰平の世での己の生き様が思い描けなかったことがあった。

勝成は続けた。

「そなたはそれでよかった。わしのような一騎駆け武者となるべきではなかったし、なりようもなかったのだ。そなたは大坂の陣で国が滅びゆくさまを学んだであろう」

「あの時には夢中で身の周りしか見ることはできませんでしたが、後々自分ながらに考えました」

大坂の陣の結末は、大坂城が焼失したばかりではなかった。大坂の町は幕府軍の雑《ぞう》兵《ひょう》たちによる乱捕りの場と化し、阿鼻叫喚《あびきょうかん》の地獄絵となった。罪もない民が巻き添えを食い、財や命さえも奪われる光景が広がった。大坂の民を守るべき豊臣家が滅んだということは、大坂の民の不幸となった。

天下に君臨した豊臣家は大坂の民すら守れなかったのだ。

家康は兵たちの乱暴、狼藉《ろうぜき》を敢えて見過ごした。豊臣家の失墜、徳川の世に代わった時勢を大坂の民に身を以って知らしめたのである。

「父上から国が滅ぶ様をとくと見るよう命じられましたが、わたしは大坂の惨状に思わず目を覆《おお》いました。あまりにも非道なことが繰り広げられておる有様に言葉を失い、逃げ出したくなったのです」

訥々《とつとつ》と勝俊は言った。

勝成が勝俊から勝貞に視線を移した。

「何故《なにゆえ》わしが勝俊に豊臣家が滅ぶ様をとくと見ておくよう申したかわかるか」

勝貞はこくりと唾《つば》を呑《の》み込んでから答えた。

「領主たる者の戒めということでしょうか。領民を守れない領主は滅ぶしかない、と」

「その通りじゃな。己が体面を保つため、御家の面子《メンツ》に拘《こだわ》り、豊臣家は滅んだ。豊臣家の滅びには、民の血の犠牲が伴ってしまったのじゃ」

勝成の言葉を受け、

「それゆえ、父上はこの福山の地で民のための国造りを行われたのでございますな」

勝貞は言った。

「まさしく、その通りじゃ。戦国武者としていつ戦場の露となってもおかしくはなかったわが身じゃ。また、そうなることを少しも躊躇わないどころか、本望とさえ粋《いき》がっておった。結局、自分さえよければ他人はどうでもよかったのじゃ。わしは大坂の惨状を目《ま》の当たりにして、民のための国造りをしようと決意した。五十を過ぎ、新たな人生を生きようと思ったのじゃよ」

人間五十年、勝成は戦国武者としての人生を生き切った。五十を過ぎての人生は余生ではない。生まれ変わって生き直すのだ。

「気の毒なのは惣五郎じゃ」

思い出したように勝成はため息を吐《つ》いた。

惣五郎こと忠胤は関ヶ原の合戦の後、三河に一万石を与えられた。水野家の分家として、家名を保ってくれるものと勝成は期待した。

それがある日、従兄弟《いとこ》の遠江浜松城主松平忠頼《ただより》が江戸藩邸に遊びに来た際、囲碁を巡って家臣同士がいさかいを起こした。その仲介に入った忠頼をあろうことか忠胤の家臣が刺殺してしまったのだ。忠胤は家康から切腹を命じられた。

「まこと、情けない不始末じゃ。わしの一騎駆け武者ぶりを見習った忠胤ゆえの悲劇とも言える。忠胤は家臣どもにひたすら武者ぶり、押して押して引くな、ということを教えておったようじゃ。わしの生き方が弟の滅亡を誘ったのだと思うと、悔やんでも悔やみきれぬ」

まるで自分の不始末であるかのように勝成はため息を吐いた。勝俊と勝貞も重苦しい面持ちで沈黙を守った。

「つまりじゃ、わしはまったくの別人になりたくなったのだ」

勝成は楽しそうに両手をこすり合わせた。

目を見張る勝俊と勝貞に、

「戦国武者水野藤十郎、鬼日向は大坂で死んだ。水野日向守勝成は国造りに身を捧げる領主として生きようと思ったのだ」

すがすがしい笑顔で勝成は言った。

勝俊と勝貞の胸は温かくなった。

「お爺《じい》さまは、民の負担にならぬよう銀札を発行なさいました」

銀札、すなわち藩札である。後に様々な大名が発行する藩札を勝成は初めて発行したのである。領内を活性化するための費用を捻出《ねんしゅつ》するのに、重税に頼らず藩札発行という手法を取ったのだ。

「名君と評判です」

誇らしげに勝貞は言う。

「父上の一騎駆け武者の人生あってこその、名君としての治世であると存じます」

勝俊も賛辞の言葉を添えた。

「福山に来てからのわしを見たら、草葉の陰の父上は何と申されるであろうな」

勝成は虚空《こくう》を見上げた。

「きっとようやった。よくぞ、ここまで家を大きくした、と褒められるでありましょう」

勝俊の言葉に、

「そうであろうかな……意固地な父上のことじゃ。治世に専念するわしには、武者の血を忘れたか、この腑抜《ふぬ》けめが、などと叱責されるのではなかろうか」

勝成は弾《はじ》けるような笑い声を放った。

勝俊も勝貞も、そして祐筆《ゆうひつ》たちも笑った。瀬戸の海のように穏やかな時がすぎていった。

主要参考文献

福山開祖・水野勝成　平井隆夫　新人物往来社
福山物語 開祖 水野勝成一代記　やまと太郎　東京図書出版会
島原の乱と三河武士　鈴木定雄　六法出版
京都時代ＭＡＰ 安土桃山編　新創社編　光村推古書院
日本の歴史12 改版 天下一統　林屋辰三郎　中公文庫
復原 戦国の風景 戦国時代の衣・食・住　西ヶ谷恭弘　ＰＨＰ研究所
戦国の村を行く　藤木久志　朝日選書
戦う村の民俗を行く　藤木久志　朝日選書
秀吉の武威、信長の武威 天下人はいかに服属を迫るのか　黒嶋敏　平凡社
地震の日本史 大地は何を語るのか 増補版　寒川旭　中公新書
天災から日本史を読みなおす 先人に学ぶ防災　磯田道史　中公新書
戦国日本と大航海時代 秀吉・家康・政宗の外交戦略　平川新　中公新書
大航海時代の日本と金属交易　平尾良光・飯沼賢司・村井章介編　思文閣出版
初代刈谷藩主 水野勝成展　刈谷市歴史博物館

解説

木村行伸

令和という新時代の始まりは、人類と新たな感染症との闘いによって生活が一変し、誰もが己の理性と忍耐力とを試されることになった。こうした特別な状況にあって、多くの人々が様々なエンターテインメントによって不安や鬱屈《うっくつ》を解消していることだろう。そんな今だからこそ、筆者は自信をもって本書『放浪大名 水野勝成 信長、秀吉、家康に仕えた男』を読者の方々にお薦めしたいと思っている。

なぜならばこの作品には、幾多の困難に直面しても揺るがぬ人間の不屈の精神と、平穏な世の中を目指す為政者の理想とが明示されており、まさに現代人の要請に応《こた》える内容となっているのだ。

その具体的な説明に入る前に、作者・早見俊について簡単に紹介しておこう。作者は各出版社から多くの書下ろし時代小説シリーズや、重厚な歴史小説、さらには現代ミステリーを発表している大人気作家だ。新潮文庫でも、肥前国から江戸に出てきた青年藩士・沢村涼之進《りょうのしん》の豪快な活躍を描いた「やったる侍涼之進奮闘剣」シリーズや、将軍・家光の時代、東叡山《とうえいざん》寛永寺の住職・南光坊天海《なんこうぼうてんかい》大僧正に集められた武芸に秀《ひい》でた七人の男女が、京の鞍馬《くらま》寺で修行した若者・大道寺《だいどうじ》菊千代《きくちよ》を首領に、江戸の治安を脅かす魑魅魍魎《ちみもうりょう》たちと戦う「大江戸無双七人衆」シリーズ、下級旗本ゆえ刀の研ぎ仕事と鑑定を副業にする平九郎、質屋の若旦那・卯之吉《うのきち》、はぐれ狼《おおかみ》の同心・左門の三人が、江戸の町に起きた摩訶《まか》不思議な難事件の謎を解く推理劇「大江戸人情見立て帖《ちょう》」シリーズと、活劇と人情にミステリアスな展開が絡《から》み合う話題作を立て続けに刊行し、それぞれ好評を博している。

　歴史小説の分野では、作者の生まれ故郷・岐阜にゆかりの武将・織田信長を主人公に、彼の掲げた理想と内面に迫った『うつけ世に立つ　岐阜信長譜』などを発表し、歴史小説ファンの注目を集めている。

　時代もの歴史もの、いずれの作品も人間を肯定的に捉《とら》えた良心的な作風が特徴で、そこに作者本人の善良な性質や作家的姿勢がうかがえるといえるだろう。あえて言えば、令和の明朗派時代作家の一人といっても過言ではなかろう。

　さて、ここからは、必然的に作品の内容について触れざるを得ないので、本編のストーリーを知りたくないという方は、どうか読み終わったあとに、以降の解説に目を通していただきたい。

本書は、寛永十四年（一六三七）に起きた肥前国島原のキリシタン一揆《いっき》を鎮圧するため、将軍・家光の命で七十五歳の老将、備後《びんご》福山の藩主・水野日向守《ひゅうがのかみ》勝成が、息子の勝俊《かつとし》、孫の勝貞《かつさだ》を連れて九州に着陣したところからはじまる。長期化すると思われたこのキリシタンとの戦いは、勝成が諸将に檄《げき》を飛ばしたことで幕府軍が進撃し、幕軍の勝利で終息する。戦いが終わり福山城に戻った勝成は、子と孫に請《こ》われて、彼が駆け抜けた戦場の日々を話して聞かせることになるのだ。この時の孫・勝貞の「武士たる者、平時でも常に戦陣にあると覚悟していなければなりませぬ」という思いは、古代中国の儒教の教えを記した五経の一つ「易経《えききょう》」にある〈治に居て乱を忘れず〉という教えと同質のものであり、本作のメイン・テーマを隠喩《いんゆ》的に伝えたセリフとも受け止められよう。事実、作中で勝成は、人類全体に共有されるべき危難と向き合う為政者の心構えや、人の世の道理を子孫たちに説いているのである。

ともあれ、物語は、このようにして勝成の回想というかたちで進んでいくのである。彼の人生は、戦国の歴史的事件とも多かれ少なかれ関わっているため、読者は大河ドラマを鑑賞するような趣で、物語を辿《たど》って行くことになるのだ。こうした構成の妙は、作者の優れたセンスと表現力があればこその仕掛けといえるだろう。

　勝成は、永禄《えいろく》七年（一五六四）に三河国（現在の愛知県）に生まれた。幼名は国松、藤十郎、六左衛門で、後に戦功によって日向守に任じられた。父は水野忠重《ただしげ》。母は都筑吉豊の娘。父・忠重の姉は、かの徳川家康の生母・お大の方だった。ゆえに、家康と勝成は従兄弟《いとこ》の関係にあたり、作中でも勝成は家康と親しく接する。家康は、のちに忠重と勝成の親子関係の修復に一役買うことになるが、そうする一方で、若き勝成を振り回す狸《たぬき》おやじぶりも発揮している。

　勝成（作中では幼名の藤十郎と表記）が戦国の舞台に躍り出たのは、天正時代の織田信長・徳川家康の軍と武田勝頼《かつより》軍との高天神城の戦いからだ。勝成は押し寄せる武田勢をことごとく打ち倒す天下無双の剛の者だが、高天神城の本丸の社に祀《まつ》られた渡唐天神（菅原道真《すがわらのみちざね》）の木像を見つけると、その神々《こうごう》しさに心を打たれ、死者たちの鎮魂のために祈りを捧げる優しさも持ち合わせた若者であった。こうした勝成の深みのある人間性を鮮やかに描出したくだりは、読者を一気に物語世界に引き込む、本作屈指の名場面といえるだろう。

　この高天神城の合戦で手柄を立てた勝成は、織田信長から感状を与えられる。その後、信長にお目通りするため都に出た忠重と勝成は、信長の家臣・明智光秀の裏切りによる本能寺の変に遭遇し、今後の去就に迷うことになる。

　絶対的な支配者の死によって世情が揺れるなか、中国征伐に出兵していた秀吉は、いち早く軍勢を率いて京の都に戻り、光秀を倒す。事態が急変するなか水野家では、一族の前途を巡り直情的な性格の勝成と父・忠重との間で衝突が絶えず、結局、信長の次子・信雄《のぶかつ》と行動を共にすることに決まるのだった。

　作中、勝成と忠重は事あるごとに戦国武将としてのあり方について口論するのだが、そこでは家康が伊賀者を探索に使うことや、秀吉が相手の意表をつく戦法で敵を翻弄《ほんろう》するところなど、世の武将たちの戦術や戦略、政治的な思惑などを例に挙げて議論している。こうした軍事談義の部分は、国防や情報収集、外交等に苦心する現代の世界情勢とも重ねられ、歴史小説好きの方は勿論《もちろん》、きっと多くの方々の関心をそそることだろう。

　そうこうする内に、次代の覇権をめぐる豊臣秀吉と徳川家康・織田信雄との戦い、小牧長久手の戦いが起きる。この頃、勝成は水野家の家臣の不正に気が付き、汚職を働いた者を成敗するのだが、この振る舞いに父・忠重が激怒。ついに父子は決裂し、勝成は放浪生活に入ることになるのだ。このときの意地の張り合いに対し、老境の勝成は「若気の至り」という短い言葉に集約して、戦国時代の親子関係の難しさを表現している。少し視野を広げてみると、この寡黙《かもく》なつぶやきには、日本人の弁明をしない語らぬ美学、のような民族的性質が著されているようにも感じられる。

この後、一匹狼の勝成は、戦場の陣借り（自費で戦《いくさ》に参加し、手柄を挙げた場合のみ、勝者から褒美《ほうび》をもらう戦国時代の傭兵《ようへい》の活動）で生きていくことになる。京の都に辿り着いた勝成は、旧知の京都所司代・前田玄以の助力によって、豊臣秀吉による紀州や四国への征伐に参加することになるのだ。ちなみに、本作に登場する前田玄以は武人とは思えぬ人の好《よ》い性格で、そのユーモラスな言動が、作品に穏やかなひとときをもたらしている。

秀吉の軍に陣借りし、四国の長宗我部《ちょうそかべ》元親《もとちか》の軍と戦った勝成は、この戦の褒美に秀吉から摂津豊島《てしま》郡の領地をもらう。が、それからまもなくして、勝成は座興の相撲勝負で秀吉の不興を買い、ふたたび出奔することになるのだ。

その後、天下統一に突き進む豊臣秀吉は、四国に続き、九州の大友宗麟《おおともそうりん》と島津義久との争いにも介入し、九州征伐に乗り出す。戦場を渡り歩く勝成はこの地にも足を運び、九州平定後も肥後に残って、佐々《さっさ》成政《なりまさ》と国人領主たちとの戦いに参加する。しかし、成政が肥後の国人一揆の始末にしくじり切腹すると、今度は黒田家に草鞋《わらじ》を脱ぐことになる。この黒田家では、勝成は武将・後藤又兵衛《またべえ》との間に諍《いさか》いが生じ、命を狙《ねら》われ逃走を余儀なくされる。まさに、冒険活劇のような波乱万丈の戦国渡世を送るのだった。

　黒田家を出た勝成は、ふたたび肥後に戻り、小西行長のもとに身を寄せる。勝成はここで、キリシタン大名である行長から、南蛮の国が日本やアジアに対して企てている野望を伝えられる。そして、その異国に対する秀吉の策略を明かされることになるのだ。作者は、秀吉の朝鮮出兵の背後に、日本と世界を巻き込んだ壮大なスケールの仮想の物語を設定したのである。この仮説の歴史的な真偽はともかく、読者はこうした物語的広がりに、小説の醍醐《だいご》味《み》を存分に堪能《たんのう》することが出来るのだ。また、ここでも構成の妙技が活《い》かされており、作品冒頭の島原の乱での勝成の発言の真意が、この場において明かされることになるのである。

　世界に渦巻く陰謀に驚愕《きょうがく》する勝成だったが、まずは国人領主・志岐鎮経《しげつね》の籠《こも》る志岐城攻めに加わり、歴戦の猛将にふさわしい戦果を挙げる。その後、加藤清正、立花宗《むね》茂《しげ》など地元の有力大名に仕えたが、いずれも長続きはしなかった。

　そして九州を離れた勝成は、空腹のあまり山陽の民家で行き倒れてしまう。彼を救ったのは、備中国川上郡成羽《なりわ》の窯場《かまば》の主人・木兵衛《もくべえ》だった。勝成は、木兵衛に師事して土と汗にまみれて労働に勤《いそ》しみ、これまでの人生では感じられなかった充実感を知ることになる。「物を造るとは、実に尊いものだ」と新たな生き甲斐《がい》を実感する勝成は、はじめて「壊すことばかりをしてきた己《おの》が半生を悔いた」のである。戦い壊すのとは別の生き方を知った勝成は、人間として大きく成長する。彼自身、この時の体験が、のちに自分の領地の開発や発展、治世への礎《いしずえ》になったと、作中でも語っている。

　面白いことに、大坂の陣の後、出世した勝成はこの地方の藩主となり、懐《なつ》かしの土地に戻ってくることになるのだ。土地の風土に救われた勝成が、帰還して恩人に報い、ゆかりの地の繁栄に寄与するというのは、まるで神話学の「英雄の帰還」のようで実に興味深い。

　土と共に生きた勝成は、その後、成羽の領主・三村紀伊守親成《ちかしげ》の客将となる。そこで同じ食客・藤井道斎の娘・お登久《とく》と出会い、結ばれて子（勝俊）を儲《もう》けることになるのだ。勝成がぬくもりと幸せを手にするころ、太閤《たいこう》秀吉が亡《な》くなり、世はふたたび戦乱の嵐《あらし》が吹き荒れはじめる。愛する家族を持った勝成だったが、彼は武士として、どうしても天下の命運を決する戦を見届けたく、都に戻ることを決意する。都には、旧知の戦国大名・徳川家康が待っているからだ。

　家康と再会した勝成は、家康の仲介により父・忠重とおよそ十五年ぶりに対面し、弟・惣五《そうご》郎《ろう》の仲立ちで一応の和解をなす。ここで描かれる父と息子のぎこちない遣《や》り取りに、読者はさまざまな感慨をいだくことになるだろう。両者の不器用な態度にやきもきする方、父子関係をリアルに描いていると納得する方、それぞれだろう。実際、男同士の親子関係とは、意地を張り合い、終生のライバルとしてしか関係を築くことができない場合も、少なからず存在するのだ。

勝成とようやく和解した父・忠重であったが、ほどなくして石田三成の密命を受けた加賀井《かがのい》重望《しげもち》に殺害されてしまう。これによって勝成は、亡くなった父の跡を継いで三河国刈谷藩三万石の藩主となる。勝成は、関ヶ原の合戦に関連した大垣城攻めで、加賀井重望の倅《せがれ》・弥八郎を斬《き》り倒し、血族としての敵討《かたきうち》を果たすのだった。そして勝成は、この関ヶ原での褒賞に、家康から「日向守」の官職名を名乗る許可をもらう。このときをもって勝成の異名「鬼日向」が誕生するのだ。

続く大坂の陣で豊臣家は滅びるのだが、作者は、家康による大坂城での殲滅《せんめつ》戦の背景にも、特別な理由を付与している。戦国の時代に流入した海外からの文化や宗教、思想が日本の歴史と密接に交わったことを、作者は巧みに作品に転化しているのである。こうした歴史的教養による物語の広がりも、最先端の時代小説ならではの面白味といえるだろう。なお、大坂夏の陣において、勝成は因縁の敵、後藤又兵衛とも決着を付けている。
元和《げんな》元年（一六一五）、勝成は大坂の陣での活躍により大和国郡山《こおりやま》六万石に加増された。その後、元和五年（一六一九）には、西国の外様大名の抑えのため、備後国十万石の領主となるのだ。勝成はこの地に福山城を築き、土地の名を福山と名付けたのだった。そして、先にも述べたように、城下町の発展に全力を注いだのである。

現在の福山では、この地は初代藩主・水野勝成が拓《ひら》いた町として、彼の業績を今も語り継いでいる。こうした住人との親和性が、勝成の人生が英雄的歩みであったことの何よりの証《あかし》といえるだろう。また余談ではあるが、このような奥深い歴史を持つ地と出会えるところに、歴史を学ぶ面白さがあるのだ。

ここで、本編の中でもとりわけ忘れ難い、印象的な一幕があることに注目したい。勝成が、子と孫に深い人生訓を授ける場面だ。勝成はこう話す。

「いくら合戦で荒れ果てようが、その土地に民が生きる限り、国は滅びぬ。大地に根差した民の手によって国は育《はぐく》まれ、栄えるのじゃ。万石の領地を得るのとは無縁、一粒の米、一個の茶碗《ちゃわん》を造る喜びを知る者が国の礎となる、と心得よ。戦ばかりではない。嵐に襲われようが飢饉《ききん》となろうが、民は一杯の酒、一碗の麦、一時の遊興を糧《かて》に逞《たくま》しく生きる。勝俊、勝貞、そのこと、とくと頭に入れておけ」

壮絶な戦国時代を生き抜いた勝成のこの言葉には、人間社会の規範となる、普遍的な真理が語られているように感じられるのである。勝成の説く心構えは、現代を生きる私たちにも通じ、混迷の中にある希望と、進むべき道筋を伝えているのではないだろうか。

どんな窮地にあろうとも、拗《す》ねず、焦《あせ》らず、諦《あきら》めず。一歩一歩を堅実に生きることが、未来へと繋《つな》がっていく。勝成、そして作者・早見俊は、今の私たちにそう強く語りかけているように思われるのだ。

さて、最後に、この物語に秘められた、もう一つの歴史の楽しさについて触れておきたい。勝成の時代からしばらくして、太平の江戸の町では、旗本奴《やっこ》と町奴という無頼の若者たちが激しく争うことになる。町奴の代表は俠客《きょうかく》・幡随院長兵衛《ばんずいいんちょうべえ》。旗本奴の頭領は大小神祇《じんぎ》組《ぐみ》の首領・水野十郎左衛門《みずのじゅうろうざえもん》。勝成の三男・成貞《なりさだ》の子、つまりは水野勝成の孫にあたる人物である。時代を騒がせる者の気《き》風《ふう》は、かたちはどうあれ、末裔《まつえい》に受け継がれるものらしい。このような胸の躍る歴史的な展開があるからこそ、歴史・時代小説はさらに面白くなり、いつでも私たちを元気づけてくれるのだ。

（令和四年二月、文芸評論家）

この作品は新潮文庫のために書き下ろされた。

放《ほう》浪《ろう》大名《だいみよう》　水《みず》野《の》勝《かつ》成《なり》

信長、秀吉、家康に仕えた男

新潮文庫　は－54－12

令和四年四月一日発行

著者　早《はや》見《み》俊《しゅん》

発行者　佐藤隆信

発行所　株式会社　新潮社

郵便番号　一六二―八七一一
東京都新宿区矢来町七一
電話　編集部(〇三)三二六六―五四四〇
　　　読者係(〇三)三二六六―五一一一
https://www.shinchosha.co.jp

価格はカバーに表示してあります。

乱丁・落丁本は、ご面倒ですが小社読者係宛ご送付ください。送料小社負担にてお取替えいたします。

印刷・株式会社三秀舎　製本・株式会社植木製本所

ISBN978-4-10-138982-0 C0193